LES CORPS HOSTILES

DE LA MÊME AUTRICE

ROUTE ROYALE, Stock, 2007.
COMME UN FRÈRE, Stock, 2012 (prix Gironde des Nouvelles Écritures).

STÉPHANIE POLACK

LES CORPS HOSTILES

roman

BERNARD GRASSET
PARIS

Photo de la bande : © A. Di Crollalanza.

ISBN 978-2-246-83608-7

À Marc, pour tout

Loïc Quemener est un personnage librement inspiré des figures de Jean Genet, Georges et Robert Querelle de Brest, dont il est l'avatar fictif et contemporain.

RENCONTRE

- *Crash* -

« Ce n'est pas ce qu'on connaît de soi qui est lourd, c'est ce qu'on ignore de l'être qu'on aime. »

Albertine Sarrazin

« L'accident est une œuvre inconsciente, une invention au sens de découvrir ce qui était caché – en attente de se produire au grand jour. »

Paul Virilio

Loïc me faisait face.

Il révélait son envergure et tout en moi se mettait à battre. J'aurais pu traiter ça par le mépris mais je savais qu'une vérité se nichait, là, dans le battement – la pulsation. À considérer Loïc, assis et droit, les bras croisés, à cette table, à lui parler, j'avais l'impression d'affronter un vent, de me laisser saisir par la force d'un paysage. Ses muscles tendaient son cuir bleu-gris au point qu'on aurait dit cet homme fait tout entier d'un genre de métal souple ou d'une peau soyeuse, mercurielle, comme celle d'une créature marine.

Quelque chose en lui vous appelait *au-dehors* – je ne saurais pas le dire autrement. Son visage paraissait travaillé par la candeur et l'ironie, nimbé d'une noirceur astrale. Il n'avait plus rien d'une image – celle que projetaient les réseaux, les médias et que je connaissais mal –, *sa réalité* emportait tout. Dans ce café où nous discutions depuis deux heures, tout palpitait. Ça n'arrive pas si souvent, ça tient toujours de l'événement, à la fois de l'ébranlement et de la certitude. Quelque chose, ici, se produisait. Je ne cillais pas. Rien ne laissait transparaître l'accident, rien ne le trahissait. Quelque chose de doux, de terrassant dans l'épaisseur physique de Loïc me retenait. Quelque chose aussi dans ce qu'il faut bien appeler son impuissance, me retenait et me rivait à lui. C'est une histoire absurde. Elle pose d'abord la question de savoir pourquoi j'ai rencontré quelqu'un auquel me confronter, encore, avec cette violence qui toujours marquera d'un sceau pauvre, brûlé, mes histoires les plus troubles, les plus tendres. Pourquoi ai-je rencontré un homme pour qui j'incarnerais cette fois l'*impossible* ? Moi pour qui la rencontre est toujours, avant tout, une perspective, une chance et un scandale. L'opportunité de sortir de soi, de l'enfer d'être soi. Pourquoi ai-je rencontré quelqu'un qui ne pourrait me renvoyer qu'à mes propres impasses, mes propres turpitudes ? Pourquoi, surtout, alors que j'étais sur le point d'épanouir une vie qui me ressemblerait à peu près en tout auprès de Franck, pourquoi ai-je été cherché, en Loïc, de quoi la détruire ?

— Je vais te décevoir.

Il m'a prévenue vite. Alors, quoi ? Qu'est-ce qui m'a plu chez lui ? Son offensivité, son mordant. Quelque chose de frontal, de résolument frondeur dans l'attitude. Une détermination, mais intranquille. Je n'ai d'abord pas su voir qu'il n'était pas cet homme en guerre contre ses faiblesses – figure hautement érotique à mes yeux. Non, il était le contraire : quelqu'un de faible conjurant la peur par la mise en scène d'une toute-puissance, d'une totale liberté avant tout fantasmée, par la tyrannie aussi. *Je vais te décevoir* – tu penses. Nous étions attablés dans une brasserie chic du dix-huitième arrondissement. C'est là qu'il a commis le premier geste. C'était une brasserie agréable en plein cœur d'un des quartiers de Paris que j'aime le moins, un de ces quartiers dits « vivants » mais pour lesquels je garde une aversion secrète : trop de bruit, trop de crasse, trop de pigeons. Certains quartiers de Paris me rendent à ce que j'ai fui : ma condition de bourge ensauvagée du 7-8. J'ai grandi dans une vaste maison sur trois ailes en hauteur et en pierre de taille qui dominait Paris, elle était cernée de grilles en fer forgé, d'arbres hauts, de conifères, à côté d'une forêt. J'ai grandi là, en Kaspar Hauser des quartiers résidentiels de L'Estang-les-Yvelines, près du golf. Mes parents ne voyaient jamais personne. Alors ce quartier populaire, remuant, de la capitale, blanchi par l'upper middle class des hipsters aux allures savamment relâchées dans cette brasserie à la fois cool et prétentieuse, avec son patio à plantes vertes, ses armatures de fer noir ou ses faux airs new-yorkais, m'indisposait. Mais il était question d'y retrouver Loïc, Loïc Quemener, d'envisager d'écrire les textes de son prochain album et ça me tentait, je connaissais peu son travail, je savais qu'il était tombé pour escroquerie, qu'il devenait populaire. Le type ambitionnait de futures prestations scéniques, des *performances* m'avait expliqué son agent, et rêvait de chansons à sa *dimension*, des chansons *d'envergure* disait-il. Certes. Hormis un titre au retentissement international, ses morceaux ne rencontraient, depuis deux ans, qu'une reconnaissance limitée. Ce jour-là, on a donc parlé de lui, essentiellement de lui. Ce serait une habitude à prendre, il semblait s'être égaré quelque part entre les *Querelle* de Genet et *Brice de Nice*, il aurait pu dégainer les mêmes répliques : « Je te fascine hein ? Viens, on parle de moi. » Il ne me fascinait pas mais je le trouvais touchant, combatif. Puis l'accident est survenu : une petite fleur d'une des plantes parasites du patio est tombée sur ma joue. Les cataclysmes sont faits de ça en amour : de fleurs qui tombent avec le soir, de mains qui se tendent, trois fois rien, des détails dans lesquels viennent se nicher comme on le sait la malice, toute la magie du monde, bêtement, tout s'est électrisé : son regard en premier lieu. Je ne l'avais pas vu si clair. De quoi procède le trouble ? De la manière dont un instant se voit soudain saturé d'intensités brutes, c'est-à-dire, de potentialités. Il était doué pour ça, Loïc : les minutes avec lui semblaient parfois vibrer, d'un coup, de possibilités. C'est l'impression que j'en garde en tout cas. J'ai honte. Il s'en faut parfois de peu : d'un faux pas, d'une fleur. Elle est tombée, bonnement, sur ma joue grave. Il l'a enlevée comme on ôte un cil d'une pommette, avec une délicatesse insane. Puis il m'a souri. Et son sourire a paru en s'esquissant ne plus appartenir à son visage, en décoller, comme un vulcain décolle du lilas, de ses grappes chair, sa tendresse mauve, entêtante en été : la promesse d'un moment sexuel. Oui, tout était là. Dans son geste joué de petite pute, d'enfant. Il a tendu son bras trop fort et son muscle bandé avec ce dahlia de flammes et de cendres tatoué sur sa peau de roux pourtant mate – less is more, non, très peu pour lui. Il en faisait trop, Loïc. Tout le temps. C'était une de ses signatures contrefaites, une de ses griffes de faussaire. Avec lui, toujours, tout était falsifié. Il a commis ce geste avec une affectation théâtrale mais juste, idéalement sincère dans le feu même du jeu. Il était spontané, Loïc. C'était un homme fait de peurs, de pulsions et d'instincts trompeurs. Il n'était pas au contact de lui-même, de ses désirs profonds. Ça le rendait malheureux, dangereux aussi : même quand il pénétrait des connes – et Dieu sait qu'il en baisait –, tout se passait toujours en surface dans le soulagement renflé de ses râles frustres. Et sur sa peau encore, oui toujours en surface, était inscrit à l'encre pourtant piquée dans ses fibres : « *Unfold yourself* » – révèle-toi. C'est bien du coup ce qu'il avait l'air de dire à celles qui finissaient, d'une manière ou d'une autre, alanguies dans son pieu : révèle-toi, *belle*. Il affublait les femmes de mots doux kitsch qu'elles avalaient comme des dragées ou bien son sperme, parfois, bravement et avec émotion quand elles ne se le prenaient pas dans la gueule – il aimait ça : *c'est bien ce que tu fais mon bébé, t'es une grosse pute hein ?* –, alors ces dragées se révélaient noires, amères, d'une amertume de fer, torride, comme l'est la coke quand elle est bonne.

Ça, je l'apprendrais plus tard.

Le bras de Loïc, donc, rehaussé d'un dahlia incendié splendide – vanité tatouée sur la face extérieure du biceps –, s'est tendu vers ma joue pour en ôter le cadavre d'une fleur encore jeune. Je me suis troublée comme une eau. Il m'a eue comme ça, en un geste pesé et candide et un sourire de pute. J'y ai vu toutes les promesses du monde. La vie, dans ce qu'elle a d'*intense*, a une réputation largement surfaite.

À l'époque, j'avais besoin de reprendre possession de mon corps. Ça passerait par le sexe. C'est ce que je croyais.

Si cette histoire est racontée comme ça, on ne la comprendra pas. On passera à côté de l'essentiel. Il va falloir se dédoubler, trouver la force de se raconter en s'observant aussi de l'extérieur. Maintenir la tension – c'est ça. Il va falloir jouer avec les faits, il va falloir jouer des points de vue, des parts de soi qu'on voudrait oublier. Se souvenir, donc, brûler des questions, enquêter, interpréter, traduire, imaginer.

Maude a rencontré Quemener à une période de sa vie particulière et dans un contexte singulier : elle subissait à l'époque, chaque semaine, des examens invasifs et banals que toutes les femmes subissent, mais auxquels Maude ne se faisait pas.

Maude entretenait avec son corps un rapport qu'on aurait pu qualifier de *masculin* : elle le parait pour se sentir aguerrie et à ce titre se payait des fringues comme d'autres se payent des bagnoles ou des armes. Elle écrivait des chansons dans un style jugé *brutal*. Elle s'était fait un nom dans la musique en travaillant des textes pour des artistes, des femmes essentiellement, qu'elle invitait sans même le vouloir à aller vers la part la plus violente ou la plus vitale d'elles-mêmes.

Elle aimait par ailleurs les voitures, conduire, prendre la route. Elle ne se maquillait pas ou très peu. Son corps elle s'en servait, ou bien elle en jouissait. Sa vie filait comme ça : évidente et sensuelle. Tantôt elle pratiquait le sport tous les jours, à l'aube, tantôt elle se mettait à bâfrer n'importe quoi comme ça lui prenait sur de longs mois et grossissait. Une chair plus alanguie la recouvrait alors lui conférant un charisme un peu épais, qu'elle n'aimait pas. Puis parfois, elle s'affûtait au contraire, n'arrêtant plus d'effectuer des exercices de musculation au poids de corps, de nager ou de courir. La sensation des muscles saisis dans le feu de l'effort se teintait de plénitude jusqu'aux frontières de la douleur.

Jusqu'à ses trente-neuf ans, son corps ne l'avait jamais trahie. Cette fois, ses *cycles* comme on dit et qui bénéficiaient jusque-là d'une régularité parfaite, s'arrêtèrent. Il fallut consulter. Ce qu'elle et Franck prirent dans les premiers temps pour une grossesse se révéla relever de l'aménorrhée. Puis, tout rentra dans l'ordre, aussi spontanément que tout ce qui, dans l'ordre physique des choses, cesse et reprend sans qu'on puisse toujours en analyser les raisons mais *peu importe* avait dit la gynécologue, il fallait faire des examens – s'assurer que *tout allait bien*.

Ne pas évoquer ça, c'est esquiver quelque chose d'essentiel. La vie des femmes peut virer au parcours du combattant, au chemin de croix. La technologie, la chimie, ne changent rien à l'affaire. Il faisait froid cet hiver-là. Un froid menaçant, métallique. Rien que d'y repenser, Maude frissonne. Elle passait son temps à honorer des rendez-vous médicaux qui l'obligeaient à se déshabiller sans cesse. C'était fastidieux. Il fallait la voir dans ses manteaux, ses collants, ses écharpes, ses bottes montantes glisser sur les trottoirs pour aller de réunions professionnelles en examens gynécologiques mais elle approchait quarante ans, un âge critique et charnière, lui avait-on expliqué, alors Maude s'était docilement pliée à tout, en ayant l'impression somme toute irrationnelle de faire ce qu'*elle devait*. En l'espèce et entre autres choses, ce qu'on appelle, par exemple, l'hystérosalpingographie : un examen qui consiste à vous inoculer dans l'utérus et dans les trompes un produit de contraste iodé par une canule accolée au col de l'organe. Problème : ça ne se pratique pas sous anesthésie. C'est ça qu'il faut raconter, ça, et rien d'autre pour commencer. Certains témoignages tiennent à distance et glacent : des femmes, dit-on, vomissent de douleur ou bien perdent connaissance pendant l'examen. Maude s'était rendue à l'hôpital, tenaillée de trouille, la mort au ventre avant d'attendre un temps certain dans ce service d'imagerie médicale aux couloirs blêmes et abîmés. Le personnel hospitalier a répondu à l'inquiétude par la rigueur du protocole. Tout s'est passé : le professeur responsable du service l'a fait s'allonger sur la table de radiologie puis lui a parlé de vacances, posé des questions et pris la main au moment de pratiquer la pose des sondes puis d'inoculer la substance chimique dans ses trompes. Elle a accueilli la douleur avec fatalisme et courage, c'est en tout cas ce que le médecin a répété la voyant grimacer – *courage*. Il lui a dit qu'elle était résistante. Quelques jours après, toujours sur prescription de sa gynécologue, elle s'est prêtée à l'analyse de sa réserve folliculaire : il s'agit à nouveau de se faire pénétrer par une sonde dite *endovaginale* pour savoir de quel nombre de follicules son organisme dispose et s'il est donc, par là même, *fécond*. Maude a observé des formes blanches phosphorescentes sur un écran digital, et s'est entendu dire dans le dos sur un ton anormalement doux *ah c'est bien, c'est super, il y a tout ce qu'il faut*. Le visage de la médecin était même devenu brusquement radieux, elle lui souriait et Maude avait senti qu'aux yeux de cette femme, aux yeux de l'institution, la présence de ces follicules la maintenait dans un ordre souverain. Ça l'avait à la fois flattée et écœurée.

À la question de savoir si elle *voulait* des enfants, Maude n'avait pas su quoi répondre. Elle y était prête, c'est tout. Maude ne pouvait pas faire de réponse plus exacte, plus vraie. Le désir d'enfant n'avait jamais été, pour elle, central ou dominant. Alors aujourd'hui, quoi ? Elle était disposée à ce que ça lui *arrive*, pas à en faire *le projet*, encore moins à le *programmer.* Aucune autre réponse ne pouvait être plus rigoureuse, plus sincère, que celle-là mais elle ne convenait pas à cette représentante du corps scientifique : comment ça, *c'est pas sérieux* s'était même risquée la médecin dans une familiarité doucement déplacée. Et si ça n'advenait pas ? Ce ne serait pas tragique avait répondu Maude. Elle ne mettait pas sa vie, la justification de sa vie, là-dedans. Cette réponse ne convenait une fois encore pas du tout au docteur Diane Settouick qui affichait déjà une moue de réserve contrite et l'envoyait in petto faire une *hystéroscopie*, un examen où il s'agit encore de se faire enfoncer dans le vagin, jusqu'à la cavité utérine, un tube muni d'un dispositif optique et de l'explorer cette fois, caméra à l'appui. Là encore tout a été déclaré *en ordre.* C'est ensuite que cela s'est corsé. Sa gynéco a commencé à lui prescrire, sans même lui demander son avis, des piqûres d'hormones à s'injecter quotidiennement. Maude était stupéfaite de la voir faire dans ce cabinet de gynécologie qui sentait l'encens et le patchouli, griffonner son ordonnance dans une fébrilité à la fois concentrée et docte sur fond d'immense patchwork d'images de bébés, de poupons, de layettes roses, de bonnets bleus, de femmes épanouies de lait et d'humeurs, souriantes, avec à chaque fois un nourrisson formidable, un nourrisson sanctifié entre des bras glorieux dont Diane Settouick avait manifestement la sensation d'être devenue soudain le créateur à défaut d'en être la mère ou le père. Or Maude n'avait pas envie de prescriptions hormonales – à tout prendre, si elle devait se prêter à une expérience, elle préférerait prendre de la testostérone : ce voyage chimique dans une part minoritaire mais très dynamique d'elle-même, à savoir sa masculinité, pourrait peut-être l'intéresser – mais là, toute cette technologie, toute cette chimie, mise au service d'un désir que la médecine voulait somme toute lui imposer, la rebutait.

— Vous me prescrivez quoi exactement ?

La spécialiste était manifestement saisie dans une routine qu'elle ne prenait plus ni la peine d'interroger ni de présenter aux patients, *le protocole classique, des hormones en injection quotidiennes, à votre âge même si les examens sont bons, il vaut mieux* avait-elle répondu en ne la regardant pas. Une fois ses recommandations médicales rédigées, elle leva enfin les yeux pour découvrir le visage brouillé de Maude, blêmi par la colère. La toubib était désemparée, elle ne disposait d'aucune clef pour appréhender cette rage. Sincèrement, la professeure ne comprenait pas. Maude a dû s'expliquer : il n'était pas question pour elle de verser dans le projet d'une grossesse aussi techniquement assistée, elle voulait à la fois se réjouir que ce soit possible, et pouvoir y renoncer. Ça manquait de vie, ça manquait de joie. La perspective d'envisager la deuxième partie de sa vie sans enfant, en revanche, la passionnait, même si elle savait que cette alternative pourrait se révéler exigeante et qu'elle n'intéressait personne – contrairement à la vie des mères qui, bizarrement, intéresse tout le monde. Mais, justement. Cette solitude, cette âpreté lui correspondait mieux. Elle s'y retrouverait. Bref, elle ne voulait pas avoir d'enfant *comme ça*. Ça lui appartenait et ça n'était pas négociable.

La gynécologue ne comprenait pas du tout ce qui prenait à Maude, elle était surprise, embarrassée : *toutes les femmes le font vous savez, presque toutes les femmes de votre âge à vrai dire, enfin je ne sais pas, votre réaction est anormale, vous devriez peut-être consulter...*

D'accord.

Il est bien sûr entendu, en revanche, que l'acharnement à devenir mère ne serait, lui, en rien *pathologique* – bien sûr. Il serait sinon *naturel* du moins *admis* et par tout le monde. Très bien. À vrai dire, la constance avec laquelle certaines femmes malmenaient chimiquement leur corps sans que la bio éthique ne les épaule, en quoi que ce soit, tout ça pour se plier à l'injonction selon laquelle il *faudrait* enfanter, suscitait chez Maude un mélange d'effroi et d'empathie. La concernant, c'était clair – on ne peut plus simple –, elle voulait qu'on lui foute la paix.

Elle supportait mal la manière dont la plupart des gens renvoyaient les femmes sans enfant à l'idée que, somme toute, quelque chose dans leur vie avait d'une manière ou d'une autre un peu *foiré*. Tout le monde dit le contraire mais tout le monde, en dernière analyse, pense qu'une vie sans enfant est quand même une vie un peu *merdique*. Un peu *ratée*. Que ça relève forcément un peu de la *blessure*. Ça se voit dans l'œil de la plupart des gens, ce petit fond de gentillesse fécale quand vous dites que vous n'avez pas d'enfant. C'est laid, c'est gentil. Ça pue. Alors bien sûr qu'il y a une forme d'incomplétude à vivre sans perspective tangible de transmission mais c'est une incomplétude qui peut devenir souveraine – sûre. Barbara, la plus proche amie de Maude, dont on ne pouvait ignorer quand elle parlait qu'elle avait enseigné la philosophie, était, en ce qui la concerne, beaucoup plus rude et engagée : elle disait qu'après le scandale sanitaire des statines, du Levothyrox et des EHPAD, le prochain scandale, ce serait celui-là, celui des effets d'une politique non assumée, non avouée, mais très autoritaire menée par l'ordre social comme par les médecins et qui faisait devenir *normal* un protocole clinique et médicamenteux conséquent, un protocole très lourd, comme si le devoir de devenir mère pouvait légitimer le fait que les femmes se foutent en l'air. Comme si cette forme de sacrifice agréé avait pénétré jusqu'aux fibres des institutions. Maude n'avait pas envie de prendre des hormones ni qu'on lui ponctionne les ovaires pendant que son mec se branlerait dans une pièce à côté. Ça ne lui faisait pas envie. Quelques jours après, sans le savoir, elle tomberait enceinte (le fait d'inoculer dans les trompes du produit de contraste peut favoriser la possibilité d'une grossesse). Son cycle était tellement irrégulier à l'époque, elle l'ignorerait longtemps. C'est un accident qui le lui révélerait, un accident impressionnant, idiot : un accident de moto.

Pourquoi cette histoire avec Quemener ?

J'ai longtemps cherché une réponse en lui : son corps, son énergie, son rire. Ils étaient là et bien réels. Ils me faisaient de l'effet – un effet honteux. Mais la réponse – si elle existe – réside en moi ou en Maude, donc, selon que je déciderai d'en parler de l'intérieur ou de l'éclairer d'un point de vue extérieur.

J'ai vu en Quemener, je crois, un moyen de me manipuler pour renaître d'une absence – d'une annulation.

J'ai toujours eu l'impression d'être une espèce de mauvaise herbe, de plante tenace prospérant au cœur de milieux plus civilisés qu'elle.

Pourquoi cette histoire avec Quemener ?

Est-ce parce que j'ai du mal à l'idée d'être trop longtemps réconciliée avec moi-même ? Est-ce ma passion du conflit, des tensions internes ? Je n'en sais rien.

Après cette première entrevue, Quemener et moi sommes rentrés du Café Barbès en passant par son loft pour écouter des morceaux de musique et avons décidé d'un jeu pour faire mieux connaissance.

Quand j'ai imaginé travailler avec lui, certaines personnes de mon entourage professionnel ont commencé à me faire des remarques : tu ne vas quand même pas travailler avec Quemener ? Il n'est pas *de ton niveau.* J'avais pris ça de haut. Voir en Quemener un imbécile au prétexte qu'il était gaulé et musclé était aussi politiquement méprisable que de maltraiter une jolie fille. Ça me déplaisait. Évidemment, on pouvait décider de ne voir en lui qu'un chanteur spectaculaire, taillé, un ancien escroc symptomatique des temps contemporains, un mec irrationnel et mécanique : un fétiche, une poupée. On pouvait aussi en faire un héros bizarre et repenti, un mec à l'énergie indiscutable, capable de renaître indéfiniment de lui-même, un warrior, un phénix. Dans les deux cas, c'était se tromper. Dans les deux cas, c'était se priver de comprendre – ce qu'il avait de meilleur, ce qu'il avait de pire : son génie du combat, son hystérie.

J'ai tout de suite aimé son corps mais aussi sa façon d'investir le langage, de le hacker en pillant tout ce qu'il avait sous la main : livres, discours des amis ou de rencontres fortuites. Il avait développé, à force, une langue vivante, crue, ponctuellement savante. Par elle, il apprenait à penser autrement. Loïc jouissait de cette grâce autodidacte-là. Loïc était vital et me plaisait – point.

Je le regardais évoluer dans cette immense pièce à vivre, celle de son loft du Marais, sous la voûte zénithale en verre. Il ne s'arrêtait plus de parler et déployait une langue, à la fois gouailleuse et technique, qui me retenait.

Si je me lançais, si, un jour, j'allais plus loin avec lui, je savais aussi que cette histoire activerait en moi des passions faibles : ma peur, mon agressivité. Il n'est pas d'expériences qui ne deviennent coûteuses, d'une manière ou d'une autre. J'essaierais de trouver la force de m'en foutre, me foutre d'avoir honte, me foutre d'avoir peur. Quemener avait des choses à m'apprendre. C'était une intuition. Pour l'heure, je la suivais à distance.

À vingt ans, Loïc Quemener avait été frondeur, énergique et laid. Je regardais des photos. Ce qu'il était devenu procédait d'une histoire singulière et Quemener avait fait de son corps une métaphysique qui me parlait : ulcérer le don de la vie, aller au comble de soi, dans la plénitude, dans l'effort, dans le doute, affirmer par là même que nous sommes aussi le fruit de rencontres, de chocs, de métamorphoses, de renaissances et d'auto-engendrements. Pour le vivre, nous avions à disposition notre corps, la recherche de l'effort et des confrontations, l'écriture, la lecture et le sexe comme silex ou comme armes immédiatement disponibles. Voilà ce à quoi je pensais en considérant Loïc, cet après-midi-là, celui de notre première rencontre, et alors que j'étais assise sur le grand canapé taupe du salon de son loft. Moi aussi, je voulais tout user jusqu'à la trame puis peut-être mettre en mots cette expérience totale de la vie et de la peur, de l'amour, de la loi et des déroutes, du temps, de soi et de l'autre, cette aventure physique et pleine. Quemener était devant moi, nous venions de nous rencontrer. Je pressentais qu'à chaque fois que je le verrais, je pénétrerais un monde qui n'appartiendrait qu'à moi – un sanctuaire –, je pressentais aussi que personne ne trouverait cet homme sympathique. Les hommes que je rencontre ne le sont jamais. Ils sont combatifs, ils sont vivants, ils sont sombres. Ils savent devenir aimants.

Je me suis surprise à regarder son corps comme jamais je n'avais regardé le corps d'un homme avant. Jusque-là, j'étais sensible au charisme plus qu'au corps. Ce jour-là, ça a changé. Je me revois le fixer et sourire, je le revois l'épaule appuyée comme il l'était cet après-midi-là contre le chambranle et dans l'encadrement de la porte du salon, dans son grand loft entièrement peint en noir, en blanc. Je m'étais surprise à m'en émouvoir.

Le corps de Loïc était beau, il était fabuleux. Sa beauté *masculine* était si manifestement construite, elle performait tant et si bien *le genre* comme on dit qu'elle en devenait *féminine*, d'une certaine manière, ou du moins faudrait-il s'entendre une bonne fois sur les termes.

La silhouette de Loïc n'était plus seulement celle d'un athlète. Il en émanait une aura quasi mythologique faisant de lui une créature étrange et pour tout dire, assez splendide, entre l'archange et le centaure.

Qu'est-ce qui avait pu l'amener à se façonner un corps pareil ? Il semblait devenu, tout entier, une matière vive et organique sur laquelle il agissait, concrètement, en la modelant, en la taillant, en la creusant ou en la durcissant et ce travail restait étonnamment naturel. Cet affûtage physique impressionnait. Il ne concédait rien à la vulgarité culturiste, non, il faisait songer plutôt à certaines pièces de Rodin : celles où l'on voit des formes vibrantes et minérales émerger de blocs de pierre dans un mélange troublé de rudesse et de grâce. Il passait des heures à travailler son physique de séances de musculation lourde – au risque de la blessure ou de l'inflammation – en séances de cardio, exaspérait ses tendons sur des machines dantesques, pratiquait les UV, arborait cette incroyable fresque sur le bras et retournait chez le tatoueur – comme d'autres vont chez le coiffeur – pour se faire injecter de nouveaux pigments de peur de voir le noir du dessin s'affadir et, après tout, il y avait bien là, dans cette façon d'être musclé, gainé, corseté, une façon de coquetterie sanglante. Oui, on pouvait voir dans ce souci maniaque du contrôle de l'allure un comble de préciosité. Le travail du corps permet peut-être d'échapper aux mots, à leur tyrannie. Et sans doute est-il bon d'opposer au pouvoir corrosif du langage, celui du soleil, de la fonte, le culte du corps se mêlant aux relations ascétiques mais concrètes qu'il faudrait selon certains entretenir avec la mort pour se rendre digne d'elle.

Alors Loïc était-il une poule, une pute ou un samouraï ? Et la frontière entre les trois n'est-elle pas infiniment plus ténue qu'on ne l'imagine ? Toujours est-il que nous étions convenus d'un jeu et Loïc demanda, en rentrant du Café Barbès et en passant par son loft, après notre première rencontre : *si je devais te découvrir à travers une chanson, laquelle tu choisirais ?* J'ai été étonnée de choisir « Je veux » de Marie Möör « Je veux des robes, une nouvelle peau, je veux repartir à zéro », piquée de voir combien cet homme que je rencontrais tout juste y était sensible, à quel point, l'écoutant, il semblait m'y retrouver jusque dans des zones souterraines où manifestement nous communiions sans le savoir « je veux des nuits, des nuits bleu Klein », je le revois sourire en nous décapsulant une bière. Tous les gestes de Quemener s'amortissaient, à présent, dans son salon, tant son écoute était intense « je veux le début sans la fin », comment oublier l'expression de son visage, l'éclat presque inquiétant de son regard « je veux tout, je veux le chaos ».

Dans un élan sans doute trop brusque, ce jour-là, pour attraper une clope, j'ai fait tomber mon verre posé par terre près du sofa. Il s'est alors empressé d'éponger l'alcool encore mousseux sur le béton peint « je veux la fête, je veux le pouvoir au poète ». Nous ignorions que ce geste deviendrait une sorte de motif entre nous, un pattern, car il faudra toujours que je pose mes coupes ou mes tasses n'importe où, derrière les fauteuils, les lits, que je les oublie ou les renverse, on en rira cent fois par la suite mais nous ne le savions pas encore « je veux du feu et des conquêtes ».

Pourquoi avais-je choisi cette chanson-là, pourtant si confidentielle ? Je me posais la question en regardant cet homme que je ne connaissais pas s'affairer à mes pieds « je veux le plus beau des fourreaux, une vie taillée à même la peau », tant de personnes de mon entourage s'étaient foutues de ma gueule en apprenant que j'allais peut-être bosser avec lui. Mais qu'est-ce que tu vas foutre avec ce chanteur bas de gamme, là, ça n'a pas de sens, Loïc Quemener ? « je veux hisser haut le drapeau », ce hâbleur cheap mais tu plaisantes « et vous mener tous en bateau », leurs préjugés n'importaient pas. Je me savais à la fois plus inquiète et plus libre qu'eux. « Je suis à bout et j'en fais trop », j'aimais regarder Quemener écouter Marie Möör « je veux voir le dessous des choses, du velours, de la soie, des roses ». Il semblait régner sur de vrais abîmes et ça lui conférait une noblesse tue. Il eut un sourire franc dont je garderais longtemps l'impact « … tuer le mal, garder la rage, je veux la vérité sauvage ». Il m'a embrassée près des lèvres en me remerciant sans que je puisse évaluer s'il était ému du texte parce qu'il m'y devinait, ou parce qu'il le renvoyait à une part ignorée de lui-même. La vérité ? Nous étions je crois deux connasses et j'étais, hélas, la plus virile des deux.

Avec Franck j'aimais la manière dont nous parlions des heures, la façon dont nous savions nous émouvoir ensemble, en riant de nous en rendre compte, de certaines séquences de films. Il était réalisateur de documentaires, très engagé dans le combat écologique et dans certaines associations, Franck travaillait avec rigueur la question du traitement des déchets. Il y avait entre nous, dès que nous étions en présence, comme un *champ de déviances.* Magnétique. Nous en avons fait un foyer. Avant de nous trouver un appartement, une décision fut prise : je viendrais habiter chez lui dans le onzième. Je l'avais signalé à la Poste, afin que mon courrier soit réacheminé chez lui.

Cette adresse commune s'est vite révélée jouir d'une espèce de puissance de reconfiguration de nos modes de vie respectifs. Je n'avais jamais envisagé la conjugalité de cette manière-là : en vivant avec Franck, ma vie entière était devenue à la fois plus rétive et plus libre. Le sexe rend tout plus évident, plus fluide : nous aimions aller voir des films et les critiquer longuement en déjeunant en bord de Seine, on se lisait des extraits de livres dont nous venions d'entamer la lecture. Notre intimité, très vite, était devenue telle que je ne pouvais plus être au contact d'une œuvre sans la décrypter aussi un peu à travers ce que je savais de lui, sans anticiper la manière dont nous en parlerions, nos désaccords comme nos affinités me nourrissaient et se voyaient amplifiés par le fait que nous les partagions. C'était joyeux. Tout ça s'est vite poursuivi dans la recherche d'un lieu, une adresse, une place choisie ensemble où vivre et quand j'ai rencontré Quemener, nous écumions tous les soirs avec Franck, depuis le canapé de son salon du onzième, des sites immobiliers ou annonces PAP. Franck voulait emménager avec moi mais ne coupait pas définitivement les ponts avec une autre femme, une communicante que j'estimais bête et vulgaire avec qui il avait vécu une histoire pendant un an, avant de me rencontrer. Il la revoyait de temps en temps, je le savais. Nous rêvions d'un appartement précis : un nid d'aigle avec vue. Un lieu où s'exiler pour s'alanguir, penser, faire l'amour et travailler les textes ensemble. Un lieu où une contre-vie deviendrait possible et notre centre. Là se jouerait bien une existence plus clandestine, qui nous serait propre. Nous le désirions.

J'aimais la manière dont il me lisait des nouvelles ou des bouts de romans le soir de sa voix grave avant de m'étreindre dans la douceur des aubes que nous creusions avec vigueur comme une plaie tendre dans la nuit. J'aimais nos discussions qui se poursuivaient d'une autre manière dans le silence électrique du sexe, la chaleur ouatée du réveil, nos cafés le matin, les chahuts et les moments de déconne, les fous rires et les confessions. J'aimais être avec lui.

De toute façon, j'aime prendre soin des hommes dont je me sens proche, j'aime me consacrer à eux : leur faire à manger, les écouter longuement, les couvrir d'attentions complices ou câlines. Je n'ai pas le sentiment d'être *diminuée* quand je le fais ou de me soumettre à quoi que ce soit, ni d'ailleurs quand un amant me tient les mains pendant l'amour – ça me fait plutôt sourire –, non, je laisse aller. Je développe avec les mecs des liens conflictuels et sensuels, fraternels. J'aime les hommes qui se battent, j'aime les épauler, faire qu'ils se sentent moins seuls dans leur lutte mais le truc c'est que je me bats moi aussi, je trace ma route et creuse mes traces, je parle haut et je ris fort, je peux discuter des heures en levant le ton, c'est une façon de penser *au contact* que j'affectionne. J'ai le sens de l'agressivité, du refus, de l'ironie, je bois la bière au goulot, j'aime conduire – et plutôt vite –, accrocher les courbes à la corde, j'ouvre ma gueule et jusque dans la confusion, je prends position comme on dit.

La menace aurait plutôt tendance à m'attirer. Je ne crains pas les confrontations, peux passer de l'hystérie la plus aveugle au sang-froid le plus strict. J'aime être dans l'animalité comme dans la technique et je m'expose parce que, dans l'intimité, j'attends d'un mec qu'il me désarme. J'attends de lui qu'il me rende à ce que j'ai de plus vulnérable pour me permettre d'en jouir. Alors en fait je suis poreuse, secrètement impressionnable : le timbre de la présence d'un homme, par exemple, sa vibration, peut m'aimanter le sang comme la lune les marées, certains de ses gestes aussi, sa façon de circuler dans une pièce, de se pencher, sourire, d'étancher l'inquiétude, oui, d'en contenir le feu. Les baisers des hommes font pleurer, parfois, c'est ainsi qu'ils consolent. Je me blottis contre eux.

Ce qui m'impressionnait le plus chez Quemener, c'était sa douceur – cette douceur procédait de ce qu'il avait de plus puissant. Il l'ignorait. Son regard était enveloppant, rieur, ses attentions permanentes. J'apprendrais plus tard qu'il pleurait volontiers, qu'il aimait cuisiner, qu'il était maniaque et n'hésitait jamais à faire le ménage, qu'il soutenait les femmes de sa vie quand elles étaient malades jusque dans les moments les plus trash où elles vomissaient, maigrissaient à vue d'œil. Il les accompagnait et elles se sentaient fortes de ça. On racontait que son premier amour était morte du sida et qu'il l'avait soutenue jusqu'au bout, on racontait qu'il avait sauvé la vie de sa sœur, atteinte d'un cancer, à force de se documenter sur les soins qu'il pourrait lui apporter pour l'aider dans sa lutte. À force aussi de renoncer à consulter certains médecins, et d'en consulter d'autres, mieux choisis.

Loïc avait été abandonné aux femmes par son paternel – qui bossait dans l'armée : à sa mère dans un premier temps puis à sa grand-mère dans un second. L'une comme l'autre lui avaient intimé, dès l'enfance, d'être un héros *et* de ne pas être un homme – c'est-à-dire de ne pas être comme son père – toujours en partance.

Voilà donc Loïc Quemener tenu d'être à la fois *mythologique* et *déconstruit*, comme on dit. C'est pour ça, peut-être, qu'il avait finalement choisi la délinquance pour s'accomplir. Il lui fallait devenir un homme sans devenir *un père*, reconnaître la loi pour mieux pouvoir s'en foutre, le cas échéant la bafouer. Ça me plaisait.

Sa force semblait *prométhéenne*. C'est ce que je m'étais dit en le rencontrant sans toutefois me souvenir précisément de cette légende, j'ai cherché le soir même : Prométhée est un Titan qui a volé le feu aux dieux pour le transmettre à l'homme. Zeus comprend vite que la bonté et l'attention que Prométhée réserve à l'homme sont le revers de sa haine secrète des dieux. Il aime la vulnérabilité humaine. Prométhée est aussi la figure de celui qui réfléchit après coup. Pour le punir, Zeus le condamne pour l'éternité à se faire dévorer le foie par un aigle.

Je n'avais presque rien dit lors de notre premier rendez-vous, au Café Barbès puis une fois arrivé chez lui au « loft ». Je n'étais pas sûre de vouloir travailler avec lui. À un moment, j'ai juste évoqué Prométhée, les dieux païens, l'envie d'écrire une chanson à partir de là – ce à quoi il avait répondu en disant *tu sais à un moment donné mes rêves, mes rêves, sont devenus mes muscles.*

Aujourd'hui, je parle d'un pays qui est à mille lieues de cette histoire. Et je reviens sur mes traces comme on déchiffre du braille. Le livre avance en moi et il n'est rien d'autre que la vie en plus vif, et il se nourrit de tout : de feux brûlants ou éteints.

Longtemps, je n'ai pas su qui j'étais. Je l'ignore peut-être toujours. Ça m'effraie parfois, ça me navre. Ce que je sais : je dois une bonne part de mon éducation culturelle – comme on dit – dans un premier temps à des filles, exclusivement à des filles, des lycéennes dont je m'étais rapprochée sans pour autant avoir rien en commun avec elles. Parmi elles, donc, Barbara. Barbara était une enfant de communistes marxistes libertaires pour qui le fait culturel était central, la sexualité, à treize ans, une chose dont elle parlait déjà pas mal – sans avoir même déjà *embrassé un garçon* –, elle l'envisageait avec une timidité froide qui me semblait enviable. Elle ne concédait rien au romantisme, à son âge, portait des bottes montantes sous d'incroyables jupes en évoquant Stendhal, Calvino, et elle le faisait comme on parle de tout, de rien, comme on parle de la vie.

Bon avec le recul, peut-être dirais-je aujourd'hui qu'il y avait quand même un rien de suffisance, de pose, dans sa passion si manifeste pour les textes, les films, mais on sentait qu'elle s'y adossait juste le temps d'affermir ses tropismes, son goût. À l'heure où je n'étais encore qu'une pauvre truffe inculte, impressionnable et d'autant plus farouche, Barbara était déjà aguerrie, lectrice, fille de profs aventureuse. Elle voulait selon les jours faire de la recherche, traduire Salman Rushdie ou Umberto Eco, elle lisait le grec, le latin, je la trouvais incroyable et ne comprenais pas comment nous arrivions à rire à ce point ensemble, à nous interroger sur la vie, oui, à nous entendre aussi bien.

J'étais si peu assurée en ce temps, si étrangère à moi-même, qu'à me voir évoluer dans la cour, les couloirs du bahut avec ces pantalons en velours dégueulasses dégottés chez Carrefour, ces pulls en acrylique à petits motifs du même fournisseur, personne ne pouvait supposer que nous habitions pourtant le quartier vaguement huppé du Mur de la Forêt. Pour des raisons que j'ai longtemps ignorées, mes parents vivaient et nous faisaient vivre, en dessous de nos moyens.

Mon père, David Arkin, avait grandi pendant la guerre, il connaissait la peur du manque, la planque, l'arrachement, la débrouille. Il était généreux et rude. Mes parents nous protégeaient, moi et ma sœur, assuraient notre avenir avec attention, mais prendre soin de leurs enfants consistait, aussi, à ne pas faire de nous ce qu'ils appelaient *des gosses gâtés* – claquer l'argent était vulgaire. Nous étions donc habillés à bas prix, n'avions pas droit aux *caprices* dans les magasins, nous ne sommes longtemps partis qu'une semaine par an en vacances – les Arkin se consacrant à l'entreprise paternelle ne s'autorisaient pas plus. Et le clan n'aimait pas non plus l'idée de voyages organisés – avec l'UCPA par exemple ou autre structure collective –, ce n'était pas dans la culture de la famille. Bref, il nous avait été transmis, petit à petit, une forme d'asocialité qui rendait notre condition bourgeoise insoupçonnable. Aujourd'hui, encore, et à revoir mon père avec son blouson d'aviateur fétiche, usé et élimé, son blouson qu'il n'aura jamais remplacé, son blouson bleu fané, troué jusqu'à la gauche, je me dis toujours que réside, là, la définition même de la classe.

Notre père avait de plus décrété qu'il fallait ne pas avoir *tant de fric que ça*, en réalité, pour chercher comme certains à *l'étaler*, les gens qui en avaient *vraiment* disait-il avec force ne le montraient pas et cette idée m'avait frappée, travaillée au corps puis laissée songer, à la vue des hôtels deux étoiles dans lesquels nous séjournions, de nos destinations toujours hexagonales – la Bretagne, les Alpes –, de nos T-shirts élimés et conservés quinze ans, des sachets de thé que nous utilisions plusieurs jours voire plusieurs semaines en les laissant sécher dans nos placards sur des soucoupes offertes dans des stations-service, que nous avions donc, *beaucoup* mais alors vraiment *beaucoup* d'argent – bien plus que nous n'en comptions effectivement. Oui, j'avais fini par délirer : nous étions d'humbles multimillionnaires faisant de notre discrétion grunge le sigle maçonnique d'une distinction profonde, au point de ne jamais apparaître. Il y avait de surcroît dans ma famille *des histoires* dont mon père détestait parler mais qui polarisaient l'imaginaire, électrisaient la libido de ses enfants, des histoires de trafic de drogue et de meurtre de flic, des histoires de maniaco-dépression, de psychose et d'internements, des histoires d'armes et de grenades qui circulaient – la maison d'un de mes oncles par exemple serait *une véritable poudrière* –, des histoires de coups et blessures, d'anarcho-banditisme, de suicide, de hit and run. Bref. Notre aura bourgeoise n'allait pas de soi. Alors quand Barbara est venue pour la première fois dans notre grande maison en pierre et a découvert à treize ans le terrain d'un demi-hectare, les cèdres, les pins pleureurs, la piscine assez longue, profonde, tapissée de pâte de verre, sertie de frises et dotée d'une fosse de plongée, tous ces matériaux nobles d'intérieur, oui, cet artisanat d'exception auquel nous étions attachés : les cabochons, la cheminée en pierre, les tuiles de pays, les tomettes, les boiseries d'époque, les tapisseries achetées à Drouot, les toiles de maîtres aussi – car mon père s'était piqué d'art avec intuition : il avait repéré Wifredo Lam, peintre itinérant, fils d'une mulâtre et d'un Chinois, il s'était intéressé à son œuvre sans savoir une seconde que Lam, presque inconnu et sous-coté dans les années 1970-80, avait été le protégé de Césaire, les prix de ses tableaux dix-vingt ans plus tard explosaient –, bref quand Barbara a découvert notre résidence principale, j'ai eu peur que ça jette un froid ou nous sépare : *putain, t'es riche en fait !* Mais bizarrement, Barbara m'avait considérée encore davantage après ça : je valais mieux que ma classe disait-elle – ça me laissait perplexe.

Barbara a donc déboulé dans mon univers pour le questionner comme je n'avais jusque-là jamais osé, ni même envisagé le faire : *ta mère se fait chier dans la vie non ? J'ai vraiment l'impression qu'elle s'emmerde. Ils baisent encore tes parents ?* J'étais outrée par tant de liberté séditieuse, tant de frontalité.

Alors à treize ans j'ai décidé de suivre Barbara et de lire ce qu'elle lisait, on en parlait des heures, et puis il y eut la fois où nous avons été seules au cinéma à Paris voir un film de Cassavetes ou bien peut-être Wenders – elle avait hésité. Je ne savais même pas qu'ils existaient, qu'on pouvait voir en salle autre chose que *Le Grand Bleu*, *Danse avec les loups* ou *Terminator II* – mais c'est quoi ces films Barbara, *Meurtre d'un bookmaker chinois*, qui va voir ça ? *C'est très connu, Maude, tu me fous les boules arrête.* Je me suis tue et n'ai presque plus ouvert la bouche du trajet de RER puis de métro qui nous aura menées, ce mercredi de l'année 1990, dans le sixième arrondissement – *tu fais la gueule ou quoi ?* Non, je suis fatiguée. On a vu *Les Ailes du désir*. J'ai été médusée de découvrir que le cinéma, ça pouvait être ça : un truc où s'emmerder à mourir. Je n'ai rien compris aux enjeux. Pourtant, tout de suite, j'ai senti aussi que palpitait là quelque chose qui ne demandait qu'à me parler, qu'à me remuer et avec quoi je pourrais un jour entrer en connivence, voire en intimité, ça s'est tout de suite imposé – comme certains répètent des heures au piano s'emmerdant à jouer faux, car ils devinent dans ce temps laborieux passé à sonner mal, un horizon possible, une terre –, alors j'ai eu envie de persévérer, de me laisser entraîner. Le truc c'est qu'avec Barbara, il fallait toujours – mais pourquoi ? – rester jusqu'à la fin du générique et squatter un café après pour discuter des *partis pris* de l'auteur – ça me paniquait, surtout concernant Wenders, là, cette première fois, je n'avais strictement rien à en dire et surtout je ne savais pas, mais alors pas du tout, ce que j'en avais pensé ni même d'ailleurs si j'avais aimé le film : j'étais resté en deçà, vraiment très en deçà, de ce qu'on appelle l'avis, le goût, dans une zone heureusement profane où m'étaient malgré tout revenus des plans, des images, des interrogations naissantes. Je laissais ça décanter, se préciser au contact de cette amie qui disséquait, elle, certains passages et s'avérait alors capable de vous sortir des phrases du genre « en fait tu vois, faudrait aborder toute la crudité, tout le vice du sexe comme Cézanne voulait peindre – tu sais l'histoire du premier homme ? – faudrait aborder toute la violence sexuelle comme si, en réalité, on avait jamais eu de corps avant, comme si jusqu'au moment, où toi et moi, on va enfin se retrouver face à une bite ou une chatte, on avait été des anges ». Je la regardais avec étonnement puis repensais à Peter Falk, je ne verrais plus jamais *Columbo* comme avant. Tu crois que la sexualité rend adulte ? J'avais demandé ça d'un coup puis poursuivi en ayant l'impression de penser, pour la première fois : moi je crois qu'on peut pas parler d'amour en dehors du sexe en fait, l'amour ça se fait. On en était là de nos réflexions, elle, maquillée, en jean, moi hirsute dans mon sweat flashy trop large et c'est ainsi que la journée puis nos journées avaient passé, de week-ends à discuter en conseils de classe où Barbara occupait le poste de déléguée. Notre tandem ne s'était plus quitté, oui, on avait grandi comme ça, l'une avec l'autre et en se marrant beaucoup.

— Bon bah voilà j'ai vu Matthieu hier, on est sortis ensemble.

— Vous vous êtes embrassés ?

— Ouais – elle a marqué un temps. Enfin il m'a littéralement bavé dessus quoi, on l'a fait allongés sur le sol, je m'y attendais tellement pas. Il m'a foutue par terre et là, je te jure, il s'est plus arrêté, avec sa langue là, pâteuse, hyper épaisse qu'il m'a enfoncée comme ça, tout de suite mais quasiment au fond de la gorge, Maude, je te promets, j'arrivais plus à respirer mais j'osais pas l'arrêter non plus, attends Matthieu Myassard, tu te rends compte ? Il me plaît tellement. Mais là je me disais non, c'est pas possible, on va finir par rendre ça langoureux, au moins plus naturel, ça peut pas être si naze les préludes de la baise avec Matthieu Myassard, c'est juste une blague, mais tu veux que je te dise ? Il a pas d'expérience en fait le mec en seconde, putain, je suis verte.

J'écoutais Barbara en souriant et ne trouvais rien à dire : même sa façon de parler de cette débâcle m'apparaissait géniale. Je cherchais une remarque à faire, une question à poser qui puisse me hisser à la hauteur de son récit mais je n'en trouvais pas. Il faut regarder les choses en face a conclu Barbara, cette première pelle est un désastre. On a éclaté de rire en se goinfrant de biscuits industriels devant sa cité HLM et on est passées à autre chose, à Woolf et à Duras je crois.

Ce que Barbara m'a appris en m'initiant à l'art comme elle l'a fait, c'est à aimer ce qui était dissident – d'une manière ou d'une autre. Petit à petit c'est devenu clair pour moi, le plus important à expérimenter, à vivre, était minoritaire – marginal – et à force de l'éprouver, à force de revoir à cette aune ma propre histoire, sans même m'en rendre compte, j'ai fait de la délinquance une érotique.

J'adopte la syntaxe des hommes que j'aime aussi, j'apprends à parler leur langage pour pénétrer leur monde. Avec Loïc, tout passait par le sexe, le mensonge, la drogue. Alors j'ai exploré tout ça, j'ai menti, pillé et cannibalisé, j'ai exploré certaines substances comme j'ai étudié certains corps aussi ou certains textes – c'est tout – et je le jure, j'ai pris soin de lui.

PENDRE SOIN

- Développement personnel ? -

« La délinquance est un signe d'espoir. »
Donald Winnicott

Quand je l'ai rencontré ça faisait trois ans que Loïc Quemener était sorti de prison. Quemener était tombé pour association de malfaiteurs, escroquerie, et redorait donc son blason dans le sport, l'hygiénisme, et le développement personnel. Il m'avait envoyé son agent, Aymeric, qui, devant mes résistances, m'avait proposé un rendez-vous avec le patron du label.

Je ne me rendais pas compte, selon lui, de l'audience que ça m'amènerait : Quemener renaissait, sur les réseaux, d'un passé sulfureux d'escroc à la TVA et à la taxe carbone et depuis sa sortie de taule, sa reconversion lui assurait, petit à petit, une popularité croissante. Il embrassait un public de plus en plus large. Mon rôle se jouerait là, me disait-on, car il tenait, malgré tout, à rester *rock*. C'est ça. Certains de ses anciens acolytes s'étaient vu approcher par le ministère des Finances pour partager leur expertise sur des dossiers de fraudes. D'autres reconvertis dans le « conseil » faisaient aussi des chansons ou s'étaient inscrits au Cours Florent. Tout ça paraissait fictif, c'était pourtant véridique, exact, et à partir du moment où je rencontrerais plus intimement Loïc, ce brouillage permanent du réel deviendrait une norme passionnante et triste. J'avais été voir, pour me faire une idée, des extraits de vidéos où il apparaissait sur le plateau de Cyril Hanouna et m'étais laissé décontenancer. Ce type d'émission exerçait, sans que je le veuille, une séduction trouble sur moi. Ce mélange de vulgarité bon enfant, d'explosions d'anarchies infantiles sur fond de calculs politiques, d'idéologie travestie et de rationalisation par l'audience donnait le ton d'un XXIe siècle toujours plus au bord de la psychose, et dans lequel, comme tout le monde, je m'engluais.

En regardant Quemener, chez Hanouna, prétendre rire en se prenant de la crème chantilly dans la gueule, j'avais eu le sentiment très net d'être entrée cette fois dans un siècle régi non plus par des pères abusifs mais par des fils éternels et terribles, narcissiquement blessés, eux aussi abusifs, et dont l'ego gonflé aux likes comme à l'hélium, aux followers, faisait d'eux sans même qu'ils le sachent d'étranges baudruches autoritaires qui tremblaient à l'écran en parlant haut comme les chimères, les monstres, d'un barnum permanent. Tout était partout dans la confusion la plus faussement joyeuse, la plus brutale au fond. Tout était susceptible d'être instantanément médiatisé et Loïc, dans l'histoire, m'avait semblé mal à l'aise et touchant : il riait trop. Sa beauté troublait, il était sympathique et observait à bonne distance Gilles Verdez déguisé en poule qui courait autour du plateau. Comment m'imaginer travailler avec Quemener ? Je ne voyais pas ce que je pourrais apporter à ses textes. Il puait la lose arrogante, mais justement peut-être à cause de ça, son sens du combat me séduisait. J'hésitais. Aymeric de la WM continuait d'insister.

— Loïc a besoin d'une meuf comme toi, masculine et sophistiquée.

— Masculine ?

— Oui enfin, tu vois ce que je veux dire.

C'est ça, je voyais.

— Il a besoin que quelqu'un le tire vers quelque chose de plus *genuine*. Il est de plus en plus fédérateur et populaire tu sais, depuis qu'il est sorti de taule. Il fait même des vidéos sur les réseaux, un truc bizarre, il mélange ses dernières chansons à de la pensée positive – il a gagné au moins dix mille followers en un mois.

— Il fait des vidéos ?

— T'es pas allée voir ?

Il m'a montré. Sur YouTube, on voyait bien Loïc comme habillé de cette enveloppe musculaire qui lui tenait lieu à la fois de toge et d'armure parler devant une lithographie de Vivian Maier. Une de ses chansons passait en arrière-fond. Elle disait, si je me souviens bien, qu'on était *riche de tous les avenirs possibles.* J'avais du mal à distinguer la suite de l'extrait. Loïc prenait déjà la parole : eh, les loups, mes loulous ! La vie est une chienne de l'enfer et pourtant en chacun de nous sommeille un guerrier, un warrior, n'attendons pas qu'il soit trop tard pour mesurer ce dont nous sommes capables ! Quemener composait ici un large sourire assez irrésistible. L'indigence de ses propos me déprimait mais je me surprenais à lui répondre, à sourire moi aussi, derrière l'écran. Mes chéris, vous savez tous ce que j'ai traversé mais j'aimerais vous rappeler une chose, quand le ciel est couvert, le soleil ne disparaît pas : il est juste derrière les nuages ! Faites du moment présent *un ami*. Rien de grand ne s'est jamais accompli sans passion, mon point de vue est simple (sourire) : si on veut obtenir quelque chose qu'on n'a jamais eu, il faut tenter quelque chose qu'on n'a jamais fait, *remember it*, le meilleur moyen de prévoir le futur, c'est encore de le créer ! Poursuivez vos efforts ! Y'a pas de secret. Moi si je suis comme ça, aussi *vivant*, aujourd'hui, si je suis *gaulé comme je suis gaulé*, vous croyez que c'est de la magie ? On a toujours tendance à surestimer le talent, on a tort... Le truc c'est qu'il faut savoir pourquoi on fait ce qu'on fait, ça permet de rester *focused*. Cro-yez-en-vous, bordel. Après il faut avoir de la méthode, cultiver le *branding*, il faut avoir de la *stratégie*, pour mettre en route tous les *process vertueux* qui vont vous permettre de ré-u-ssir. Moi je me suis longtemps perdu mais, justement, on est pareil vous et moi. J'aimerais vous guider sur le chemin...

Je l'ai interrompu.

— Ça va Aymeric, j'ai compris. Et qu'est-ce que tu veux que je fasse là-dedans moi ?

Il n'a pas répondu dans un premier temps, il a juste souri.

— Tu lui as plu, je crois.

— Plu ?

— Oui. Ta personnalité, tout.

— Ça me correspond pas...

— Justement tu t'en fous ! Tire-le vers un truc plus rock, c'est exactement ce qu'il veut. Il y a matière avec lui… Tu pourrais faire je sais pas un rock un peu *self help*, un truc très novateur…

Je ne pouvais plus supporter la manière dont tous les ringards de la terre avaient l'impression de devenir *rock* à peu de frais. Aymeric, quant à lui, commençait à se faire tactile pour devenir convaincant, ça m'insupportait.

C'était mondialement la merde et il y avait encore des gens pour croire en la pensée positive, voire pour en avoir besoin. Je pensais à la situation sanitaire, aux confinements des dernières années, à ce temps mortifié, cette mithridatisation totale, organisée, dans laquelle on s'était tous trouvés saisis. Certains avaient affirmé qu'il faudrait *en faire quelque chose*, c'est-à-dire généralement du yoga – du yoga, du fusain, du yoga bande de nazes, du yoga à se damner sur des monceaux de cadavres, des cadavres de vieux, des cadavres de gros – et la manière dont chacun l'avait mis en scène sur Instagram ou ailleurs aura été, très vite, insupportable alors en attendant le traitement, ou la suite, des soins de peaux à l'argile hein donc ? Puis à longueur de posts, de stories, des jus détox sur fond d'émeutes, voilà c'est ça du pain maison, du pain maison bien sûr avant d'aller saluer, applaudir, les soignants sous-payés, du thé sencha enfin, évidemment, du thé sencha et des *smoothies* à en crever sans plus savoir quel jour on est, c'est ça. Prenez soin de vous. Moi aussi j'étais pour *le care* bien sûr. Qui pour être contre ? disais-je cette fois à Aymeric en affichant une moue dédaigneuse. Pour moi, c'était comme le principe vaccinal, le care, c'était renforcer son système immunitaire, par extension, s'injecter de la négativité en intraveineuse pour apprendre à lutter, à conquérir la santé, la paix. Barbara m'avait reprise là-dessus, la dernière fois qu'on s'était vues pour dîner, elle m'avait parlé des *racines et des vecteurs*, des *facteurs socio-économiques* qui faisaient qu'on était entré dans une ère de nécessité du soin. J'y repense beaucoup et la revois m'expliquer que j'en étais encore à imaginer des masses engourdies que l'art, par exemple, devait réveiller, extirper de la léthargie conformiste dans laquelle elles étaient piégées, j'en étais selon Barbara restée au concept dépassé de *l'esthétique du choc. C'est terminé tout ça, Maude. Choquer le bourgeois, choquer les masses, aujourd'hui, c'est un truc de bourgeois. Les provocateurs, aujourd'hui, ce sont les bourges. Les pauvres ont autre chose à foutre.* J'entendais ce qu'elle me disait mais pour moi, le care était une affaire politique, métaphysique, beaucoup moins inconséquente et niaise que le self help voulait le faire croire. Être responsable et éthique avec les autres ou son environnement, ça ne consistait pas à devenir tous des nounous, des abstinents, des infirmiers. Le care, ce n'était pas devenir tous gentils, tous dépourvus de méchanceté et de corps, ça me semblait trop mièvre ou trop barbare de penser ça comme ça. Seul Michel Houellebecq pouvait se le permettre sans avoir l'air d'un con – bref... Maintenant avait-elle conclu, il faut considérer *la gentillesse* comme *une potentielle herméneutique de la radicalité.*

— Hein ?

Aymeric disait la même chose autrement.

— T'es trop rude, Maude. Tu crois pas que justement, parce que c'est la merde, il faut renouer avec notre part positive ?

— Non, je préfère renouer avec ce que j'ai de nocif, je me sentirai plus forte.

— Tiens, je te file une maquette, tu me diras ce que tu en penses.

— Une maquette ?

— De Quemener.

J'ai coupé court.

— Non !

Je ne voulais plus en entendre parler. Et si j'étais si radicale, si je l'affirmais de manière si ferme, si rigide, ce n'était ni par vertu politique ni par souci esthétique contrairement à ce que j'essayais de faire croire. Si j'étais si radicale, c'est parce qu'en dépit de son discours et de sa dégaine, le corps, l'énergie de Quemener m'attiraient. Alors, pendant des semaines, après notre première entrevue au Café Barbès, j'ai continué à essayer de me convaincre du contraire.

Je comptais pour ça sur Barbara. Nous avions pris le pli de dîner ensemble toutes les deux semaines environ au restaurant Le Providence dans le dixième arrondissement. Barbara éprouvait une grande fatigue de la vie et une certaine satisfaction d'être elle-même – satisfaction que j'enviais. Je devais à cette fille qui j'étais devenue : elle m'avait tant stimulée intellectuellement, amenée à découvrir des auteurs si décisifs. Ma dette vis-à-vis d'elle était énorme. Pourtant, ou peut-être à cause de ça, je ne l'aimais plus. D'autres travers m'étaient apparus, petit à petit, et prenaient, entre elle et moi, de plus en plus de place. L'une des choses qui m'insupportaient, par exemple, résidait dans son obsession provinciale du *chic*.

J'ai aujourd'hui pour cette amie une affection si profonde, si complaisante, que j'aimerais parfois ne plus rien avoir à faire avec elle. Cette amitié très vive reste proprement exténuante.

Arrête, avais-je donc une fois de plus tu, la fois dernière, quand nous avions dîné. Arrête avec tes injections chroniques dont tu as honte, tes sapes faussement décontractées, tes airs d'enfant espiègle exaltée par la maigreur et le manque, le charme tu l'as ou tu l'as pas, la grâce affectée n'est pas la grâce, Barbara. Voilà ce que je passais sous silence, une fois de plus.

Barbara m'avait encouragée à écrire mon premier livre, me demandait quand j'écrirais le deuxième, elle écoutait mes chansons avec attention et puis Barbara savait se raconter : la narration qu'elle faisait de ses succès, de ses déboires, faisait spontanément corps avec sa réflexion dans une joie heuristique toujours vive, toujours neuve. Depuis l'adolescence, nous confrontions nos subjectivités, nos intuitions, pour affiner notre façon de voir les choses, de les vivre. J'aimais penser avec elle. Mon plaisir de la retrouver se révélait donc, toujours, à chaque fois, aussi ambivalent – et aussi intact.

Quand j'ai évoqué ma rencontre avec Loïc, quand j'ai évoqué son corps, mon trouble etc., elle a levé les yeux au ciel et immédiatement tapé son nom sur Google. *Attends, il a participé à l'arnaque à la taxe carbone ?*

— Pas vraiment. Marginalement.

Elle a regardé ses photos, s'est attardée longuement sur l'une d'entre elles où Loïc tenait, torse nu, un chiot dans les bras, puis elle a lancé la vidéo d'une interview qu'il avait donnée au magazine *GQ*. Titre d'accroche (ils avaient interrogé quinze représentants du genre, quinze personnalités) « Être un homme aujourd'hui ». Quemener y expliquait que *le cul comme la musique, c'était important,* qu'il détestait le foot, le rugby et pleurait devant *Titanic.* Barbara s'est décomposée et a dit *c'est pas possible, Maude.*

Barbara ne comprenait pas ce qui me plaisait chez lui, elle était persuadée que tout ça relevait chez moi de la montée d'hormones, de la crise de la quarantaine, et levait les yeux au ciel dès que j'ouvrais la bouche. Elle continuait de faire défiler les photos en réprimant un sourire aiguisé. Je la revois. Elle répétait *mais non*, elle joignait le geste à la parole et elle secouait la tête *mais non, il est ridicule enfin Maude tu veux juste « te le taper »*. Mon amie me consternait. Je détestais cette expression. Peut-être, m'étais-je obligée à répondre alors que l'envie de briser là m'avait saisie, mais il y a quelque chose qui me parle chez lui vraiment. *Pff tu me fais marrer, ça c'est une ruse de ton désir mais c'est par lui que t'es agie c'est tout, tu le sais pas Maude mais Quemener, tu le méprises.* C'était faux, je ne le méprisais pas. Barbara m'irritait décidément de plus en plus, je n'en pouvais plus, parfois, de son côté boy-scout de la pensée radicale qui n'avait par ailleurs que le mot « anarchie » aux lèvres alors que cette fille menait une vie de nonne que tout ulcérait ou faisait bien « marrer ». *Attends, les progressistes ? Ils me font marrer, ils savent plus qui ils sont* – oui tout le monde le dit et elle au fait qui était-elle ? Briller, jouir d'un certain pouvoir dans l'édition avait été à la fois son fait de gloire pendant cinq ans et le drame de sa vie, c'est pour ça qu'elle s'était résolue à quitter son poste de direction parce que l'injonction paradoxale qui la fondait l'avait à ce moment confrontée à une équation impossible : si tu rates semblait lui répéter son père qu'elle appelait chaque soir, depuis vingt ans, tu nous déçois en revanche si tu réussis, ma chérie, tu nous trahis. Elle avait donc, à trente-sept ans, décidé d'écrire des livres pour enfants. Mais comme cette fille restait douée à peu près en tout, elle s'était là aussi vite fait un nom et sévissait depuis dans un secteur plus déprécié, certes, moins exposé en tout cas, où néanmoins elle vendait, beaucoup, et pas seulement en France. Barbara avait donc exaucé, en bonne fille, bonne élève, le désir de Papa, et accompli la prouesse de réussir sans réussir. Ça n'altérait ainsi en rien sa grande fierté *morale.* Au contraire même, sa sévérité, ses résignations, la flattaient et moi, à force, bah ça me gonflait tout ça : *la propriété Maude faut pas me pousser beaucoup pour que je me prononce contre, hein* – ah bon, mais t'es pas propriétaire Barbara ? *Si, il faut bien se débrouiller dans ce monde de chiens, toutes façons c'est fini le monde libéral.* Ça semblait la réjouir. C'était si important pour elle d'être de gauche, ce désir forcené, à mes yeux, l'amoindrissait. Elle n'en finissait plus de faire le procès de ceux qui étaient passés de l'autre côté, *attends, lui, il est clairement passé-de-l'autre-côté, faudrait peut-être qu'il arrête de croire qu'il est de gauche.* Je n'en pouvais plus de ses poses, de ses imprimaturs : *non, tu peux pas dire tel auteur m'intéresse mais là-dessus je crois qu'il se plante, tu peux pas Maude, c'est trop facile* – ah bon, pourquoi ? D'où lui venaient ces idées dont elle faisait, si volontiers, des décrets ? Et pourquoi cette amie qui revendiquait pourtant croire aux vertus du désordre trahissait-elle souvent tant de déférences à l'égard de certains principes ? Ces temps-ci, oui, Barbara m'agaçait. Mais peu importe, je l'aimais beaucoup.

— Non je t'assure, toi, t'es nulle part politiquement, Maude, c'est pénible.

Elle avait raison mais j'essayais juste de penser, de lire, de faire des rencontres réelles, d'écrire, de jouir. Ça me paraissait déjà pas mal. Et Barbara m'expliquant combien elle me trouvait grotesque avec – je cite – ce « Musclor à deux balles », paraissait faible tout à coup, ne pas questionner suffisamment ni mes tendances – ayant je crois tout à voir avec mon envie d'affranchissement, une envie qui finissait toujours chez moi par me piéger et m'enfermer dans des errances dont je mettais longtemps à sortir –, ni ses propres choix. Je ne lui en voulais pas de juger Loïc, ça non. Pour tout dire, j'étais la première à juger tout le monde à la seconde parce qu'à partir du moment où nos visages, les mots qu'on choisit, nos amours, ceux avec qui on passe du temps nous racontent, témoignent, nous révèlent comme les ombres ou la lumière se découvrent elles aussi, révélées, dans le bain des chambres noires, tout trahit le fond d'un être. Alors pour ma part, je savais aussi très vite à qui j'avais affaire.

En l'occurence, je me fichais de savoir s'il était cultivé ou non, franchement, ce n'était pas un critère pour moi.

Puis ses options amoureuses, à elle, ses proches, ses fréquentations, on pouvait en parler deux minutes ? À part ma pomme, Bibi, sa vieille complice d'enfance, Barbara ne côtoyait que des gens modestes qu'elle dominait et qui surtout, éperdument, l'admiraient. Ma camarade avait été aimée faut dire, très tôt, par ses parents et cherchait en permanence à être confortée dans l'idée qu'elle était bien cette fille géniale, cette fille digne d'attentions éblouies – pour ainsi dire dévotes. Elle s'entourait en tout cas de personnes l'adulant et de surcroît, toutes, du même milieu social : des instits, des profs, des mecs ou des nanas de la culture subventionnée toujours très *en colère*, toujours à la fois solidaires et amers, des supporters de foot aussi, des buveurs de Kro, des bouffeurs de pizza, oui, ça la rassurait les ambiances qui fleuraient bon la MJC, les saucisses grasses servies dans du carton, les gobelets en plastique, elle trouvait ça parfait, c'était facile à pratiquer, si familier, les demis dégueu tout tièdes au petit Balto du coin où on achetait dans le même mouvement ses billets à gratter quand on ne jouait pas au PMU. Barbara apportait un peu de finesse, de sophistication dans ce monde à la fois remuant et atone, épais au fond, et ça la réhaussait. Elle s'y sentait sereine. Elle était là chez elle mais parce qu'elle y régnait, naturellement, comme elle avait soumis les siens.

Je le savais pour avoir frayé plusieurs années à vingt piges avec ses potes, ou même avec des mecs non seulement pauvres mais plus déviants, délinquants à leurs heures, mais que j'érotisais, déjà, pour cabosser une vie – la mienne – jusqu'ici trop tranquille, alors j'avais traîné moi aussi sur des bancs, à l'arrière de motos kitées, passé des nuits sexuelles âpres, éméchées, dans des Formule 1 du Bras de Fer, travaillé au France Loisirs, au Zara d'Évry 2, fourni mon mec de l'époque en Subutex, en matos de musique que je volais un peu partout à la moindre occasion. J'avais chanté dans le métro, fêté la Coupe du monde de 98 à la merguez mais en m'ennuyant grave avec des gars sensuels et bas du bob qui la plupart du temps, pour finir, m'insupportaient.

Puis, quand j'avais intégré quelques années plus tard une maison d'édition pour y faire un long stage, je m'étais découverte soluble à peu près dans tous les milieux : je pouvais parler avec des intellos, des vrais, des Parisiens, me disputer avec eux sur les enjeux de fond d'un roman, voire au besoin *faire de l'esprit* s'il fallait : avec ces hommes influents, avec ces femmes puissantes – plutôt tous très sympas –, nous n'avions pas les mêmes parents, nous n'avions pas les mêmes enfances, mais nous avions les mêmes CV : moi aussi j'avais été à Henri IV, moi aussi j'avais passé le concours général, et puis le capital symbolique, mes parents ne me l'avaient pas transmis mais bon je l'avais acquis – comme beaucoup – à la longue.

De fait, les analyses, les commentaires des « huiles » de ce milieu m'intéressaient sans m'émouvoir. Les films qui m'importaient, je les avais vus dix fois, en ce qui me concerne, vingt fois, et certains, plan par plan, je les connaissais par cœur. J'avais passé des semaines à voyager seule en écoutant à répétition dans ma voiture les cours de Deleuze sur Leibniz ou sur le cinéma, en embarquant London, John Fowles, en embarquant Foucault, en embarquant Lacan. Certains auteurs m'avaient nourrie bien plus encore qu'une mère alors ces livres, souvent, je les avais lus mieux qu'eux.

Paris ne me faisait pas plus peur que je n'avais envie de la défier, de la conquérir ou je ne sais quoi : *à nous deux* rien du tout. Paris ne me fascinait pas. Je venais de banlieue moi, pas de province et la banlieue, même bourgeoise, s'avérait devenir une marge. Paris ? Mais bien avant d'y habiter, j'y étais en un coup de voiture et coude à la portière avec Abba à fond les baffles, les Creedence Clearwater ou bien Daniel Guichard – Paris ? Je n'en avais rien à foutre. Pardon les amis, quoi ? Venir chez vous ce week-end à deux-trois heures de route pour y cueillir des pommes ou bien jouer au tennis, mais pourquoi pas ? Ça ne m'impressionnait pas, toutes ces maisons de campagne dans le Perche, dans l'Orne, dans le Luberon, ces 130 voire 200 m^2 au cœur de la capitale. Moi aussi, grâce à mon père, j'en avais *les moyens* comme on dit et je sentais pour la première fois, concrètement, l'assise qu'en toutes circonstances ça donnait : que ce soit menottes aux poings dans un commissariat de Juvisy, maintenue en garde à vue quinze heures pour outrage, rébellion, parce que vous aviez mal vécu qu'on malmène votre mec en raison de seringues qu'il trimballait sur lui pour se shooter à la morphine quand il allait trop mal ou coupe de champagne à la main dans les jardins de Gallimard ou de la WM, se savoir à l'abri, avoir des biens, ça vous file une force tarée. Cette force, j'avais décidé à la fois de la prendre de haut et de la chérir. Elle faisait partie de moi. Il n'y avait sans doute qu'*une bourgeoise* pour se sentir ainsi, avec un peu de travail, d'efforts sur soi, aussi à l'aise avec des médecins, des dealers, des avocats, des chauffeurs de taxi, des écrivains, des joueurs de poker, des managers, des héritiers ou bien d'anciens braqueurs (je ne parle pas ici de gens que j'aurais simplement croisés, je parle de personnes avec qui j'aurai passé du temps – parfois intime – dans la durée).

Je m'adaptais partout, pouvais me marrer ou frayer avec des gens d'extractions très diverses, rencontrer presque n'importe qui pour peu que la personne en question me semble singulière, vivante, pour peu que son parcours, sa façon de parler m'émeuve.

Je me sentais jouir d'une plasticité à peu près absolue. Mais c'était là encore un privilège de classe, sans doute, car

Barbara n'aimait pas s'extraire de son milieu, elle n'aimait pas s'aventurer ailleurs, ça ne la tentait jamais. Et elle ne se faisait pas violence. Elle ne souhaitait pas non plus se rendre à l'étranger, non, Barbara aimait rester *à la maison* alors n'y avait-il pas dans sa façon de vivre, « sa radicalité », quelque chose de confortable au fond, voire de frileux, qu'elle ne prenait jamais la peine, me semble-t-il, d'analyser ? Ses amis quant à eux étaient tous ternes, ses amis étaient chiants, ses amis menaient une vie de merde pour laquelle elle se passionnait avec une empathie à la fois grossière et sensible.

Elle abandonnait de plus en plus les hommes au profit des femmes mais ses mecs, ses nanas, faisaient presque toujours partie de *minorités* – généralement arabes – et lui étaient, de façon systématique, économiquement et symboliquement inférieurs. Ça ne la questionnait pas. Elle aimait raconter comment Rani, Abdel, Kenza s'étaient battus pour s'imposer, trouver leur place, combien ils valaient dix fois ce qu'elle valait, combien ils étaient beaux ou belles, combien ils étaient nobles. Elle était sincère. Barbara les trouvait puissants quand ils étaient, parfois, autoritaires et ne leur reconnaissait pas la possibilité souveraine de devenir, par exemple, ses ennemis politiques. C'était dans cette impotence que se nichait son mépris retourné en une fascination d'autant plus paralysante, qu'elle passait son temps à la nier. Alors Barbara pouvait dire ce qu'elle voulait, tous ses choix témoignaient d'une chose simple : la perspective de ne pas dominer son environnement l'indisposait. Je n'aimais pas sa façon de parler des rapports de force : elle en avait une approche beaucoup trop mécaniste, beaucoup trop vaniteuse. Le milieu de la musique par exemple – sur lequel elle crachait – était à la fois affectif et violent : on y rencontrait des gens avec qui s'entendre mais avec qui les jeux de pouvoir se révélaient vite raides, voire pénibles.

Il me sera bien sûr arrivé de me faire serrer, dans le secret cossu de résidences haussmanniennes, par des producteurs sûrs, bien trop sûrs de leurs charmes, de voir mes projets entravés en partie à cause de mon genre, de recevoir des mails pervers de personnalités publiques. Je m'en étonnerais, apprendrais à déjouer certaines situations, j'en déprimerais, je résisterais, j'éclaterais de rire, je serais déçue, je serais brutale, je ferais chier le monde ou j'aurais honte – rarement –, je ramerais et puis je perdrais parfois, naturellement. Mais je ne me sentirais pas dominée. Jamais. Si ça, c'est pas de la morgue de classe.

Barbara m'expliquait, ce soir-là, au Providence, en mangeant sa salade de crabe, qu'elle ne voulait plus quant à elle de relations amoureuses mais *safe.* Elle disait que se mettre en danger relevait d'un désir dépassé, que le désir lui-même était un truc du XXe siècle. Elle disait par ailleurs qu'à terme *tout le monde devrait devenir femme et lesbienne.* C'est ce vers quoi il faudrait *tous* tendre, Maude, tous : des femmes, trans ou pas, et des lesbiennes – point.

Barbara déclarait à présent qu'on ne s'affranchirait jamais de rien par la sexualité ni par l'amour que pouvait vous prodiguer ou non un homme. Que tout ça, c'était de la propagande. Datée et abusive : l'histoire de l'émancipation sexuelle, de l'émancipation par le sexe, c'est une ruse de la raison patriarcale pour nous imposer sa loi, disait-elle.

Une fois de plus, Barbara me troublait. Ce qu'elle disait ici me semblait juste. Elle déclamait maintenant du Valerie Solanas « Les hommes sont incomplets » pour arriver à Miley Cyrus : *« I can buy myself flowers, write my name in the sand, talk to myself for hours... Yeah I can love me better than... you can. »* Elle la citait puis la chantait, je finissais par en rire. Barbara m'enthousiasmait. Après avoir vécu une histoire assez belle avec une femme, elle jouissait aujourd'hui de ne plus baiser. Soit. Je comprenais pour une part ce qu'elle disait, moi aussi j'étais passée par des phases ascétiques, mais, à chaque fois, je ne l'avais fait que pour mieux retrouver les hommes. Le corps des hommes – bandant et incertain.

La voix du récit prend ici le relais : Maude pense au contraire que l'agressivité coexiste avec l'amour. Que le désir de prendre soin *procède* de menaces subverties. Autrement dit, on ne prend soin que de ce qu'on pourrait détruire. Maude observait aussi que plus Barbara se fermait à la question du sexe, plus son discours se radicalisait et gagnait en intensité idéologique. Peut-être est-on entrée dans une ère où le sexe, après avoir tout politisé, dépolitise tout. Peut-être.

J'aimais discuter avec Barbara mais je reverrais Quemener, je le savais et plus j'entendais mon amie parler, plus je me disais qu'il y aurait peut-être, dans cette rencontre avec Loïc, des choses à expérimenter, à vivre, à penser. Ça me suffirait à l'explorer *jusqu'au bout* – si tant est que cette expression signifie quoi que ce soit.

Pour savoir si je pouvais travailler, voire m'entendre avec quelqu'un, c'était très simple, je lui demandais de me citer une chanson de Julien Clerc. Ça ne loupait jamais, ça ne pouvait pas tromper. On ne s'en rend pas volontiers compte mais il y a deux familles dans les chansons de Julien Clerc, et contrairement à ce qu'on pourrait penser, elles ne sont pas conciliables : il y a les Roda-Gil et il y a les Dabadie. Celle qu'on retient trahit toujours un peu qui on est. Personnellement, je ne voudrais pas, je ne pourrais pas bosser, voire frayer, avec un Dabadie ou alors comme ça un soir – mais juste un soir. Pourtant il a son charme le Dabadie, le Dabadie comment dire ? Le Dabadie est faussement chic parce que le Dabadie est précieux et sentimental. Le Dabadie pratique le romantisme, et la guimauve. Il aime les triangulaires amoureuses et, s'il est urbain, le cinéma de François Truffaut comme les mauvais Sautet. S'il est plus rustique, il aime le mélo, le boulevard ou les soap. Le Dabadie est à la fois courtois et épais, le Dabadie est im-pos-sible.

Le Roda-Gil est plus marrant : il est plus libre, plus cynique. Le Roda-Gil est un tragique, un aventureux, le

Roda-Gil est un moderne : « La lave tiède de tes yeux coule dans mes veines malades », s'il a pas puisé ça au cœur le plus noir de Baudelaire, dis-moi où – bah vas-y. Dès que je devais parler musique avec quelqu'un pour la première fois, c'était le même scénario joué et rejoué encore, et là, je me retrouvais face à Quemener dans un bar où boire des coups et fêter le fait que j'avais confirmé à la WM que nous allions travailler ensemble – mais moi aussi j'aime Fauque, Loïc mais c'est facile ça, tout le monde aime Fauque, tu vas me parler de Christophe dans deux minutes ? Mais moi aussi Djian mais là encore, qu'est-ce que tu crois, tu me dis rien de toi là. Non, cite-moi une chanson de Julien Clerc. Une seule, sans tergiverser : celle qui s'impose à toi.

Il arrivait que, devant l'importance dont cette question se voyait soudain étonnamment chargée, la personne en face reste interdite ou botte en touche – c'était le cas ce fameux soir –, ça m'agaçait : *come and unfold yourself* comme on dit chez toi et dans *Hamlet* – révèle-toi une bonne fois, allez, donne-moi une chanson de Julien Clerc putain ! –, shoote un titre au hasard, celui qui te vient, on va pas y passer la nuit. Pardon ? « Ma préférence » ? J'en étais sûre – raus. Tu dégages, tu dégages ou c'est moi qui m'en vais. Allez, on se quitte gentiment – ne partons pas fâchés dirait notre ami Raphael mais tu dé-gages. Je ne veux pas perdre mon temps avec un Dabadie.

L'entrée en matière était toujours très efficace, et là encore Loïc et moi avions passé le reste de la soirée à rire en enchaînant les bières et commencé à envisager, plus concrètement, la teneur même de la maquette. Dans une chanson, le plus important disait Roda, c'est le texte « pas l'imam ou le curé mais le sermon, le prêche ». Tu sens pas les effluves du génie exilaire de ce mec né dans un camp de réfugiés, proche des situationnistes mais se définissant lui-même comme un « poète industriel ».

Quemener – je revois son visage – m'écoutait en souriant : jusque dans le drame répétait-il, scotch après scotch, jusque dans le drame, c'est ça, Loïc voulait donner une vision noble de l'amour. Cette nuit-là, je me souviens, l'air de rien, une douce tension passait encore dans l'air, tangible, jusque dans nos gestes, les volutes fantômales de nos Marlboro Rouge, le bruit mat des verres sur le zinc, nos éclats de voix ou de rire puis en me voyant d'un coup frissonner dans le fumoir – faisait-il froid ? –, Loïc était venu poser sa veste sur mes épaules puis il avait regagné sa place avec une gravité irrésistible.

Je le revois, après ça, sortir de vieux brouillons, les aligner un par un sur la table de ses grandes mains carrées. Le problème avec lui, c'est qu'il croyait œuvrer à des chansons pointues, singulières, en écrivant des trucs du style « S'il restait encore une chance /oh malgré nos déshérences / Retrouve-moi en cadence ». Je ne savais plus comment lui dire qu'il était impossible pour moi de bosser là-dessus. Mes inspirations étaient ailleurs. Et pourtant, franchement, j'aime la sophistication comme la trempe populaire, il faut juste que les textes même les plus modestes témoignent de quelque chose, je ne sais pas, d'une sensibilité, d'une facture artisanale, d'un tempérament. Un mec comme Richard Lazare Seff, par exemple, est un tueur dans sa catégorie : « Je l'ai attendue des heures à l'ombre des arcades / En écoutant les clameurs / Du match de foot dans le vieux stade». Ça a l'air de rien, mais c'est imparable, Jean-Pierre Mader peut le remercier. C'est de l'or en barre, le savoir-faire mêlé à une certaine recherche, même besogneuse, ça peut donner des résultats déchirants: «De l'herbe ancienne dans les bacs à fleurs sur les balcons /On doit être hors-saison». Il n'y a rien à dire «Jimmy t'es fort mais tu pleures / Sur le cuir de ta Chrysler», il faut le trouver ça quand même. C'est toujours grand ce façonnage-là, ça œuvre à de très tendres effractions de nos vies défaites. En revanche trop de simplicité, c'est chiant, c'est benêt – t'as pas le droit. Parlant ainsi à bâtons rompus avec mon nouvel acolyte, les archives d'une émission mettant Gainsbourg face à Berger me remontaient, je lui racontais: ils devaient interpréter chacun trois ou quatre de leurs titres phares: «Et que chacun se mette à chanter / Et que chacun se laisse emporter»... et pourtant Dieu sait que j'aime Berger mais Gainsbourg avait répondu dans un sourire un peu torve, avec ce génie ironique, ce relâchement détruit, secrètement aristocrate qui le rendait puissant jusque dans la fêlure: «Encore des rime en "é"...»

Il n'avait jamais d'idée quant à lui sur le fond, jamais rien à l'esprit mais il partait souvent d'une rime un peu exigeante, disons comme «ex» et alors le miracle advenait, ce à quoi l'obligeait la rime le rendait productif: «Je vais donner ici une petite leçon de prosodie.» Puis *Serge*, ainsi qu'on l'appelait sur le plateau, avait fait sonner, d'une voix incertaine mais juste, menacée d'extinction: «sous aucun prétexte / je ne veux / avoir de réflexe / malheureux / il faut que tu m'ex / pliques un peu mieux etc.»... avec ce sens de la césure qu'il partageait pour moi avec Brassens. Comment te dire adieu ?

Ce soir-là, Loïc m'avait fait boire jusque dans son verre, essuyé la bouche d'un revers de serviette, donné ses plats à goûter puis arrêtée à maintes reprises dans mes explications en m'attrapant la main, en me regardant, Loïc avait dit qu'il pensait beaucoup à moi, mais en même temps que nous badinions avec incertitude, nous nous rapprochions, électriquement, je surprenais chez lui des expressions de regard étranges : il paraissait à la fois attiré – je lui plaisais – et tenu à distance. C'était là une perspective qui semblait le défier tant elle était vertigineuse. Je ne saurais pas le dire autrement qu'ainsi : il ne me trouvait pas jolie.

Tous les milieux se valent aujourd'hui et le milieu de la production pop ne vaut pas bien mieux que celui de l'immobilier par exemple ou de l'édition. Je pouvais m'en faire tous les jours une idée un peu plus concrète depuis qu'il m'arrivait de convaincre certains interprètes avec mes textes. On avait dit par exemple à une de mes amies chanteuse et compositrice qu'il fallait qu'elle trouve le concept de son personnage – *tu vois Christine and the Queens ou Angèle elles ont un concept, tu dois inventer le tien*. Comme partout, il était maintenant question, jusque dans la musique, de *branding* ou de *contenu*. Il fallait élaborer des *stratégies de contenus*, m'avait expliqué le directeur marketing de la WM, renouer avec la *symbolique du contenu* pour recréer du lien. Il fallait *faire de l'innovation par le contenu* c'était très important, répétait-il encore, en prononçant le mot « contenu » de manière incantatoire. Il fallait le faire, avait-il encore affirmé s'enfonçant alors avec flegme dans son fauteuil – comme s'il se révélait parfaitement naturel de dérouler cette langue morte –, mettre ça en branle avec *nos amis du digital* ça ne devait pas nous faire peur le numérique au contraire, il était parti et ne s'arrêtait plus : bon clairement quand on est dans *une logique B to B* c'est pas pareil tu vois mais là on est pas dans *une logique B to B* nous ce qu'on veut c'est toucher les gens tu comprends ? C'est pour ça que c'est important les textes : c'est pour ça que tu nous intéresses. Il avait appuyé cette dernière phrase d'un sourire laid. Il faut que nos artistes soient porteurs de *valeurs* parce qu'acheter nos morceaux, c'est acheter de la *valeur* – j'opinais à tout hasard sans être certaine de saisir –, et pour cerner les acheteurs, leurs habitudes, bah faut développer *des expertises sectorielles et cumuler de la data* hein, il n'y a pas de secret. Faut rentrer dans *des logiques d'émergences* et pas redouter d'affirmer que bah nos marques et donc nos chanteurs, ils ont *un ADN, et que cet ADN* il est fort. C'est comme ça qu'on y arrivera. Alors des textes un peu r*echerchés*, c'est un atout parce qu'aujourd'hui, même quand t'es dans le *mass market*, faut développer *des stratégies premium* tu vois sinon vu la gueule du marché, on est morts.

En plus avec tes textes, on peut développer des vidéos ad hoc un peu ludiques et ça, sur les réseaux, ça marche de ouf. De toute façon pour nous le digital c'est plus un frein hein, depuis longtemps, ça doit plus l'être. C'est une donnée maintenant le digital, nous ça fait longtemps qu'on anticipe et qu'on est *cross. Tu vois ?*

Je ne voyais rien du tout mais me demandais pourquoi on confiait systématiquement cette tâche délicate, ardue, qui consiste à diffuser le fait culturel, à des clampins dont le verbe était très manifestement vérolé.

Dans l'histoire de la production musicale, les périodes les plus fastes – celles qui ne demandaient qu'à revenir et avec Internet de manière peut-être encore plus forte –, les périodes où le génie marchand et le désir d'expérimentation artistique avaient marché main dans la main, c'était quand les producteurs eux-mêmes s'étaient intéressés profondément à l'écriture. Brian Epstein, le manager des Beatles, Chris Stamp, Tony Visconti ou bien Brian Eno, tous étaient eux aussi musiciens ou férus de théorie musicale. Pour trouver l'équivalent, au XXIe siècle, il fallait débusquer non plus des managers jouissant d'une fibre artistique mais le contraire : des musiciens ou créateurs ayant un sens aigu du market. On pouvait parler de Shaka Ponk mais l'exemple le plus emblématique, c'était sans doute PNL.

Dans le registre du rap un peu planant, encore marginal, ils avaient bel et bien été précurseurs en ralentissant le beat et en lissant au vocodeur cette haine tendre si française pénétrée de spleen ou de seum. Mais surtout, ils avaient su appliquer les méthodes du milieu de la mafia et de la drogue, des méthodes plutôt locales, artisanales qui, comme le foot, ne demandent jamais qu'à se mondialiser – à l'industrie du « disque ». Les deux garçons avaient su se rendre addictifs, c'était assez redoutable. Et puis ils avaient une façon bien à eux d'investir brutalement les réseaux, de se mettre en scène en pirates dans des lieux institutionnels – sur les Champs, au sommet de la tour Eiffel – bref, ils avaient su renouveler la culture vandale des graffers et devenir les nouveaux street artists – mais avec eux, cette culture dissidente se mettait au service des rentrées de cash-flow.

Ils avaient même hacké les réseaux de Uber : tu pouvais monter à bord de ta voiture-PNL et avoir ta course gratuite si tu acceptais qu'on te passe le nouvel album des deux frères à bord. Ça m'avait émerveillée.

On était donc passé d'un monde où l'on s'était appliqué à mettre des stratégies publicitaires, exigeantes et sexy au service de groupes sulfureux – *Would you let your daughter marry a Rolling Stone* – à un monde où on mettait des stratégies commerciales sulfureuses au service d'objets culturels pour tout dire assez mainstream.

Il ne me trouvait pas jolie, c'est ce que je pensais. Je n'ai jamais su comment me régler sur cette question que j'ai toujours trouvée épineuse et vulgaire, cette question cent fois posée de la beauté ou de la laideur supposées des femmes. Je savais qu'on pouvait me dire *belle* ou me trouver *sexy* mais je n'ai jamais entretenu de rapports évidents à ma féminité. Je me suis toujours estimée trop costaude, globalement, les traits trop irréguliers pour être mignonne ou jolie. Ça m'a souciée et puis je m'en suis très vite foutu. J'ai vite compris qu'il émanait de moi, de mon attitude, une énergie qui la plupart du temps inhibait, indisposait les mecs. Ceux qui me plaisaient en tout cas. C'est cette énergie que j'imposerai – ou pas. J'ai aimé des hommes très différents, au point qu'il paraît difficile d'établir ce qu'on appelle, me concernant, un « genre ». J'érotise la façon dont les hommes investissent le terrain. J'aime que leur force protège, que leur douceur viole. J'érotise la noirceur, l'ironie, le courage. J'aime l'idée du mec qui fait autorité, rayonne dans son domaine – mais dans les marges. J'érotise les marges. J'aime qu'il soit dérangeant, pas évidemment sympathique, rieur, difficile d'abord. Mais surtout j'aime qu'il se fasse un monde de sa virilité. Je trouve ça sexy un type qui lutte pour se rendre digne de l'idée exagérée qu'il se fait de son genre. Toutes mes rencontres amoureuses m'ont mise en difficulté sur le sujet : c'est quoi un mec ? Et tu veux quoi, toi, Maude ? Tu cherches quoi, toi, en amour ?

Si on me posait la question aujourd'hui, je dirais : une relation constante et stable avec un mec qui peut partir en vrille, devenir violent, à tout moment, mais qui ne le fait jamais.

Pour moi, un homme viril ne vit jamais l'abandon ou le déchaînement de sa force que dans une retenue implacable. Il est présent et belliqueux. Il est tendre. Les autres sont éternellement instables, décevants, ils ne savent que fuir, tuer ou attendre.

J'écris ces lignes et je ne sais plus quoi penser. Je ne vois plus Loïc, aujourd'hui. Je ne le vois qu'à travers ses posts sur les réseaux. Je m'abaisse encore à ça, à prendre de ses nouvelles en consultant son Instagram.

Il y parle beaucoup d'une féministe nommée bell hooks, en ce moment, et il y parle d'amour, sur lequel bell hooks a beaucoup écrit. Il parle du « pouvoir transformateur de l'amour ». Il évoque un amour qui traduit une volonté d'accroître « sa puissance spirituelle ». Il parle de l'amour qu'on reçoit, enfant, et il le célèbre. Il parle de la nécessité de s'organiser en « communautés ». Il parle d'un amour libéré de la sexualité à laquelle il a été, en ce qui le concerne, asservi. Et il dit solennellement qu'« il n'y a pas d'amour sans justice ». Alors je repense à ce qu'on a traversé. À cette histoire déséquilibrée, injuste et ridicule. Je souris.

Je ne sais toujours pas, aujourd'hui, la nature exacte de mon histoire avec Quemener. Je sais juste qu'elle m'a donné autrement accès à la part la plus intense et la plus prodigieuse, à la part la plus dégueulasse de moi-même. J'en suis heureuse. Ce que je sais aussi, malgré tout, c'est qu'on a essayé de prendre soin l'un de l'autre, en découvrant nos limites, parfois en les repoussant. On a essayé. Je ne lui en veux de rien. Et alors que j'aligne ces phrases, je sais que c'est sans doute une façon de continuer, de poursuivre l'histoire – d'une autre manière ou par d'autres moyens. L'écriture, ça n'est peut-être jamais que l'amour ou la vie qui s'obstine, à comprendre, à nous révéler, à faire signe. Aujourd'hui, je sais pourquoi je suis où je suis.

Quand le travail sur l'album a commencé avec Loïc, nous sommes tombés d'accord pour lui écrire un album *sur mesure*. Il m'a du coup proposé de venir *en immersion* avec lui à la salle de sport. Je me suis prêtée au jeu. Quand il s'entraînait, quelque chose de l'acier trempé qu'il soulevait semblait passer dans son corps. C'était merveilleux. Il m'apparaissait, de plus en plus, comme *un homme augmenté* fait de chair et de titane. Loïc tenait de surcroît des discours techniques sur les réactions hormonales qu'induisait, physiologiquement, en chacun de nous, ce type d'exercice. *Tu devrais essayer, tiens, viens, je te montre.* Il disait que *la haute intensité* activait naturellement nos systèmes de défense et nous permettait de ralentir, par exemple, le processus de vieillissement de nos cellules, que c'était sa façon à lui de renaître car, en prison, il avait été *comme mort.*

C'est au moment où je l'ai vu s'injecter la fiole d'un produit presque orangé dans les veines – du HGH je crois –, avant une session de musculation lourde, que j'ai pensé à lui écrire une chanson où il serait la créature de

Frankenstein et parlerait à la première personne. L'idée l'a fait rire. Frankenstein. Je lui ai offert le livre.

Une certaine rudesse m'a toujours émue chez les hommes, mais encore fallait-il qu'elle se double de délicatesse, le charisme de Loïc ne suffirait pas : j'aimais que l'âpreté décante, un peu à la manière dont les pierres en profondeur deviennent précieuses – le diamant procède de la dégradation des molécules du charbon –, c'est ça : j'avais besoin de sophistication. C'est ce que je disais.

Une rencontre désaxe – c'est tout.

Qui était ce mec ne disposant a priori d'aucune finesse, mais auquel j'aurais néanmoins été sensible, d'emblée, dès notre premier rendez-vous ? Car tout de suite, son aplomb m'a ravie – tout de suite. Il me semble savoir aujourd'hui que c'est d'abord à cause de son rire. Ensuite, de ses allures d'enfant pénétré chez lui d'une rugosité rare. Il me semble que ça intervient dans cet ordre. Son physique – naturellement –, son envergure totale, son torse, minéral et charnel, travaillé un peu à la manière du grès par l'eau et le sel. Il dégageait, comme on dit : une forme d'intensité sensuelle magnétisait ses gestes, sa démarche. À tout moment Loïc semblait sur le point de pouvoir devenir enveloppant, griffé d'une douceur souriante implacable, il était tendre, il était belliqueux. C'est un alliage irrésistible. Je repensais à son corps, à sa présence. Ça devait avoir à faire avec sa peau, avec sa douceur également. Quemener aimait parler d'Hemingway pour en dire des choses plutôt plates ou convenues, il aimait parler de Djian et il avait encore fini par me retenir : *quand je lis j'ai l'impression de devenir une jungle.*

Je croyais déceler dans la vivacité de son verbe, dans l'idiotie de ses muscles, une énergie, qu'il insufflait me semblait-il encore à ses lectures frustres mais engagées. Ce garçon venait d'un milieu pauvrement cultivé (plus que le mien malgré tout), modeste, et révélait une joie profane à tenter de penser la littérature, une joie brute qui résonnait en moi, familièrement, une force carnassière. Sa faim d'explorer le rendait attirant – ou bien tout ça relevait-il d'un leurre ? Un simple leurre savamment mis en place par un de mes doubles afin de m'aider à devenir mon propre jouet ? J'étais à travers Quemener aimantée par un vide, par mon goût des vertiges, des déviances. Possible – ou bien encore, là aussi, je me trompais.

Bien sûr que Maude se trompait :

Loïc ne bandait que pour les femmes qui le confortaient dans l'idée qu'il se faisait de sa supériorité et de sa domination. Oui, celles-là lui inspiraient une grande tendresse. Un mépris narcotique. Il était aimé dans son quartier, on lui parlait volontiers de ses chansons et Loïc mettait la main sur l'épaule de tout le monde : il était accessible, offensif dans sa façon d'être avenant, il ne doutait pas de sa séduction. Tout, dans son existence, était *compartimenté.* Quand Quemener ne voyait pas Maude, Quemener poursuivait sa vie, une vie que Maude découvrirait plus tard, une vie faite de rituels paisibles : lever, séance de sport en salle puis retour *au loft*, douche, œufs brouillés et jus de curcuma, coup de fil à son agent, planning de la semaine, coup de fil à son dealer – commande de la dose du jour (environ 2 g de coke et plus si affinités). Il calait ensuite ses rendez-vous, les enregistrements en studio, les interviews, les tournages, l'après-midi – de 14 heures à 19 heures. Hors des périodes de concert, c'était son rythme et comme ça qu'il bossait, qu'il vivait. Tout était *réglé.* Il n'avait pas d'enfant et en était heureux – aucune obligation, d'aucune sorte. Juste avant de partir à 14 heures, il se choisissait quelqu'un pour la soirée – ça allait vite clac clac ni une ni deux –, son autre dose. Ses besoins faisaient loi.

Dans ces modes de fonctionnement, il avait radicalisé et rationalisé ses peurs et son ressentiment : tout était conçu pour qu'il ne puisse jamais rien arriver de réel, il restait maître de son temps et se cachait à lui-même qu'il était en fait l'esclave d'une angoisse plus profonde qu'il niait.

Il repensait à Maude en allant pratiquer son sport en salle : elle lui semblait *suffisante*, elle était *arrogante.* Il avait envie d'une collaboration avec elle mais pour le reste, auquel il songeait aussi tout le temps – baiser –, il doutait que ça puisse *le faire.* Il y pensait, malgré tout, un peu crispé mais en souriant dans son survêtement siglé de la marque dont il faisait la pub sur les réseaux. Maude était *atypique.* Elle lui plaisait, certes. Il le lui dirait plus tard. Pour l'heure il ne savait pas quoi en faire.

Avec une fille pareille, Loïc Quemener se sentirait jaugé en permanence, condamné, par le simple fait qu'elle l'impressionnait. À ce premier rendez-vous, au Café Barbès puis après, chez lui, il estimait en premier lieu qu'elle avait trop parlé. Et pour dire des trucs *élaborés* en plus, estimait-il, que Quemener répéterait pourtant, quand l'occasion se présenterait, les reprenant à son compte – peu importe, il n'attendait pas ça d'une femme. Pourtant, il se surprenait à penser à elle. Ça l'étonnait, et pour tout dire, le désarmait. En dernière analyse, tout ça lui déplaisait.

Loïc se disait ça ce jour-là dans sa grande salle de sport de la rue de Turenne – un complexe suréquipé qui l'accueillait aussi après les heures d'ouverture. Il se le disait réalisant ces développés couchés, très lents, visage crispé par la douleur – ou peut-être la prière –, défiguré par l'effort. Il se disait aussi que cette nana n'était pas conçue pour la baise. Pas avec lui en tout cas. Elle était trop *dimensionnée* pour ne pas l'amener, l'obliger, à perdre ses moyens ou sa trique. À vrai dire, Loïc ne la voyait pas *se faire prendre*, retourner, la simple idée de se la représenter commettre un truc pareil lui semblait au mieux incongrue. Il ne pouvait pas non plus l'imaginer les fers en l'air et débordée miauler comme *une salope* – ce sont les mots qui lui venaient – ou *une petite meuf qu'on profane* (d'autres mots qui lui venaient). Loïc aurait honte de ça – ce spectacle –, honte d'elle. Maude n'était pas d'une beauté agréée pour le cul quand bien même lui ferait-elle de l'effet. Il finirait par débander. Il le savait.

Si ça devait se préciser entre eux, Quemener préférerait l'humilier que courir le risque de la décevoir, de la compromettre. Il préférerait l'humilier en la fuyant, l'humilier en la rabrouant, ce serait infiniment plus souhaitable. Alors quand il parlerait de Maude, Loïc dirait *elle a un truc hein, elle est sexy, elle me plaît mais quand je me branle je pense pas à elle tu vois, et ça c'est hyper significatif.* Oui. Loïc estimait qu'en matière de désir, ce sur quoi il se branlait équivalait à ce à quoi il pouvait se fier.

Quemener s'entraînait donc, ce matin-là, seul, dans la grande salle déserte et hissait un haltère entre ses jambes, vers lui, par à-coups. Il se voyait encore submergé par des images de chattes, de cuisses outrées, ou de cambrures. Il bossait ses dorsaux en rêvant d'héroïsme et d'idéal moral.

D'une certaine manière, ce mec comprenait les femmes, enfin, pas exactement, mais il se sentait proche des plus dociles en tout cas, des plus civilisées d'entre elles : quand on en venait à douter de sa puissance, de ses possibilités, son corps ou son allure pouvaient devenir une arme. Un phallus à part entière. Alors à l'instar des plus braves se faisant, chaque semaine, mises en plis, brushings puis injections, liftings, lissages, permanentes aux fers, Loïc soulevait la fonte par tonnes à longueur de séances de haute intensité dans ces sanctuaires vitrés, ces cachots où siégeaient tous ces engins de guerre qui n'en était pas une. Hauts miroirs de plain-pied, poulies et mécaniques faisant de ces machines, de loin, des genres de prototypes forains – d'acier noir trempé –, tu penses. D'aucuns peuvent se sentir viril à charrier, à charger du lourd, parce qu'ils luttent et crachent, à bout de souffle, s'astreignent, souffrent sans faillir ni cesser de tenir et Loïc finissait à force par transformer sa chair en gangue ou en parure qu'il échancrait encore, ce matin-là, pour en achever le tombé, Loïc faisait de sa musculature une pièce veinée de couture sèche, hors collection, une robe odieuse. Grandiose.

Mais dans cet entraînement sans autre finalité que la conquête kitsch d'une certaine plastique, dans cette barbarie d'esthète un peu vulgaire, cette beauté traquée de baudruche sans but, sans autre objet qu'elle-même, qu'y avait-il à racler sinon les fonds de sa vanité ? Tout était pesé, calculé. Quemener devait absorber 2,5 g de protéines par kilo et un 1 g de lipides, ne pas oublier les acides aminés pour obtenir le *déficit calorique* voulu. Il s'hypertrophiait puis se vidait comme on s'empaille et quelque chose, en lui, transbahuté jusque dans ces *soulevés de terre* semblait se déchirer parfois, entre ce qui le maintenait en vie dans la destruction, le speed, la coke et ce qui le tuait dans l'hygiénisme, la diététique, la sexualité ordurière mais tranquille à laquelle il s'adonnait toujours avec la même femme, simplement, sous les traits d'une autre, toujours différente. Des Barbies calibrées et shootées au Botox, aux acides, la gueule repulpée à faire mal. Bon, certaines habituées le tentaient : il faudrait bien un jour *se mettre avec une fille* murmurait Loïc quand il en parlait de temps en temps à ses amis, offrir un semblant de normalité à sa vie pourrie de peurs ou de désirs déçus. Cela étant, quand Quemener baisait ou pratiquait en salle cette discipline exigeante de pompes, de fentes, de tractions, il se *faisait du bien* l'entendait-on scander. Loïc faisait penser, malgré lui, à ce film où un homme va chez le barbier, en ressort, ravi et hébété, sans pressentir pourtant qu'arrivent à lui des heures bien décrépies, crépusculaires. À son tour, Loïc crème sa peau, l'huile, se soulage et se farde. Un rictus le lacère au moment d'arracher ces plaques, ces poids du sol, de machines plus idiotes, plus glacées, qu'un mouroir. Il y laisse des plumes comme son sperme chaque semaine au cœur du con de femmes qui lui ressemblent – au fond. Le voilà, donc, qui se pare de reflets dans d'étranges jeux de glaces, en espace clos, besogne à se faire mal, tout son corps se durcit – bête saisie dans les phares de tout ce qui déjà le menace ou l'écrase –, Quemener grogne sous les haltères ou sur des corps cambrés. Il se sent puissant ou solaire mais il s'éteint, le pauvre, comme la braise chauffe le gris cadavéreux de cendres. Il jouit, d'une aura flambée d'embaumé.

Je me suis retrouvée obsédée par son corps hybride et animal, et cette obsession a réveillé en moi l'envie de me laisser faire. Dans certaines circonstances, je pouvais adorer ça. La soif de Loïc, de lire aussi – car il s'emparait d'auteurs inattendus et exigeants –, de lire et de comprendre songeais-je, n'avait pour ainsi dire jamais été domestiquée ni par l'école ni par rien, et cette soif allait, *comme une eau vive*, me surprendrais-je à dire un jour avec un lyrisme suspect, or à la suivre cet après-midi-là, lors de notre premier rendez-vous, je m'étais sentie portée par son courant, tentée par le désir, lent, idéalement, avant d'être plus brusque, de m'y abreuver rien que pour jouir d'envisager comment enfin ne plus résister à ce qui, dans la façon qu'avait ce mec de vous chercher en se traquant lui-même au cœur de questions ou bien d'œuvres massives, comme sa beauté vite exhibée, se dissimulait cette fois, plus subtilement, jusque dans ses silences, et relevait d'une pure invitation au sexe.

L'amour se fait.

La vérité crue : j'ai eu envie de lui. Tout de suite. J'ai eu envie de baiser, de le baiser, et de me faire baiser par lui. Ça n'arrive pas si souvent, un désir qui vous foudroie la moelle, s'impose avec une telle puissance. D'autant que je sais une chose : je ne désire à ce point qu'un homme que je peux aimer. J'avais envie que ce corps-là, ce corps inouï, me terrasse et m'étreigne, me fragilise, m'amplifie. Je suis si fatiguée, si fatiguée d'être, parfois.

Alors, à travers lui, c'était un peu comme si la réalité surgissait à nouveau par effraction dans le silence paisible d'une existence jusque-là pleine – celle qui s'offrait à moi avec Franck –, une existence plus juste, presque conquise, comme si la réalité vous chuchotait d'un coup au creux de l'oreille, oui, quelque part là au plus intime : qu'est-ce que tu croyais, connasse ? Tu voulais croire au calme, à la plénitude ?

Mais tu es naïve murmurait brusquement le réel en vous riant à la face, je suis là et encore capable de grandes choses, je suis capable de te surprendre, de te bouleverser, de foutre en l'air ce que tu appelles pompeusement *ta vie*, de déplacer son ciel, de déplacer son sol et tu vas m'y aider, je le sais.

Tout le monde parle de la haine, de ce qui nous pousse à haïr, mais on prête trop à la haine, beaucoup trop, pour oublier la seule chose capable de nous faire commettre l'irréparable, d'avoir accès à la part la plus asociale de soi, la seule chose en mesure de nous rendre inhumain car la haine n'est que trop humaine, hélas, la haine est banale, la haine est quotidienne, elle nous traverse ordinairement, non, la seule chose capable de faire de nous des fauves, la seule chose capable de faire de nous des anges, la seule chose capable de faire de nous des ânes idiots et bibliques, la seule chose capable de faire de nous un peu moins, un peu plus qu'un homme – bref –, le seul scandale possible, c'est l'amour. Je parle ici de l'amour qui passe par les nerfs, par les muscles.

Celui que j'aime m'interesse aussi quand il me déçoit.

Aujourd'hui j'écris, et donc je me dédouble. J'écris cette phrase : décevoir l'autre, c'est aussi une façon de lui dire regarde-moi, voilà qui je suis.

Je me dis alors que je me suis peut-être servie de Quemener pour m'adresser à quelqu'un d'autre : resteras-tu près de moi, Franck, si je te déçois ? Si tu vois vraiment ce dont je suis capable ou incapable ? Si tu sais vraiment à qui tu as affaire ?

Je ne dis pas que je l'ai décidé. Je dis qu'on n'est jamais aussi intensément soi-même que lorsqu'on est décevant.

Je songe à Montlhéry, à ses méandres et au virage de Faye. Écrirais-je sur ce qui s'est produit là-bas ? Franck doit y penser aussi, parfois.

Si ça se trouve, certains soirs, nous communions en silence dans le bruit blanc de cette cassure.

Nous venions de nous mettre ensemble avec Franck, quand j'ai rencontré Quemener.

Je crois que nous sommes forts de tout ce qui a été menacé ou détruit dans notre histoire.

Il n'y avait pas geste plus naturel et plus vital pour Maude que celui de monter sur un deux-roues. Toute son enfance, toute son adolescence, il n'y avait eu que ça autour d'elle, des vélos, des scooters, des mobs, des motos de 600, 750 ou 1100 cm³. Des bécanes franchissaient quasiment toutes les semaines le seuil du portail, dans un bruit voluptueux de fanfare métallique. Elle les observait dans un mélange de ravissement et de nausée tant elle savait combien la vitesse et le pilotage de ces engins, dans sa brusquerie, sur la route, sa nécessaire précision, pouvaient griser jusqu'au malaise.

Ces engins n'étaient pas seulement de sympathiques moyens de locomotion, il se dégageait d'eux, dès qu'on les chevauchait, quelque chose qui relevait d'une magie nue et agressive, quelque chose de souriant, quelque chose d'assassin. On aurait dit d'étranges créatures mythologiques, des insectes ou bien des prototypes manga et Maude les essayait spontanément depuis toujours en prenant le risque, même à l'arrêt, de les faire tomber sur elle, alors ce jour-là, celui de l'accident, elle l'a juste fait une fois de plus. C'est tout. Même pas besoin d'en prendre la décision, elle l'a fait avec arrogance, avec idiotie, elle l'a fait avec joie. C'était une Triumph : une Speed Triple 1050 de couleur noire, châssis en alliage d'aluminium, fourche inversée, injection électronique. C'était sur un circuit. À l'époque, dès qu'elle avait un peu de temps, Maude se rendait à Carole ou à Montlhéry. Montlhéry était un circuit officiellement condamné et fermé mais comme elle avait perdu tous ses points et n'avait plus le permis, c'est dans ce sanctuaire qu'elle roulait car il n'était pas fermé pour tout le monde : il servait entre autres pour des essais automobiles. Il servait aussi au jeune Romain Thievin, qui avait monté son entreprise et proposait au tout-venant des cours de pilotage ou ce qu'il appelait des « baptêmes de vitesse ». Il se targuait d'avoir servi de doublure à Matt Damon sur le tournage de *La Mémoire dans la peau.* C'était un ancien pilote, il était respecté. À force de ruse et d'entrisme, à force par exemple de raconter la fable d'un prétendu frère mort sur ce même circuit dans les années 1990 à un journaliste d'*Auto Plus*, Maude avait fini par y avoir accès. Elle s'en était inspiré pour écrire une chanson que le groupe Indochine avait retenue et depuis, elle avait sympathisé avec l'ancien sportif qui lui faisait essayer bagnoles improbables et motos en toute clandestinité. Elle avait un rapport quasi narcotique à la route et Montlhéry la fascinait.

Le jour de l'accident, Romain avait voulu lui montrer sa dernière acquisition, celle qui venait compléter *sa flotte* – c'est ainsi qu'il parlait.

Le mythe devient réel quand il offre aux gens une scène où ils viennent jouer leurs désirs les plus profonds. Alors, allons-y, la route s'ouvre, droit devant – allons-y. Comme disent les gens possédés – *Do it.*

La Speed Triple est nerveuse, exigeante, elle peut vite échapper. Le circuit par ailleurs est abandonné donc pourri, il est criblé de nids-de-poule et de trous. Sur ce circuit, il faut être rapide, précis. Il faut être constant dans l'excès. Peut-être pour évoquer ce circuit de la façon la plus abstraite et la plus éloquente faut-il donner la formule géométrique de son anneau de vitesse. Un petit miracle mathématique : les courbes reposent sur un angle dangereusement exact, celui qui permet au pilote d'aborder les trajectoires les plus démentes, donc les plus idéales. La moto s'est élancée dans un mouvement brusque d'animal nucléaire ou d'ogive, dans un bruit merveilleux. Après quelques tours, une des nombreuses anfractuosités du terrain a déséquilibré la bécane. Maude a mal réagi et l'engin commencé à guidonner. La chute fut spectaculaire. Elle a cru en crever. Et ces secondes l'ont précipitée dans une horreur ravie. Quand elle a saisi que la valdingue serait inéluctable, elle a cherché par pur réflexe à se propulser le plus loin possible dans une absence de contrôle presque totale, le corps alarmé, le sang saturé d'adrénaline. Elle a roulé sur l'asphalte et l'herbe sans rien heurter. Elle s'est relevée contusionnée, sous le choc, ébahie d'être toujours en mouvement. Elle ne ressentait rien. Non. Elle était devenue, en quelques secondes, un petit prodige d'insensibilité pourtant irradiée de vertiges. Les couleurs du site au moment de la chute saturent à cause de la vitesse et se brouillent dans un fauvisme outré avant qu'un noir ne se fasse, immerge Maude plus loin dans des ténèbres neuves dont elle s'étonne encore d'être revenue. Ses yeux se sont rouverts quelques secondes après qu'elle a percuté le sol, elle était à la fois à terre et hors d'elle-même. Sonnée et invaincue. Elle s'est alors relevée, on aurait dit un automate pantelant. Tout son corps tremblait mais avançait mécaniquement pour relever la machine. Ses poignets étaient en sang, ses genoux aussi. Elle voyait flou, elle allait bien.

On l'a soignée dans le silence du petit cabinet médical improvisé du site. Elle était éperdue, éreintée, calme. C'est à peine si elle tremblait encore. Les gestes rassurants de Romain la pansant avec tact et méthode la ramenaient à la normale. Les bandages terminés, tout se révélait soudain amorti, incroyable. Maude ignorait sa condition. Elle n'avait rien, elle en a ri.

Un cœur en elle avait cessé de battre.

C'est le lendemain que je m'en suis rendu compte. J'étais chez Franck, il travaillait à l'extérieur sur un reportage. Des douleurs ou crampes affûtées comme des dagues m'ont saisie, déchirée, et puis, une sensation étrange : je me vidais, je saignais anormalement.

Ça ne pouvait pas être des règles un peu précoces, c'était autre chose. J'ai découvert ces spasmes aigus qui vous laminent le ventre à vous mettre à genoux, ces spasmes qu'on appelle *les contractions.* Je n'ai d'abord pas compris ce qui arrivait. Puis j'ai deviné, j'ai senti que c'était là une douleur sale et biblique, une douleur noire due au génie de tout ce dont on accouche, de tout ce qu'on tue, de tout ce qui en nous veut vivre ou mourir et qu'on accompagne ou achève, et je me suis allongée sur le lit pour enfanter cette mort, cet embryon de cadavre.

Le sang coulait d'elle comme jamais. Des caillots entiers perlaient d'une flore intime odieuse, d'un pourpre étonnamment sombre : on aurait dit des morceaux de cœur déglutis ou crachés. Elle a repensé à Montlhéry, elle a repensé à sa chute. Tout semblait soudain évident et ce sang, évoquer celui des contes, un sang à la fois lustral et maudit, qui transperce tout et tache – vous pouvez bien tenter de le laver, peine perdue –, il incruste tout comme l'encre tatoue la chair. Les draps de Franck étaient donc trempés d'un noir brillant. Elle a voulu s'approcher, elle a voulu voir ce qu'elle avait expulsé. Elle a ensuite ramassé, une fois la douleur passée, les morceaux évacués, fait couler la baignoire et obstrué la bonde et y a plongé les caillots. Ils se sont délités en dessinant des stries d'un rose lancinant, des traits incurvés de sang palissant et se dilatant, on aurait dit une pyrotechnie lente de fleurs évasées. Une promesse écharpée. Maude les regardait avec calme. Il est alors resté un morceau un peu plus sculpté que les autres, celui qui a tout confirmé : on distinguait une tête informe et des membres miniatures – des membres ? Maude ne pensait pas les voir si distinctement. Elle s'en trouva bouleversée. Maude apprendrait plus tard que tout ça lui était arrivé à plus de deux mois et demi de grossesse, qu'à cet âge, les organes du bébé à naître sont déjà tous formés. Comment avait-elle pu ne se rendre compte de rien ? Elle se remit à saigner et se fit couler un bain après avoir mis l'embryon dans une boîte d'allumettes. Alors soudain, dans l'eau bleuie par le savon moussant, rosie par la chair morte, Maude sentit la tristesse l'envahir pour se déliter, le chagrin affleurer sans même avoir à s'épancher, et soudain, un calme étrange la submerger. Elle était heureuse. Une plénitude née comme ça, d'un chagrin subverti, elle se sentait forte. Forte de ce qui s'en allait. Cette sensation diffuse dans l'eau brûlante qui la mordait en l'enveloppant la pénétrait, la dévorait en l'apaisant, comme la plus magnifique des drogues. Grisée, la voilà qui souriait. Elle est née là, sans doute. Elle est née là aussi. De cette minute où ce cadavre d'avorton est sorti d'elle. Elle n'a eu à faire le deuil de rien car tout ce que cette heure a exclu de sa vie l'a bénie du sceau d'un scandale ordinaire : elle allait naître de cette absence. Tout ce qu'on vit, tout ce qu'on tue nous enfante. Et pendant que son bain coulait, une vingtaine de minutes avant qu'elle n'y plonge, alors qu'elle retirait les draps ensanglantés du lit pour les laver d'eau froide sous le robinet des doubles vasques puis se résoudre à les jeter, elle sentait déjà une sérénité neuve l'envahir. Une paix.

Quand Franck est rentré, il a tout de suite compris que quelque chose s'était produit. Le visage de Maude était dur et candide. On aurait dit une madone animale – était-ce l'éclairage ou bien la perte qui la transfigurait ? Elle semblait irréelle. Maude lui a montré l'embryon et elle a dit, c'est ma faute, c'est moi, quand j'ai fait de la moto, tu sais, quand j'ai chuté l'autre jour… Franck est resté un moment interdit puis il l'a étreinte sans dire un mot. Sans le savoir, ils scellaient là le fait qu'ils ne se quitteraient plus. Franck s'est tenu longtemps dans ce qui avait tout l'air d'une acceptation, déchirante, comme revenu d'une blessure mais sans haine ou colère, sans amertume, sans rien. Au moment où il s'est reculé, le regard embué, quelque chose de vital s'est serré en Maude dans une crampe dont elle ressent, toujours, dès qu'elle y pense, la poigne. Elle est sortie de la salle de bain pour quitter son peignoir, enfiler un jean et un T-shirt. Quand elle est revenue, Franck affichait toujours cet air beau et gentil, très calme, peut-être un peu triste mais doux. Lui par ailleurs si féroce, si possiblement dur. C'est cette douceur, à chaque fois que Maude y pense, qui la lamine. Lui, si redoutable, lui si volontiers terrible, s'était petit à petit révélé si présent, exclusif et câlin, si innocemment tendre, viril mais enfantin, oui, si unique, si fiable avec elle. C'est ce que Maude se disait : ils s'étaient choisis pour former cette ligne indéfectible, ce rempart, dans le chaos du temps. Et aujourd'hui encore, j'aime sentir sa main dans la mienne, ma tête sur son épaule, j'aime le voir lire et travailler, corner ses pages, me réveiller près de lui. Alors, oui, sa présence, son regard, m'ont offert un refuge. C'est tout.

— Je te demande pardon disait-elle, ce jour-là, pieds nus en jean dans la salle de bain de Franck. Je te demande pardon.

Et lui disait, on va le refaire, ça arrive souvent, il répétait on va le refaire. Elle ne répondait rien mais disait non de la tête, obstinément, elle disait non puis répétait, non Franck non tu comprends pas, on l'a pas perdu.

— Qu'est-ce que tu veux dire ?

Là elle s'est arrêtée, elle a réprimé encore un instant qu'elle avait mis ce truc-là – cet embryon qui paraît-il à cet âge, à bientôt trois mois, est déjà pourvu d'odorat et dont le sexe est invisible mais déterminé – en danger : elle l'avait flanqué à cent cinquante kilomètres heure sur la surface dure, accidentée, d'un circuit condamné. C'est ce récit-là qui lui semblait le plus juste, le plus vrai. Alors elle ne savait toujours pas à cet instant où elle retenait encore ce qu'elle voulait dire, s'il fallait parler d'un enfant, ou plus simplement comme elle le dira plus tard, d'une promesse, mais une chose était sûre, et c'est là qu'elle a repris, qu'elle a rompu le silence où ils étaient restés l'un et l'autre, suspendus. Ce qu'elle taisait était simple, si simple qu'elle n'arrivait toujours pas à le dire. Elle disait juste *c'est moi, tu comprends pas ?* Je l'ai tué. C'est ça qu'elle taisait. Elle s'obstinait, elle opinait, le bas de son visage tremblait.

J'ai fait un truc idiot. J'ai encore pris seule la bagnole pour partir sans savoir où avec ma boîte d'allumettes, ce bout de chair, dedans. J'ai roulé vers le nord en attendant un cours d'eau, un endroit géographiquement parlant. N'importe quoi qui puisse me raconter que ce geste, mon geste, avait un sens. C'était un endroit assez beau, et tranquille, le long d'une départementale, des herbes folles, un cours d'eau – quelque chose d'innocent, de tragique. On fait ce qu'on peut. J'ai pensé aux païens, à leurs actes naïfs, à leur portée profane. Je me suis adressée de toutes mes forces aux absents, au ciel vide, et j'ai déposé là cette boîte, comme ça, au fil de l'eau. Elle a flotté longtemps, ensuite je l'ai perdue de vue. J'ai pleuré bêtement un moment. La boîte d'allumettes en carton a dû se laisser tremper entièrement, se déliter, alors le bout de chair a dû résister puis pourrir – qu'en sais-je ? Il y avait pas loin un arbre imposant, j'ai décidé d'en faire secrètement un cénotaphe où venir quand ça me chanterait pour me recueillir. Et je suis partie.

Plus je roulais en sens inverse, plus je sentais les forces de cette vie engloutie (pas celle de « l'enfant », la mienne, cette vie alternative) battre en moi, y célébrer des noces étranges. Je me sentais progressivement et pour un petit moment entièrement agie par une autre existence possible, disparue dans le courant, et mes désirs les plus archaïques s'en trouvèrent fortifiés : il devrait à partir de maintenant y avoir dans ce que j'appelais ma vie, plus de soufre et de poudre, plus de chair aussi, plus de verbe qu'il y en aurait eu de toute façon. Ça ne me faisait pas peur. Je m'appuierais sur tout, oui, sur n'importe quoi. Tout serait prétexte – et pourquoi pas Quemener ? Je pensais à lui soudain, au lieu de penser à Franck.

Soudain, j'avais envie du corps de Quemener, de sa présence, j'avais envie de sa fougue idiote, de son corps hybride et fantastique. J'avais envie de sa capacité à rire de tout. J'avais envie de sa délinquance. J'avais besoin d'une passion vaine. Hantée. J'ai dit à Franck que j'avais besoin de temps, j'ai pris une chambre d'hôtel. J'ai dit que je ne rentrerais pas.

J'aimais Franck. Loïc semblait la solution.

Dans cet hôtel, dans cette chambre pourrie aux murs délavés et écornés, je dormais les mains serrées sur mon sexe. Le sentiment de souveraineté provoqué par la perte avait fait place à la honte. Elle était tout aussi impériale. Bizarrement, seule l'idée d'avoir tué cet avorton me consolait de devoir renoncer à la perspective de choyer, à la perspective de protéger au risque d'affaiblir, transmettre, jouir de transmettre, être déçue, jouir aussi de l'être, observer un individu de plus en plus étrange se lancer dans le flux menacé de la vie. Je me sentais forte de laisser ça en dehors de la mienne : ce qu'on gâche nous affranchit. Mais en attendant, la solitude et tout de même le chagrin. Je n'allais pas m'y éterniser. Je recommençais à écrire, à prendre des notes, je lisais des livres et en recopiais des passages. Je voulais maintenant vivre n'importe quoi, d'à la fois faux et réel, n'importe quoi d'un peu élémentaire.

J'ai regardé par la fenêtre de ma chambre – où étais-je ? À Dieppe ou à Quiberon je crois. Le bruit des vagues au loin m'a apaisée.

Aujourd'hui, je crois savoir que j'aurais été une mère toxique, secrètement ombrageuse, aimante et abusive.

Nous naissons maudits et c'est là notre grâce : nous essayons tous d'en faire quelque chose.

Nous ne cherchons pas le bonheur – contrairement à ce qu'on se raconte –, nous ne cherchons même pas la liberté. La liberté est trompeuse. Ce que nous cherchons est plus modeste, plus ironique aussi : nous cherchons une issue. Tous. En lisant, en vivant, en aimant, en écrivant, nous cherchons une issue au fait aberrant d'être né.

L'AUTRE

- *Échappée* -

« Écrire, c'est tenter de savoir ce qu'on écrirait si on écrivait. »
Marguerite Duras

Loïc était né à Brest et semblait, comme sa ville, porteur d'un immense ravage. D'ailleurs, il ne voulait plus qu'on lui parle de son passé ni de la Bretagne. Il rechignait à y retourner même pour voir sa famille. D'une certaine manière, il habitait encore là-bas : on a beau s'éloigner de certains quartiers comme de nos pères, il est des provinces intérieures dont on ne sort pas. L'eau noire d'images épaisses et tendres lui remontait parfois comme une boue. Elles le saisissaient, l'asphyxiaient le soir lorsqu'il peinait à s'endormir, le précipitaient finalement dans le sommeil où ses rêves se révélaient pénétrés eux aussi des nuées et des nuits de Brest, ville des confins au passé détruit. Son château – forteresse miraculée – sur l'Atlantique semblait fixer l'Amérique mais rester prisonnier de tortures ancestrales.

Ses usines, ses ruines militaires régnaient sur les eaux comme une ironie : ici tout était calciné mais tout rêvait de dynamie. Et quand Loïc se revoyait, à vingt ans, passer tous les jours en R16 devant le mémorial américain, il se souvenait combien cette tour de granit rose hautement effilée, dressée à flanc de falaises lui paraissait narquoise, alors, et vaine. Partir l'avait longtemps tenté, oui, fuir, s'inventer un destin, mais tout était si lourd. Lorsqu'il marchait le long du musée de la Marine, il se sentait agi par l'esprit des bagnards, eux qui avaient comme lui – bien avant sa naissance – traîné là leur carcan jusqu'à la défaite de 1940. Il pensait à eux en passant le pont de Recouvrance ou en remontant la rue de Siam vers les Halles, la place Guérin – l'ancien centre-ville. On racontait des choses dans les bars, des légendes locales traînaient dans les volutes ivres, les bruits de verres, les rires : on disait que lorsqu'un prisonnier s'évadait, à l'époque, trois coups de canon étaient tirés pour alerter la population civile et Loïc avait souvent eu, entre quinze et vingt ans, l'impression lui aussi d'évoluer dans sa ville en fugitif. Il s'échappait pendant des heures, s'engouffrait comme le vent dans les quartiers nord ou vers le stade, et ne savait plus trop à la fin ce qui motivait ses déambulations. Le jeune homme allait boire, repartait vers la gare, remontait la Penfeld jusqu'au quartier Bellevue, non, il ne comprenait plus ce qui décidait des méandres de son étrange cavale. Il s'épuisait simplement à arpenter les lieux. La rue de Siam, autrefois si remuante et méandreuse, était devenue ce grand boulevard glacé, et ses commerces avaient longtemps tourné le dos à la mer. Ce n'est qu'assez récemment que dans le quartier des docks, des anciens entrepôts avaient repris vie en devenant des bars, des restaurants. Brest, comme beaucoup de villes détruites, se voyait condamnée à être vivante et active. Elle n'en finissait plus de se réinventer mais quelque chose d'une blessure profonde perdurait. On le sentait à circuler sous les fils électriques, et les câbles du tram lardant sévèrement l'azur gris. Ces stries de fer, souvent lâches dans le ciel bas, conféraient à certains secteurs ouvrant pourtant sur la mer un aspect à la fois radieux et concentrationnaire. Il est rare qu'une ville soit ainsi, grise et astrale : elle semblait receler la magie d'une plainte contenue. La notion de résistance hantait encore ses habitants, on parlait volontiers d'Occupation ici mais comme on parlait de foot, d'alcool, de rock électro, de fêtes. Et Loïc, pour ces soirées rudes et enjouées les soirs de matchs, n'avait jamais été le dernier, alors à chaque fois qu'il retournait là-bas rendre visite aux siens, à chaque fois que, d'un pas lent, il approchait la rade, les serres d'une tristesse suave lui crevaient le cœur. Il trouvait dingue, à bien y réfléchir, que ses grands-parents aient tenu à retourner dans cette ville péninsulaire après le grand exode de la Deuxième Guerre. Son père le fascinait quand il en racontait l'histoire pour la énième fois : ils avaient pourtant perdu des proches dans « l'accident » de la nuit du 8 au 9 septembre 1944, l'explosion de l'abri Sadi-Carnot : c'était un souterrain prévu pour protéger les habitants des bombardements alliés et qui avait fini par prendre feu à cause de munitions stockées là par les Allemands. Trente ans plus tard, Loïc n'avait pas demandé son reste, il avait déserté cette ville granitique et navrée « Est-ce que désormais tu me détestes d'avoir pu un jour quitter Brest ? » chante son pote Miossec, mais en s'évadant, ne crée-t-on pas les conditions de nos enfers futurs ? On a beau se marrer et prétendre s'en foutre, on a beau s'abuser, se raconter avoir bien fusillé le passé, jeté, laissé ça sombrer loin comme un cadavre au large. Qui n'est pas rattrapé ?

Loïc avait vécu son enfance dans la partie la plus tranquille, la plus solaire de la ville, près du port de plaisance et souvent lui revenait, alors qu'il marchait dans Paris, l'image de leur petite maison de l'impasse Huysmans, à la fois modeste et charmante, il lui suffisait de fermer les yeux pour se revoir dévaler la pente de la rue des Sentinelles, à vélo ou à pied, découvrant l'horizon hérissé de mâts blancs entre les bicoques aux toits gris. Petit, cette vision quotidienne de la mer s'imposant à lui dès qu'il franchissait le seuil du portail l'avait toujours rassuré. Aujourd'hui encore, quand il y songeait, il pouvait s'y blottir. Ce n'est pas rien, un paysage où l'on grandit, ça vous façonne un monde intérieur, une chambre en soi. Et puis son daron, Serge, par sa position dans l'armée, connaissait des gens, des notables du coin. C'est grâce à ses relations que Quemener avait pu ramener dans « l'affaire de la taxe carbone » *un courtier.* Avec ça, il s'était attiré le respect de tous. Le courtier, c'est lui qui offre l'accès au marché, *c'est lui la clef et le sésame de tout dans ce type de bizz.*

Mais dès que Loïc revenait à Brest, il se souvenait surtout des jeux idiots auxquels lui, ses frères et sœurs s'adonnaient dans le jardin du pavillon d'un de ses amis, au collège, pour tuer le temps, étrangler la langueur de ces après-midi de printemps qui n'en finissaient plus sous les arbres, se cambrant dans l'air frais puissamment cinglé d'iode près des hortensias roses ou parfois si mauves qu'on croyait les voir sous acide.

La sexualité était quelque chose de valorisé dans sa famille. Son père surtout, toujours lui, exhibait dès que possible ses conquêtes extraconjugales. Tout le monde, alentour, connaissait ses maîtresses. Le vieux parlait d'elles à ses mômes : il voulait que son épouse comme ses maîtresses l'aiment *inconditionnellement* – c'est le mot qu'il employait. Elles devaient être prêtes à mourir, *à se couper le bras* pour lui. Il aimait Hugo, Aragon, parlait de panache, de grandeur. Comme beaucoup d'hommes à partir d'un certain âge, il désirerait des jeunes, exclusivement des jeunes : le sentiment qu'il avait de sa virilité, de l'expression de son pouvoir – ou de l'idée qu'il s'en faisait – passait manifestement par le corps de ces filles. C'était comme ça, il imposait sa loi. Ce patriarche pensait surtout qu'une femme à partir de quarante ans ne valait rien, elles étaient entièrement faites de fibres asséchées et de graisses, disait-il, elles sont foutues. Il fallait le croire et les bannir. Alors souvent, quand sa mère pleurait, Loïc fuguait de la maison chez un copain à cinq cents mètres. Son père, pour le rappeler à l'ordre, sifflait fort, juste en pinçant sa lèvre, comme il rappelait ses braques et son boxer. Le son portait loin. Loïc rentrait à la minute et tremblait à l'idée de s'en prendre une. Ça arrivait souvent. Il n'était pas tendre, son père, mais il était aimant. C'est ce que disait Loïc.

Ce que j'ai cherché à faire, sans même m'en rendre compte, c'est à transformer Quemener en énigme – en était-il une ? Jouissait-il de singularités, de fêlures réelles, décisives, ou bien en faisait-il des tonnes pour oublier qu'à bien des égards il était aussi un homme banal, un homme déprimant, un homme de la norme ?

Que prétendais-je découvrir en écrivant ?

Que prétendais-je découvrir « derrière le masque » si tant est que Quemener en ait porté un ?

C'est ce que Maude s'était demandé dès le Café Barbès, la première fois, et elle s'était troublée parce qu'elle se retrouvait victime de la même déficience que lui : incapable de fonder ses conclusions sur autre chose que sur les apparences.

C'est ridicule, s'était-elle même dit, ridicule, d'essayer de percer à jour cet homme, de le sonder. Quemener se révélerait hermétique, c'est ça qu'elle s'était dit. Ce ne sera pas à force de réfléchir, cette fois, qu'on pourra fendre la gangue, ouvrir une brèche : voilà le mystère de son mystère. C'est ça, qui l'aimantait. Mais n'était-ce pas là aussi le fond de son erreur ? Y avait-il un mystère, au fond ? Pourquoi lui attacher soudain tant d'importance ? Que venait-elle chercher ? Dès le Café Barbès n'avait-elle pas vu, simplement, ce qu'il y avait à voir ? Pourquoi traquer des profondeurs absentes ? Maude était tiraillée entre la part d'elle-même qui voulait se laisser agir par son désir et celle qui redoutait de découvrir en lui le néant. Mais la réalité des hommes et des femmes qu'on rencontre, des hommes et des femmes qui nous émeuvent est souvent plus simple et plus incompréhensible que ça.

La question est plutôt de savoir pourquoi Maude a mobilisé tant d'énergie à essayer de le comprendre, à essayer de l'aimer. Qu'est-ce que ça dit d'elle ? Peut-être le don chez elle tient-il, aussi, de la vampirie ? Maude regarde Loïc et soudain elle sait, elle sait qu'une histoire est possible – c'est l'impression qu'elle a, alors elle investigue, elle cherche et elle embrasse. Les passions sont lucides. La vie nous documente – c'est ce que Maude dit.

Loïc Quemener jouissait d'un certain ascendant. Il le devait à son tempérament, à son physique. Il avait noué des relations un peu spécieuses au poker, dans des cercles de jeu. Certains proches racontent que le virus l'avait pris à l'adolescence, quand il faisait tout pour fuir la cellule familiale : il s'était fait embaucher à Megève pour encadrer la section sport étude des fils friqués du lycée Janson de Sailly. Tout aura donc commencé comme ça, un peu par hasard : il était tombé peu de neige, cette année-là. À cause de la basse altitude de la station, la plupart des pistes du domaine s'étaient révélées impraticables. Les mômes avaient dû trouver une activité alternative. Alors à défaut de sensations fortes et de glisse, ils avaient compensé par le jeu puis tout naturellement par le poker pour retrouver l'adrénaline. À quinze ans, ces ados du seizième jouaient du fric comme un rien. Loïc était à peine plus âgé qu'eux mais c'est à sa beauté, à sa carrure, qu'il devait, disait-on, l'autorité exercée sur ces mômes de riches, dont il assurait la surveillance. La classe sociale de ces ados leur conférait par ailleurs une étoffe qui tenait Quemener en respect, l'attirait. C'est comme ça que Loïc s'était rapproché d'un des frères Mimran puis plus tard d'Arnaud, l'aîné, qui avait pour ainsi dire son âge et qui lui aussi l'impressionnait. Mimran enviait le physique de Quemener : *tu fais de la musculation ou quoi, c'est quoi ton secret pour avoir ce corps de pute ?* Bien sûr que Quemener s'entretenait, il le coacherait au besoin. Après ça, les deux compères se retrouveraient en salle, quatre fois par semaine, à suer, soulever de la fonte et Arnaud avait à l'époque fait venir Quemener à quelques fêtes, dans son hôtel particulier du boulevard de Courcelles, puis ils s'étaient perdus de vue au début des années 2000. Loïc n'avait pas assez d'argent, pas assez d'intempérance pour séduire la froideur monstre et bizarrement sanguine d'un mec comme Mimran, leur amitié n'aura pas tenu.

Ils se sont juste recroisés quelques années plus tard sur la Côte d'Azur – Loïc était venu voir son frère qui faisait de la boxe et devait honorer un combat à Fréjus –, une drôle de scène : un soir qu'il se baladait en bord de mer, un mec l'aborde, l'air frondeur, un cornet de glace à la main « ça va mon copain, tu aimes la glace ? ». Le visage de l'homme disait quelque chose à Quemener mais il n'arrivait pas à le resituer, c'est là que le gars s'est approché et lui a murmuré : *c'est pour Hanouna, j'ai 500 euros dans la poche, si tu acceptes que je te fiche cette glace dans la gueule, ils sont à toi.* Alors, tout lui était revenu : Loïc l'avait croisé la veille au casino du coin, le type hurlait en plein milieu de la salle de jeu, il avait retiré un de ses mocassins et il cognait sur la table à crever le tapis vert avec son talon : « Puisque ce numéro n'est pas sorti, il ne sortira plus jamais ! » Quemener s'était retenu d'éclater de rire, et là encore, devant ce type faussement affable et son cornet, il a souri avant de répondre : *me prends pas pour un con, t'as perdu un pari et on t'a envoyé parce que j'étais le branque un peu costaud qui passait là, allez, fous-moi ta glace dans la gueule et présente-moi tes potes, qu'on en finisse.* Le type s'est exécuté et lui a indiqué d'un mouvement de menton un groupe qui dînait sur le pont d'un yacht, hilare, un peu plus loin. C'est comme ça que Quemener a revu Mimran – *Quemener bah ça alors, c'est pas vrai…* –, comme ça aussi qu'il a rencontré Marco Mouly, le type au cornet. Ils ont ce soir-là mangé des spaghettis à la poutargue et se sont rappelé le vieux temps, leur jeunesse, *sérieux t'es toujours gaulé comme un dieu, non mais regarde sa petite gueule, ça te serait pas utile ça dans le commerce… ?* avait demandé Mimran à Mouly, Loïc n'avait pas compris.

Comme la presse le raconterait en détails plus tard, Mouly s'était spécialisé, vers 2003, dans les faux encarts publicitaires et les arnaques à la TVA. Ses escroqueries fleurissaient et sa rencontre avec Mimran était sur le point de les rendre exponentielles. Cette année-là, la justice commençait tout juste à soupçonner la bande d'une organisation illicite, de détournements et de prestations fictives mais aucun d'entre eux n'était encore tombé, sinon pour des délits mineurs. Leur succès les grisait d'un sentiment de toute-puissance hors norme. Ils étaient les enfants de ce que le monde néolibéral et la bureaucratie administrative pouvaient produire, et s'arrogeaient tous les droits avec une morgue mâle à la fois candide et puante, « franchement les arnaques à la tève, c'est plus facile que de voler une pomme, presque cadeau ma parole, c'est comme laisser une Lamborghini avec les clefs sur un parking de Grigny». Mouly disait ça en dodelinant de la tête, on aurait dit les héros du remake séfarado-français d'un film de Scorsese.

Loïc ne savait plus quand Mimran et Mouly avaient commencé à lui parler de ce qu'ils finiraient par appeler *le marché du CO_2 et du droit à polluer.* Ce serait *énorme*, c'est tout ce qu'ils disaient. Mimran et Mouly lui avaient laissé entendre plusieurs fois que s'il ramenait deux ou trois affaires, ils le mettraient sur le coup. *Y'a qu'à se baisser pour ramasser tu vas voir… faut juste se préparer un peu.*

Certains, qui travaillent dans le secteur FinTech et cherchent à proposer des solutions contre la criminalité financière, expliquent aujourd'hui que la création du marché unique européen aura ouvert des perspectives grandioses à ces fraudeurs. Mouly le racontait à sa façon en s'enflammant : tu crées des entreprises dans toute l'Europe, déjà rien qu'avec des biens physiques, les fraudes à la tève ça marche, c'est enfantin, il te faut juste un ou deux hommes de paille et ça te rapporte une marge garantie de 20 %, tu trouves ça nulle part ailleurs dans le commerce classique, y'a pas de contrôle !

Pour le droit à polluer, c'est fin 1997 que tout s'est mis structurellement en place. En clair, les entreprises qui produisaient beaucoup de CO_2 pouvaient racheter des quotas de pollution à celles qui en émettaient moins. On était à l'aube du deuxième millénaire, dans une ère où la plupart des pays préféreraient immanquablement la brutalité rationnelle du marché à la lourdeur de l'administration. Il ne serait du coup pas question de fiscaliser la pollution mais d'instaurer des politiques de quotas négociables d'émission de CO_2. À partir de là, l'environnement est officiellement devenu un marché comme un autre et plusieurs ONG ont hurlé à la *marchandisation du climat.* Mais c'était ça ou rien. Mouly et Mimran y virent un effet d'aubaine prodigieux, propice à l'extension du domaine de l'escroquerie à la TVA.

Quand Quemener les a rejoints, Mouly et ses potes s'étaient mis en quête d'*hommes de paille*, de *veilleurs* – *viens frère c'est cadeau.* Les concepteurs de ce *business* ont commis deux erreurs, poursuivait Mouly, pour achever de le convaincre : ils ont simplifié a minima les formalités pour entrer sur le marché et assujetti ces opérations à la tève. Loïc s'est engouffré dans la brèche comme Alice a traversé le miroir.

Mais contrairement aux autres, il a su tenir la distance, rester discret, sinon prudent n'y allant que quand c'était sûr, détournant des sommes plus raisonnables, il assurait le blanchiment d'argent par des filières beaucoup plus modestes que celles empruntées par le clan Mimran. Ça avait été plus délicat de le confondre. La petite fête durera quinze ans, en toute impunité. Ils y ont englouti un temps et un fric innommables. Un pognon historique.

L'argent les chauffait tous hormonalement à blanc, ils parlaient tout le temps *des femmes.* Loïc les aimait voyantes, jeunes, il aimait imaginer à la fois qu'elles le mettaient en valeur et qu'il les dominait. Il se passait évidemment le contraire : elles le tiraient vers le bas et ce sont elles qui finissaient par le gendarmer mais, précisément, si elles pouvaient prendre le pouvoir sur lui c'est parce que Loïc dépendait encore davantage des filles dont il se foutait que de celles qu'il admirait. Il fallait le regarder en face : Loïc, ses copains, tous ces mecs, n'aimaient qu'eux-mêmes, alors leurs femmes se dénichaient une place dans leurs vies, comme ça, en s'immisçant là, juste là, entre eux et l'idée qu'ils se faisaient d'eux. À partir de cet instant, elles leur devenaient aussi indispensables qu'une drogue. Ce n'était pas de l'amour, ça y ressemblait. Ça convenait à tout le monde.

J'ai revu Loïc pour une nouvelle séance de travail, plusieurs semaines après – ce qu'on appellera donc maintenant – ma « fausse couche ». J'étais dématée. Hors de moi. Il voulait que je *passe*, ça faisait quoi, un mois qu'on s'était rencontrés au Café Barbès ? Il voulait que je vienne. Il voulait qu'on discute. Il voulait me *mettre à nu* – ah oui ? Très bien. Je suis passée. Il ne savait rien de ce que je venais de traverser. C'était trop peu pour être un drame, et trop pour n'être rien. J'ai tout passé sous silence. Quemener, lui, m'a parlé sans s'arrêter – ça tenait de l'hémorragie. Plus il parlait, plus je sentais qu'on finirait par baiser.

Je me souviens de tout. Sur la table basse trônait une anthologie des œuvres du peintre Lucian Freud, un livre de Brautigan et *Le Manuel du guerrier de la lumière de* Paulo Coelho. Je ne connaissais pas bien Lucian Freud et me suis mise à tourner machinalement les pages, la vivacité de ces portraits de femmes laides et étrangement sensuelles était agressive. Une splendeur.

— Tu les trouves belles ?

La question m'était venue sans même y songer. Loïc avait marqué un temps avant de poser sa main à l'arrière de ma tête *c'est toi qui es belle.* Je ne l'ai pas pris au sérieux. Je feuilletais maintenant Brautigan et l'associais sans l'avoir lu à la clique du mouvement libertaire de l'Amérique sixties – qu'est-ce que Paulo Coelho foutait là ? La présence de ce livre dans la pièce provoquait un larsen pénible. Loïc m'a d'emblée offert le Brautigan. Puis il a dit, tu vois il y a un malentendu, on me fait faire de la variété mais moi je suis un combattant, Maude.

— Un guerrier de lumière ?

— T'aimes pas Coelho ? C'est fort quand même non ?

Je luttais. Je luttais pour ne pas me laisser désoler par la situation, elle révélait tout simplement ce que je redoutais : tout ce que je m'étais raconté sur la puissance de ses lectures profanes était faux. Il aimait Brautigan parce qu'il en avait entendu parler mais pour lui tout se valait, Coelho, Lucian Freud, tout ça était à fourrer dans le même sac et renvoyait juste à l'idée qu'on pouvait se distinguer à peu de frais par l'objet culturel, qu'on s'en servait comme d'un accessoire de luxe et comme Loïc allait, d'ailleurs, chez Cartier ou Chanel mais, au fond, aux livres, il n'y entravait rien.

J'ai souri sans commenter mais me suis dit que chez lui, tout était là – il se cherchait –, et qu'il faudrait sans doute dans ses chansons travailler cette hybridité qui le déchirait entre ce qu'il avait de plus pauvre et ce qu'il avait de plus séditieux. Pour moi, on ne pouvait pas prétendre aimer les poètes anars de la beat et Coelho sans qu'il y ait quelque part quelque chose de profondément faussé. Ce n'était pas comme aimer les poètes errants et Stephen King, par exemple, non, ça jouait Kerouac et King parce qu'eux deux témoignaient violemment du karma américain, parce que King savait qu'il travaillait la série Z pour fouailler de manière à la fois sanglante et foraine les peurs de son pays. Mais chez Coelho non, chez Coelho, tout était niais, tout était bidon. Il faudrait donc partir de là pour lui écrire des textes : des contradictions, des artifices, des impostures.

Il avait enchaîné en me disant que sa maison de production estimait que j'écrivais des textes trop âpres, trop ingrats, trop brusques, pour une fille et que lui, Quemener, composait des musiques trop évidentes, déjà entendues même quand elles étaient bonnes, bref, les types de la WM l'affirmaient : ensemble, lui et moi ferions des miracles. Soit. Pourquoi pas ? Je trouvais les chansons de Loïc pénibles, son sentimentalisme suspect. En revanche, j'aimais son timbre, le voile léger qui l'intensifiait, donnait l'impression que la ligne mélodique émergeait d'un brouillard. Et puis ce que je découvrais de lui me parlait : la musculation, la carbure à tout ce qui passe – le gingembre, la coke, les amphètes, le Xanax ou la weed. Il était un syndrome de l'anémie française à lui tout seul : tout pour être dans l'énergie anglo-américaine dite *rock* mais condamné à être bénin, désarmé, comme le yéyé ou Hallyday au temps de Presley et des Stones. Il avait l'énergie, le goût de la destruction mais ça ne suffisait pas : il lui manquait l'ironie, les torsions, le soufre. Il était kitsch, pauvrement transgressif. Ce soir-là, chez lui, il m'a d'abord fait écouter au casque deux ou trois esquisses de morceaux selon lui intéressants à travailler : « *Dans nos enfers plus rien ne roule, on sait plus quoi faire / On a les boules, on a les nerfs, on est en colère / Le cash-flow a pourri notre humanité / On ne connaît plus que la conso connectée.* » Tu peux me le refaire ? J'étais à la fois consternée et comme retenue par sa candeur, son énergie, je voyais dans l'innocence avec laquelle il me présentait ces daubes, une force à peine humaine. Son corps me subjuguait. En refrain, ça donnait : « *Non tu m'as pas flingué / Tu m'as rendu plus fort / Oh je suis blessé / Mais je ne suis pas mort / Tu m'as pas flingué, je te souris toujours / Même terrassé, je crois en notre amour* »... C'était pas gagné.

Pourtant, quelque chose passait entre nous et c'était contrairement à sa musique d'un ordre électrique et vital. Je le trouvais vif, à la fois rustique et maniaque, intelligent et frustre – un très drôle de mélange –, j'adorais sa présence, son tempérament. Il était menaçant et tendre, ça m'apaisait. Il préparait des salades, il commandait des sushis, il veillait à répondre au moindre besoin que j'exprimais. Il n'aimait pas que je soupire, mes soupirs l'angoissaient, et quand j'en laissais échapper un – à l'écoute d'un de ses textes décidément impossible –, Loïc redoublait d'attentions, de gestes : il venait chahuter près de moi et m'embrassait, il complimentait mon allure, me montrait des extraits de films, il électrisait l'ambiance en décuplant les efforts pour me faire rire puis me racontait des histoires. J'étais bien avec lui. Parfois, Loïc me répétait qu'il craignait de mourir et parlait de ses anciens complices. Il me disait qu'il avait gardé un flingue. Il me parlait de Mimran et des autres, il me disait faut faire gaffe : ils sont dangereux. Je souriais, je n'arrivais pas à le prendre au sérieux. D'habitude les intellos comme toi sont chiantes disait-il encore, toi tu l'es pas. On parlait de circuits de courses ou de voitures, de plages, de nos enfances. On parlait de cinéma : Kubrick était pour lui indépassable tandis que pour moi, c'était un virtuose pénible. Tout était là, peut-être. On se retrouvait dans des zones frontalières entre le génie populaire et la vocation marginale. Il se méfiait de ce qu'il avait de plus vulgaire en lui, moi je me méfiais de ma cérébralité. D'une certaine manière, on était faits pour se rencontrer. Il m'a ce soir-là demandé mon âge, si j'avais des enfants, si j'étais seule ou si j'avais un mec alors j'ai répondu dans l'ordre : quarante ans, non pas d'enfant non, oui un mec que je ne vois plus. C'était là des questions rituelles pour lui, systématiques – modus operandi ou préalable avec les meufs. quarante ans ? Tu fais moins. Je suis restée muette.

Il m'a ensuite passé l'intégralité des chansons de ses albums. C'était fou de mesurer le décalage entre sa vie – la délinquance, la coke, le soufre et le seum – et la mièvrerie de ses textes. Un vertige. Je restais à distance mais l'écoutais attentivement et tout en lui, jusque dans ce qu'il révélait de plus humble, me retenait. Je décelais des éléments nobles dans la lie de ses remarques, ou de son travail, j'avais des trucs à faire avec lui, j'en étais persuadée – et pourquoi pas commencer par un album ? Les chansons défilaient.

Je les trouvais pourries sans rien dire, l'écoutais se prévaloir d'avoir fait avec ça La Cigale, la première partie d'Étienne Daho – bref –, au regard des morceaux en question, ce dont il s'enorgueillait me donnait envie de mourir. J'ai souri.

Je suis volontiers hautaine, c'est vrai, volontiers critique, volontiers acide jusque dans l'empathie. Le mépris me structure, il me tient. Il m'anime comme une foi en Dieu. Je ne suis pas sympathique – surtout quand j'en ai l'air – ou carbure volontiers au conflit, au rire, mais quand il m'arrive à tort ou à raison de croire *rencontrer* quelqu'un, je sais aussi devenir son alliée. Je sais créer des liens jusque dans l'agression. J'étais donc cette fois-là, comme toujours, prête à tout et d'abord à me marrer ou à me laisser surprendre mais l'observais quand même en me demandant s'il était bien raisonnable de m'être lancée dans l'écriture d'un album entier avec ce type : à la façon qu'avait Loïc de se mettre en scène, de parler de lui, de cultiver une certaine asocialité et l'épaisseur rouée de son arrivisme, j'ai vite compris qu'il vivait entouré d'une cour – donc très isolé – dans une zone où tout ce qu'il faisait se voyait investi, massivement, dans la nécessité d'entretenir à ses yeux sa propre légende, l'idée frelatée qu'il se faisait de son histoire, et dans le sexe. Les gens de son cercle l'admiraient, le vénéraient sans le considérer, sinon pour lui dire ce dont il avait précisément besoin pour persévérer dans ses impasses. Les femmes riaient de ses sorties douteuses, ses amis ou associés se pliaient à ses lois, saluaient ses démonstrations mâles, galvanisaient ses pires tendances : ses illusions de grandeur comme sa haine de lui-même qu'il chérissait aussi, comme il baisait des putes, tant son besoin de consolation était intense. Tout se voyait donc conçu, organisé, pour le conforter dans ce qu'il appelait, pudiquement, *ses modes de fonctionnement.* Avec tout ça, Loïc ne savait jamais vraiment s'il était minable ou bien exceptionnel, un raté ou un demi-dieu, fait pour soulever les foules ou rester dans son coin et crever comme un chien. Ça l'insécurisait alors il avait besoin de cul, maladivement, de femmes comme de viatiques ou de calmants, c'est ce que, petit à petit, en l'observant, je croyais pressentir et comprendre. Oui, pour se convaincre qu'il demeurait malgré tout un mec, un vrai, il ne lui restait parfois guère que sa queue pour le rassurer. Il convoquait les meufs comme on télécharge une appli, tournait sur deux-trois *régulières* à qui il montait bobards sur bobards les faisant tenir aux promesses, aux leurres, pour mieux pouvoir traquer de nouvelles recrues sur Instagram. Ça allait vite, très vite, c'était selon les jours, les phases, les angoisses du moment. Il lui arrivait d'appeler des professionnelles aussi – semi-escort – à trois cents balles la prestation plus le Uber. Et pour conjurer la honte, il en avait fait le blason banal de sa virilité : je peux pas te dire combien de filles j'ai baisées, Maude, mais quand t'es un mec c'est ça hein, tu penses au cul tout le temps enfin moi je pense qu'à ça, c'est *hyper* important faut pas se mentir, c'est le sel de la vie hein, de ton *épanouissement.* Bien sûr, c'est important l'épanouissement – j'avais pensé ça en silence ayant repéré qu'il appréciait mal l'ironie. Il a alors guetté ma réaction, dans une expression à la fois gênée et défiante, puis devant ma mine gentiment attentive, il a enchaîné : je suis pas un bourgeois, moi, je suis dans une *esthétique* un peu *rock* de la vie tu vois. Il a souri.

Comment dire ? Loïc me semblait à la fois hyper contemporain et dépassé. Fallait-il qu'il soit mièvre, comme ses chansons, pour voir dans cette pornographie courante une forme quelconque de subversion ? Sérieusement ?

Aujourd'hui, encore ? Défendre les vertus du voyeurisme, arborer les couleurs d'une domination facile, faire flotter bien haut la bannière de sa bite ? Il me semblait évident qu'à penser encore l'érotisme sous des auspices aussi convenus, on ne pouvait que produire de la merde. Je me rappelle notre sixième ou septième séance de travail – elles s'enchaînaient à un rythme de plus en plus soutenu –, pas très productive où il s'était soudain confié : avec moi, disait-il, il ne voulait pas tricher, prendre le risque de *me perdre*, affirmait-il déjà pour m'avoir caché ce qu'il était. Je me laissais émouvoir mais j'avais l'impression qu'il ne savait même pas qu'il était insincère. Loïc m'a regardée puis il a rapproché son visage du mien pour reculer, finalement, et nous servir du vin.

Voilà, c'était ce qu'il y avait de mieux à faire, sans doute, terminer le médoc : *j'ai la pression Maude avec toi, j'arrive pas.* Nous nous sommes fixés à nouveau. Cet homme ne mesurait rien de la nature bordélique de mes soifs malgré mon goût prononcé pour le calme, la plénitude, et surtout – et c'était là le plus grave – il ne mesurait pas combien je croyais aux élans, aux contradictions, plus simplement en l'amour. Combien c'était un affect maître chez moi – agressif et mendiant – complètement anarchique, mais que j'essayais à toutes forces de rendre moral.

L'amour n'était pour moi ni un tourment, ni un caprice, ni un délire spirituel, encore moins une question d'ordre sentimental. L'amour était une expérience pionnière, un décentrage, une cavale à deux dont on finissait par faire, en formant un couple, un havre ou un repaire. Alors j'acceptais mal la mystification qui avait consisté à faire de cette aventure, si concrète, exigeante, et surtout si risquée, un truc de fille à l'eau de rose, une chimère livresque dont on ne saisissait plus le drame, un petit folklore courtois, un délire doloriste catho. Je détestais également qu'on lui prête de fausses faiblesses : l'amour selon moi ne rendait pas *aveugle*, c'était du pur bullshit et même le contraire : une rencontre sème toujours un désordre lustral dans nos vies. Elle permet de lire en soi jusque dans ses ténèbres, y révéler souvent la dureté d'un secret – une femme osant regarder en elle est une sorcière, dit-on – alors lisons en nous comme on déchiffre le marc. Je ne me sentais jamais tant lucide que lorsque j'aimais, car alors, tout entre moi et l'autre se révélait relever du signe – des écarts de langage aux inflexions de voix, du lapsus des corps aux silences épais – et tout autour devenait déchiffrable, enclin à nous relier.

Qui ne l'a pas expérimenté ? On ressent la présence d'un amour comme on éprouve l'absence des morts. Quand on se laisse posséder par un être, on voit clairement en lui et c'est encore lui, bien sûr, que ça fragilise : la rencontre fait de nous des créatures hybrides entre l'homme aux loups et les filles de Salem. Alors je devinais Loïc, le comprenais jusque dans ses faiblesses, devinais quand il disait la vérité et quand il mentait – la plupart du temps, il mentait –, je l'invectivais parfois comme Hamlet parle aux spectres et c'est à travers lui, bien sûr, encore moi que je défiais.

Il faut maîtriser le feu de cette déraison, de cette clairvoyance-là, contenir son brasier, tenter d'en faire un âtre. On ne sait jamais pourquoi on se prend d'affection pour quelqu'un, c'est toujours un mystère. Mais si les causes sont indiscernables, il y a toujours, en revanche, un dessein : une rencontre *augure* de futurs possibles comme les oiseaux esquissent des arabesques dans le ciel vide.

J'avoue qu'à bien considérer Loïc tanguer comme un pingouin, ce soir-là, par exemple, entre la cuisine, la sono et le divan, je ne comprenais pas bien : que fallait-il y lire ? Quels plans étranges avaient pu conspirer à une situation aussi farcesque, et où nous mènerait-elle ? Loïc chantait des reprises de U2, se mettait brusquement au piano pour poser des accords patauds et psalmodier des phrases absconses dans un anglais douteux. Il chantait fort, trop fort, poussait encore d'un cran les décibels, puis passait sans prévenir du clavier au sofa pour me montrer ses clips, ses interviews dans des talk-shows, sa performance à « C à vous ». Dans ses vidéos, il chantait en prenant des airs outrageusement habités pour dire des phrases comme « je suis peureux ou courageux souvent un peu des deux » et c'était incroyable de le voir alors dans la foulée jeter sa tête sur le côté – profil gauche exhibé –, regard au sol, serrer bien fort le pied du micro ramené d'un coup comme une danseuse soudain plaquée contre son corps « souvent un peu des deux ». Le plus bizarre résidait là sans doute : dans le décalage effarant, se creusant, à chaque couplet davantage, entre l'intensité de l'interprétation et la vacuité du texte. Il s'en dégageait une faiblesse d'un magnétisme total.

Qu'est-ce que je foutais là ? Et pourquoi restais-je à m'intéresser à ces daubes en opinant du chef, à poser des questions, à faire des remarques qui se voulaient techniques mais auxquelles je ne croyais pas – elle est bien la ligne de basse, elle crache. « Elle crache ? » – qu'est-ce qui me prenait de parler comme ça ? Je disais n'importe quoi. Pourquoi ne pas m'épargner l'écoute exaspérante de trente-deux titres ?

Faut-il encore ajouter que pour montrer sa puissance tueuse d'homme incertain, Loïc se mettait régulièrement, sur ses propres morceaux, à improviser des tierces hurlées sous la voûte zénithale du F4 en s'obstruant, comme il se doit alors, l'oreille droite « *on va rester entre hoooommes* ». J'étais à la fois émerveillée du tableau dingue ici offert, et clouée d'affliction « *si t'es un homme, entre hoooommes* » – allez encore une et *après j'arrête* promettait-il toujours pour mieux le décevoir. Devant mon écoute éreintée, il me regardait parfois, un peu perdu entre inquiétude et contentement « ça te touche ? ». Dans n'importe quelle autre situation, j'aurais décampé, foutu le camp, alors qu'est-ce qui, en lui, me retenait comme ça : « Tout le monde pense que je vais bien mais c'est faux, je picole, je carbure et me dope à tout, je vais mal : il y a pas un soir où je suis pas traversé par l'envie de me foutre en l'air. Il m'est même arrivé de dormir avec mon flingue dans la bouche. » Il avait alors marqué un temps avant de lâcher sur un ton qui tenait de la menace : *tu me crois pas ?* Puis il était monté dans sa chambre pour revenir avec une arme, *un Glock 26*, avait-il dit, un semi-automatique hyper compact et ramassé – assez beau. Il m'expliquait maintenant combien ce qu'il avait vécu avec Mimran et sa bande était *énorme.* Personne n'a jamais fait ce qu'on a fait, tu comprends ? Personne. Mouly et sa clique, ils sont *énormes – énormes.* Et il continuait comme ça, en boucle, pendant, des heures : ils avaient été inégalables :

tout le monde nous croyait abonnés à Légifrance mais non, on était *de vieux gosses.* Quand je pense à tous ceux qui sont morts, disait-il, quand je pense que Samy est mort…

J'étais perplexe de voir un homme à la fois aussi dépressif, ridicule et vital et ne voulant pas céder sur l'idée incongrue qu'il se faisait de *sa destinée* comme il disait. C'était à ça qu'il adossait sa fuite en avant, sa passion pour la perte.

Loïc était brutal mais volontiers en pleurs, dur mais à fleur de peau, complexé mais orgueilleux. Ce génie des alliances contre nature lui conférait un charme parfois total. Je n'arrivais pas à décrocher. J'étais bien avec lui, droguée déjà comme au crack à sa présence physique – son corps d'homme fort, son visage de fils –, à sa nature rieuse comme à son fond tragique. J'avais l'impression qu'à travailler ensemble il pourrait me donner un peu de sa foi forcenée et moi un peu de mon goût pour la sophistication – même dans la brusquerie. On s'est à nouveau regardés. Il m'a confié n'avoir jamais été dans un rapport pareil avec une femme. C'est-à-dire ? *Je sais pas, je me sens petit à côté de toi.*

Un nouveau silence a régné sur lequel planait déjà quelque chose de perdu.

PRINCIPE D'ENTROPIE

- *Errances* -

Entropie (Def) : fonction exprimant la dégradation de l'énergie, grandeur physique qui caractérise le degré de désorganisation d'un système.

Maude continuait donc d'aller d'hôtel en d'hôtel comme une fuyarde. Elle prenait des notes, elle lisait. Son temps oscillait entre les heures qu'elle passait chez Loïc à travailler l'album et celles qu'elle passait dans des chambres tantôt luxueuses, tantôt spartiates, à réfléchir, pleurer, rêvasser, lire ou écrire.

Elle ne répondait plus à aucun message de Barbara. Elle recherchait une solitude peuplée de lectures et remplissait, mal assise sur les chaises de ces refuges provisoires, des carnets entiers. Elle pensait malgré tout à Barbara, à la manière dont elle saurait éclairer cette impasse en fumant clope sur clope, en attachant puis en détachant ses cheveux blonds un peu fins et en écarquillant ses yeux presque trop clairs comme si tout chez elle n'était qu'étonnement, interrogation passionnée.

Maude hésitait à l'appeler. Chaque fois qu'elle ou Barbara traversaient des histoires mouvementées, elles tentaient d'élucider les questions posées par ces amours ensemble – toujours.

Maude regardait une vidéo sur le travail d'une femme peintre qu'elle admirait. Cette artiste disait qu'elle peignait comme d'autres écrivent. Elle parlait de la corrida et disait en substance que le torero incarnait un principe masculin et le taureau un principe féminin. Maude se disait ça, exactement, ça : que la masculinité était un truc de pétasse vaine et tragique, quand la force était du côté de l'énergie rogue ou brute, un genre de calme potentiellement éruptif. Elle se disait que la masculinité était à distinguer de la virilité et que la virilité ne comprenait pas la notion de genre.

Elle regardait des vidéos de cette femme en train de peindre, le corps en avant, le regard pénétré de tensions, et les larmes lui montaient. La voir traquer le geste, la couleur juste la bouleversait. La peintre disait que chaque ton propageait une onde à laquelle il fallait laisser, sur la toile, sa zone d'expansion. Maude regardait la nuit tomber depuis la chambre de son hôtel du quatrième arrondissement et les nuances de ce noir rendu vibrant par la clarté des lumières de la ville résonnaient en elle.

Ce soir-là, dans cette chambre impersonnelle, elle s'est aussi retenue d'envoyer un texto à Franck. Elle en a rédigé l'amorce puis elle l'a effacée.

Ils s'étaient rencontrés, un an auparavant, à la projection d'un de ses documentaires : *Un autre monde est possible – sous-titre – La décharge de Freshkills.*

Franck Lapierre travaillait sur les déchets. Sur le principe d'entropie. Maude voulait à l'époque écrire un album pour un groupe de rock alternatif nommé Garbage. Là encore elle s'informait, prenait des notes.

Ce documentaire était entièrement consacré à une ancienne décharge de New York transformée en parc naturel. Après la projection, il y avait une exposition de photos qui en retraçait l'évolution.

Cette expo était impressionnante : le pan de mur d'un long couloir noir était couvert sur cinquante mètres de photos de Freshkills aujourd'hui : un lieu éclatant de verdure avec de gigantesques plans d'eau, un des plus beaux parcs publics mondiaux alimenté par les énergies renouvelables, riche, d'une biodiversité neuve. Sur l'autre pan, à droite, et sur la même distance, d'immenses photos de la décharge publique sauvage que ce parc avait été dans les années 1990 puis au début des années 2000 quand ce même site avait accueilli les gravats et les décombres du World Trade Center.

Enfin, des photos de l'enterrement de ces déchets et de ces ruines – comme un refoulement massif. New York avait englouti des tonnes de chienlit sous terre et les ordures y avaient poursuivi leur *processus de décomposition* et continué ainsi à produire du gaz. Tout ça, à terme, a permis l'installation d'un gigantesque système de traitement puis de drainage visant à extraire l'énergie émise par cette lente détérioration, et avec le méthane ainsi récupéré, chauffer plus de vingt mille foyers.

Maude évoluait dans la galerie et considérait les immenses photos débordant de débris et d'ordures en tout genre puis tournait la tête pour y voir, de l'autre côté, cet espace vert, édénique, où s'érigeaient maintenant des infrastructures tournant à la géothermie, au solaire, à l'éolien : un parc vert à la flore et la faune somptueuses. L'exposition donnait foi en l'avenir.

Maude s'était rapprochée d'un groupe qui entourait Franck. Il parlait haut et tranquillement, il semblait sûr de lui. Franck expliquait qu'il fallait s'emparer des déchets du monde comme des hantises collectives : les villes, nos villes les plus belles sont faites et construites *à même* l'ordure enfouie. Nos villes sont littéralement galbées par nos ordures. On vit sur nos déchets, ils ont incorporé les sols alors ça a produit à la longue, dans beaucoup d'endroits, des surélévations du niveau des rues et l'entrée des maisons anciennes se retrouve en contrebas, comme là, sur cette photo – il la montrait du doigt. Après, à partir du XIIe siècle, les institutions locales ont commencé à les extraire du cœur des villes, à les déporter loin mais c'est encore ça qui en périphérie forme des éminences inattendues : le Monte Testaccio à Rome, c'est ni plus ni moins ça hein, un tas de merde, toute la morphologie des villes et leurs alentours sont façonnés par la manière dont on aura géré ou pas nos détritus. Maude en l'écoutant avait immédiatement pensé aux travaux de certains anthropologues qui dressent un jeu de parallèles plutôt convaincant entre nos pratiques d'hygiène et les rituels d'exclusion de nos sociétés : ils évoquent les *stratégies d'évitement de l'impur* pour maintenir la structure, l'ordre, la hiérarchie. C'est vrai, s'était dit Maude, déléguer aux marges ce qui n'entre pas dans des catégories dont la définition même permet de faire exister cet ordre, c'est organiser le rituel social ou religieux. Elle avait noté dans son carnet : les marges recèlent de l'énergie, nos déchets recèlent de l'énergie, ce qu'on détruit recèle de l'énergie, ce qu'on détruit nous oblige à nous préciser.

Franck continuait de conférer devant une photo de mouette piquant sur une boîte de conserve avec la rapidité d'un crépuscule. Nos ordures jouissaient d'une dynamique propre, d'un élan, elles résistaient, les ordures survivaient à tout : on ne pouvait même pas les incinérer sous peine de respirer leurs émanations toxiques. Elles s'insinuaient dans tous les espaces disponibles dictant des plans de refontes radicales et elles produisaient toujours la même chose : des rats et de la paranoïa. Franck poursuivait : les gens et les gouvernements ont été contraints de développer des réponses adéquates, de concevoir concrètement leur évacuation, tout un dispositif social, des infrastructures pour le mettre en œuvre – éboueurs, incinérateurs, maîtres de chantier, transporteurs, égoutiers. La civilisation cherche et invente, disait-il, l'histoire s'impose et quand elle le fait, c'est toujours par la destruction, la catastrophe – il parlait comme dans ses prestations radiophoniques ou bien ses vidéos sur Internet : dense, précis, génériquement intime. Franck était un guérillero des ordures, un brasseur de déchets en quête de contrats pour des livres, des documentaires télévisés, de conférences retransmises en temps réel sur les réseaux.

« On commet tous les mêmes erreurs » dit-il soudain, le soir de sa rencontre avec Maude, avant de marquer une pause, travailler la scansion, poursuivre : la science, la technologie, n'ont pas surgi tandis que les hommes philosophaient sur les collines grecques. Non, les ordures ont surgi en premier, incitant les gens à répondre, à se défendre. Il a fallu trouver les moyens de nous débarrasser de nos rebuts pour ne pas nous laisser ensevelir, d'utiliser ce que nous avions nous-mêmes rejeté, de le traiter, pour que ça ne vire pas au poison et les ordures résistaient, elles se répandaient, elles nous obligeaient à développer une logique singulière, toute la rigueur idoine, l'imagination et la rationalité qui allaient nous conduire à l'édification de systèmes de pensée du réel, du chaos. Nos ordures sont notre avenir affirmait Franck Lapierre, notre aubaine, alors cessons d'écouter ceux qui vocifèrent, les faux prophètes, qui ne veulent rien voir, rien comprendre, les perdants, qui prêchent la démission et la médiocrité comme seuls abris souhaitables aux réfugiés de la brutalité capitaliste.

— Vous pensez à qui ? avait dit Maude.

Il avait marqué un temps en la considérant, avant de répondre en s'adressant à ceux qui l'entouraient sur le même ton : regardez autour de vous ! Produire de la data, consommer, mourir. Voilà la sainte trinité de notre culture contemporaine. Nous produisons des quantités stupéfiantes d'ordures et quand nous y *réagissons*, ce n'est pas seulement par des procédés techniques – là, il lui avait souri avant de se retourner vers la petite assemblée, son public d'un soir –, c'est aussi avec *notre subjectivité*, notre corps, notre cœur.

Nous laissons ces détritus nous façonner, nous les laissons contrôler notre pensée. Il avait répondu en s'adressant à tous puis fixé Maude :

— Vous êtes la fille d'Europe Écologie les Verts ?

Maude avait ri – non pas du tout. C'est là qu'elle lui avait expliqué l'album sur lequel elle travaillait. Elle cherchait d'ailleurs une photo pour la pochette – elle voulait proposer l'une des siennes. Ils avaient continué à arpenter l'exposition ensemble.

Franck lui avait montré d'autres photos de ce no man's land de Staten Island : elles rappelaient comment les campagnes d'urbanisation avaient fini par se déployer dès les années 1960 jusque dans ces coins-là, reculés, et les habitants de ces quartiers dits « résidentiels » cohabiter avec ces monts grandioses de merdes et de déchets. Impressionnant. Ces photos étaient si vivantes, qu'elles paraissaient jouir d'une dimension quasi physique : on y voyait d'immenses collines, une géologie pestilentielle de plastique, de verre et de fange qui s'étendaient sur un peu moins de mille hectares. Elles s'élevaient à plus de cinquante mètres de hauteur. C'était un mur monstre d'immondices surplombant les maisons, débordant de tessons, de bris, de poussières, de crasse, de bric, de broc ternes ou bien colorés, amalgamés ensemble par la boue et le temps, des monceaux à n'en plus finir de boîtes, de feuilles, de réservoirs mats sinon rutilants d'où émergeait parfois un bulldozer, semblant, saisi dans toutes ces couleurs sales, lui-même une épave en devenir. Puis passant dans ce ciel bas, asphyxié, des nuées de papiers épars, de sacs *Supermarket* voletaient, traçaient en chauves-souris des arabesques dans l'air, se posaient n'importe où : ils s'accrochaient aux arbres, aux plots, aux palissades et paraissaient de loin trembler comme des augures. Certaines photos étaient immenses, éclairées de telle manière qu'on les aurait dites en relief ; les ordures semblaient déborder dans la salle où Franck et Maude flânaient, de photo en photo, les lambeaux de plastique voler autour d'eux et nimber le visage de Franck d'un halo glorieux et putride qui lui conférait l'allure inattendue d'un ange. C'est celle que je préfère, avait dit Franck, désignant une photo qui montrait des monts d'ordures en contre-plongée d'où s'échappaient des surmulots. Le spectacle était noir, à la fois grossier et hypnotisant, digne d'un plan fixe d'Hitchcock. Des fragments d'emballages encore – papillons tout poisseux –, des mouettes tournaient en boucles aléatoires sur l'amoncellement glauque déjà dévoré par les rats et que les goélands venaient aussi piller, ils tourbillonnaient, piquaient, leur arrachaient des bouts comme on épuiserait un cadavre. Un ogre mort, sensationnel, lourd d'organes avachis, alimenté chaque jour par des pelleteuses foraines, des bennes immenses avec leurs bras articulés de mygales dont les embouts mécaniques ressemblaient aux mâchoires de squales, aux crochets de cobras, suintant de liquides pourris, de poisons, tout ça semblait – ramenant parfois jusqu'à 300 000 tonnes de merde par mois – nourrir à l'infini ce corps ecchymosé, vibrant, en éternelle décomposition – Freshkills.

Maude croyait en les pouvoirs vertueux de la négativité. Elle avait expliqué ça à Franck devant une photo de gravats prise en noir et blanc où les pierres semblaient quasi surnaturelles, vivantes : on rend pathologique tout ce qui n'est pas sain mais c'est une erreur, nos ordures comme nos tendances les plus sombres recèlent de l'énergie. Après cette première rencontre, ils s'étaient revus très vite puis plus jamais quittés, comme on dit. Qu'il eût une femme dans sa vie, à l'époque, n'avait rien empêché. Simplement, depuis la séquence de visites multiples chez des médecins spécialisés, ou à l'hôpital, depuis l'accident du circuit, quelque chose avait changé.

Elle avait un peu honte de l'avouer mais certains soirs, depuis l'accident, elle n'en pouvait plus d'entendre parler d'ordures, de fin du monde, de recyclages. À chaque fois, quand elle arrivait chez lui, elle découvrait cet homme s'abîmant dans la contemplation d'une bonne soixantaine de clichés sortis sur papier A4, de camions poubelles, de containers, de sondes et de capharnaüm à ciel ouvert ou de documents en tout genre. Des rapports d'expertises, des images spectaculaires d'amas, de fatras de saloperies de la planète entière jonchaient le sol et fleurissaient partout sur la table.

Franck imprimait des coupures d'articles parlant de pollution globalisée qu'il parcourait, par bribes, parfois par pur réflexe, sans trop y prêter attention : « … fermée temporairement en raison de contaminations fécales », « notre incapacité mondiale à gérer le recyclage », « Figés, les gravats, détritus, font tenir la falaise mais l'érosion du sel et des vagues provoque le rejet dans la mer de métaux, précipitant des blocs sur la plage et dans l'eau », « Les nanoparticules possèdent la faculté de traverser nos tissus, d'altérer nos organes ». Ce soir-là, son téléphone s'était mis à sonner et à la façon qu'avait eue Franck de ne pas répondre, de pousser l'appareil de la main, Maude avait tout de suite compris que c'était la communicante – celle avec laquelle il ne rompait pas ou en tout cas, pas complètement, Franck avait mis l'iPhone sur silencieux pour poursuivre sa lecture. Le rebut était pour lui un épicentre. Il y avait vu très tôt le fruit de siècles monstres dont notre humanité était issue. Pour Franck, cette humanité finirait par mourir, littéralement asphyxiée par ses propres déjections et ses virus. Soit. Pour l'heure, c'est Maude qui étouffait.

Un jour, je suis arrivée dans le salon et j'ai vu Loïc dissimuler dans un placard un truc métallique que j'ai d'abord pris pour un haltère – mais pourquoi le planquer ainsi, sous des vêtements ? Quand il est venu me saluer, il a brusquement abordé le sujet qu'il n'évoquait presque jamais : la prison. Il m'a parlé de Marco et de ses copains, il m'a parlé de Mimran, de leurs escroqueries. Il m'a dit quand j'étais avec eux je pensais à la mort, je pensais à la mort tout le temps, parce que quand des petits malfrats comme nous se mêlent avec des mecs du grand banditisme, tu peux t'attendre à tout, il me le confiait, parfois, il avait peur. Loïc n'était jamais très clair quand il évoquait son passé, il était toujours évasif. Et puis il parlait de la mort de Samy, il en arrivait toujours à la mort de Samy exécuté en pleine rue. Il en pleurait.

J'avais lu dans la presse qu'Arnaud Mimran était mis en examen pour avoir commandité la mort de son beau-père, et qu'il était impliqué dans l'enlèvement, la séquestration et l'extorsion d'un banquier suisse.

Loïc, après avoir encore versé des larmes, ce jour-là, que je ne savais plus comment éponger, est allé prendre une douche. J'ai attendu que l'eau coule et je suis allée fouiller dans son placard, sous ses T-shirts, j'ai découvert son Glock. J'ai vu qu'il était chargé, ça m'a glacée sans m'étonner. Je suis retournée m'asseoir. Quand il est sorti de la salle de bain, torse nu, j'avais un air détendu et un livre à la main. Je me suis empêchée de le regarder.

On ne baisait toujours pas. Je m'en foutais. Tout ce qui me rapproche d'un homme est physique, charnel, mais si le sexe est décisif, le sexe peut attendre. Alors bien sûr, la rencontre en esquisse toujours la trouble, la joyeuse possibilité, et je peux m'y ouvrir comme la prendre de haut, c'est ça, je suis volontiers ravie de l'ambiguïté de certains rapports mais, à bien y regarder, j'ai très souvent déçu l'attente des hommes. Plus souvent qu'ils ne l'auraient voulu, et systématiquement, depuis que j'avais rencontré Franck. Malgré ça – ou peut-être à cause de ça –, je sais repérer les prémices de ce qu'on appelle un événement – c'est-à-dire une rencontre. C'est l'événement qui doit faire loi.

Pour l'heure, ce qui nous tenait lieu de sexualité passait par la parole, les mots et la substance, à savoir, en plus des mots et des échanges eux-mêmes assez charnels, les lignes et les balafres blanches, la coke et le langage, voilà par quoi est passé le corps, le désir, pendant des mois. Les récits se multipliaient de part et d'autre et innervaient les textes.

Je m'étais faite à l'idée de n'être pas son genre, même si je surprenais des regards signifiant le contraire. C'était troublant. Voilà ce qu'on peut dire, dans un premier temps.

Ce qui dominait la façon qu'il avait de parler de lui, c'était donc sa peur de pas être *un homme*.

Quand son père l'emmerdait et qu'ils manquaient de se battre, Loïc allait toujours à la tombée du soir faire un tour sur le port pour retrouver son calme. Il éprouvait combien le large et le goût du sang, du feu, se mêlaient avec suavité. Les ports offrent un théâtre magique à la possibilité des départs, des déviances. Loïc pouvait s'y attarder des heures. Son envie de revanche, son chagrin, devant les grues sévères de cette enclave industrielle étaient immenses et le berçaient d'envies d'amour maternel et de meurtre.

Les réseaux artériels des rues vides de Brest en hiver palpitaient dans la bruine comme dans un coma, une fièvre létale, sur laquelle le vieux phare veillait en gardien démoli de la péninsule. Tout y était lent, amorti, austère. Même la cheminée de l'ancienne usine de cotonnerie semblait hurler dans le soir blessé. Loïc n'avait jamais d'argent sur lui, à quinze ans, mais il guettait les grands charbonniers car les marins débarqués lui filaient souvent un billet.

Il souriait de les voir écraser dans sa main, comme on écraserait un mégot, leur aumône d'homme fier, de sentir, d'un coup, bien fiché dans son cœur, la trace belle, brûlée, d'une suie inutile. Il les trouvait classe.

Ces briscards du négoce semblaient toujours sur le point de s'absenter, repartir, comme son frère enclin lui aussi aux voyages et à qui il arrivait toujours mille histoires quand Loïc avait l'impression, au contraire, de rester pétrifié dans un temps immobile. Comment Paul en était-il venu par exemple à connaître Bernard Lavilliers, à picoler avec lui ? À la toute fin des années 1970, le chanteur baroudeur s'était installé à Saint-Malo et venait souvent boire à Brest pour y assouvir ses soifs d'échappées, d'aventures, de trempe.

Il y avait sympathisé avec l'aîné des Quemener qui, à bientôt vingt ans, se destinait à la boxe – on le trouvait bon, on lui promettait un avenir. C'est dans ce contexte que Paul s'était laissé subjuguer par le beau ménestrel de cuir, radical et sensuel – *Bébert* comme on l'appelait. Lavilliers, fou également de combats, de confrontations sur le ring, avait pris le gamin en affection : ils rêvaient donc ensemble, à presque quinze ans d'écart, de combats que la France n'offrait plus.

Tous les garçons nés des années 1930 jusqu'à la fin des années 1970 se révélaient les orphelins de causes impossibles, ils ne savaient plus où traquer le feu de l'Histoire, la possibilité d'être des salauds ou des héros, mais de se frotter malgré tout aux pierres calaminées des drames, des luttes. Cette perspective leur manquait, ce manque les dévorait. Les frères Quemener ne se remettaient pas d'être nés d'un soldat engagé en Algérie et qui avait *tué* comme ils se plaisaient à le lâcher après s'être échauffés au zinc. Ces garçons se rassasiaient de films de guerre, les zones de conflits les aimantaient jusque dans les ruelles interlopes du quartier Saint-Martin où ils traînaient le soir. Ils y traquaient la bagarre, la merde. Loïc était trop petit en 1979 pour s'en souvenir, mais son aîné, me racontait-il, s'était plusieurs fois entretenu avec Lavilliers à propos du continent sud-américain où Paul avait grandi dans les années 1960, bien avant la naissance de son cadet.

Leur père séjournait alors au Chili, à Santiago, où Paul était né en 1965. En 1968, il déménagea à São Paulo puis au Pérou et au Venezuela pour enseigner les méthodes françaises de combat, de surveillance, de quadrillage du territoire, de contre-insurrection aux gouvernements du pays. Parfois le chanteur évoquait ses virées sur les routes du Brésil où il scrutait dans le son du banjo, les rythmes samba, de quoi mâtiner ses chansons de lames languides, et le plus vieux des Quemener avait senti que Lavilliers poursuivait là aussi une forme de violence, devinait, dans la musique caribéenne, dans le chant des tumbas, une promesse de massacre. Le plaisir de vivre, de danser, de mourir sur ces airs vifs et moites des quartiers populaires allait pour lui de pair avec la possibilité de la guérilla, il rêvait, disait-il, « d'une vie hantée par une menace de mort ». Lavilliers, comme Pierre Goldman, songeais-je, étaient des gosses éternels, démunis, cherchant leur énergie dans la morgue des ancêtres ou dans leur propre vide brûlé au rhum et perverti dans le gangstérisme. Bernard avait fait un court passage en maison de correction. Un peu bandit, un peu boxeur, un peu poète.

Lavilliers avait raconté ça à Paul en ouvrant grand ses yeux limpides, qui pouvaient devenir durs disait Loïc, mercuriels, lacérés de vif argent. Il pouvait passer indifféremment du portugais au français, à l'anglais – son accent était nul mais sa syntaxe irréprochable –, confirmant par là combien les ports étaient des lieux de trafics, de perdition – d'éternels babels où tout, dans ce bordel mat et menacé, virait très vite au rire, aux éclats, aux drames.

Ça impressionnait beaucoup Paul qui à toutes occasions, en ce temps, multipliait les polaroids avec Lavilliers, héros délinquant d'un folk français trop rare et sa femme, Lisa Lyon, pour les montrer ensuite à Loïc – neuf ans. Le petit était resté en arrêt devant Lisa Lyon, ébloui, devant cette muse irréelle : c'était une des pionnières du culturisme féminin. Elle surveillait drastiquement son alimentation sans rien concéder aux chimies trop artificiellement anabolisantes, aux stéroïdes, à la prise de créatine – pratiques qui commençaient, fin des années 1970, à infiltrer le milieu des compétiteurs.

Loïc s'était branlé des heures à l'idée de caresser son corps sensuel et dur. Elle le rendait fou. Est-ce de là que serait née sa vocation de performer, de créature ?

Lisa était californienne, elle avait commencé par exceller dans les arts martiaux mais pour compenser son manque de force physique, elle s'était mise à l'haltérophilie puis assez naturellement au body-building. C'était très en vogue alors sur la côte ouest, beaucoup s'y adonnaient et Lisa avait participé aux championnats du monde féminin de Los Angeles. Elle pouvait soulever des masses supérieures à 100 kilos, en arracher de 120 – soit plus de deux fois son poids. Cette petite brune à la dégaine grave se présentait par ailleurs comme une militante et estimait œuvrer à sa manière pour voir ce sport érigé en art. Puis surtout et ça, c'était totalement culte, elle avait fait la couverture de *Playboy* en 1980 avec son rouge à lèvres carmin, son borsalino : une tueuse sensuelle émergeant de sa gangue virile, comme Vénus, d'une conche de chair bandée.

La voilà encore nue, plus loin, prenant des poses intenables. Elle puait la candeur et la vie jusque dans le bondage. Musclée mais opulente, guerrière sexuelle au minois sombre, genre de Barbarella froide immortalisée par Robert Mapplethorpe, Helmut Newton, exposée au Guggenheim. Personne ne pouvait la trouver vulgaire. Et Loïc avait gardé longtemps l'exemplaire collector du magazine planqué sous son matelas.

C'était elle à nouveau qui avait poussé Lavilliers à chiader son physique, Loïc me montrait de vieilles photos. Ils étaient splendides tous les deux.

Loïc m'a passé le pouce puis l'index sous le menton en le relevant, doucement – tu m'écoutes ou je t'ai perdue ? Je lui ai souri. Il a regardé mes seins ployant modestement dans leur rondeur éprouvée face à son grand corps d'homme, puis il s'en est ému, semble-t-il, son regard a viré et je l'ai vu osciller, esquisser un geste suspendu puis reprendre son récit comme une Shéhérazade qui se raconte pour ne pas mourir. Il avait l'air troublé à la pensée qu'entre lui et moi mille choses se révélaient possibles – même le désir. J'étais si peu son style. Loïc n'en revenait pas. Ça l'avait largué quelque part sur une berge enfantine d'où il me faisait signe et ne s'arrêtait plus de parler.

Son père avait travaillé dans l'armée et il était violent. Très violent. Le vieux lui avait cassé le nez à plusieurs reprises, la première fois à huit ans, parce qu'il avait laissé tomber un vase sur le sol du salon. Son frère, Paul, était le fils préféré, mais il était resté dans l'ombre des grands noms du ring dont il se révélait par ailleurs proche : il avait été par exemple très ami avec Fabrice Bénichou – champion du monde en titre à la toute fin des années 1980 – et considérait qu'ils jouissaient de points communs : *je manquais peut-être pas de couilles sur un ring mais dans la vie de tous les jours, j'étais paumé moi hein.* Il était tout chétif, Paul, quand il était petit dans les rues du Venezuela et du Pérou au gré des déplacements du père, mais il était hargneux déjà, bagarreur, racontait Loïc, il ne supportait pas l'injustice – c'est ce qu'on rapporte dans la famille. Le gamin avait appris à se battre dans les rues avec les petits cireurs de chaussures, tu réalises ? Quand ils montaient en pression les mômes, fallait pouvoir répondre crois-moi, se défendre, sortir de la situation : ils jouaient au foot et puis bam ça virait en baston. Comme ça, sans crier gare. Et comme il était maigre, Paul, tout le monde s'en prenait à lui alors il en alignait trois boum boum boum – Loïc mimait les crochets dans le vide. Tout le monde le remarquait. C'était un déchaîné mon frère, Maude, j'aimerais tant que tu le connaisses. Tu peux pas savoir ce qui nous liait, l'effet qu'on faisait quand on arrivait quelque part, les gens disaient putain voilà les Quemener, ça va être le bordel… On était si vivants, personne peut comprendre toutes façons.

J'écoutais. C'était de l'or en barre pour les chansons. Sa diatribe sur la vaillance comme la lâcheté des hommes avait duré et lui, c'était clair, se sentait au-dessus de la mêlée tout en craignant secrètement de ne pas l'être, il avait un complexe vis-à-vis de son frangin – son modèle héroïque – et cette tension intime, en le fragilisant, le rendait beau, plus encore que son corps, mais il l'ignorait.

Je sais quel effet je produis quand j'arrive quelque part, tout le monde sent à la seconde que je suis *un mâle alpha*. Il disait ça, bras croisés, avec ses muscles saillants de relou qui passe des heures en salle à soulever de la fonte pour rentrer chez lui gober des blancs d'œufs mais il fallait lui reconnaître cette beauté de gladiateur des temps modernes pour une part construite, donc, telle une armure gainant ses colères archaïques de fils, cette rage inextinguible semblant parfois lui remonter à l'image d'une lave – son enfance endormie. Tout son passé, cette merde en fusion, abrasait son présent, vivait en lui et lui corrompait le sang, irriguait son cœur gros.

Il lui revenait, ce passé, comme certaines litanies ravagent. L'enfance haïe chérie – avec mon frère on se tenait chaud sur le sofa, on se massait les pieds, on se protégeait l'un l'autre. Mais lui traquait autre chose. Je le voyais soudain devenir à mes yeux cette créature bretonne à la fougue tiraillée entre la force irascible des eaux, la puissance impavide des pierres. Cette créature, inquiète et querelleuse, fort d'effrayer mais de se savoir tendre, il promenait ses tourments le long des docks aveuglés et il n'en pouvait plus.

Alors voilà un jour, comme ça, il est parti. Il a quitté Brest.

J'ai compris, un de ces soirs où je le faisais parler pour alimenter l'album, à sa façon de fixer son iPhone, qu'il venait de recevoir un message. Il me l'a montré : des fichiers, le reportage photo d'un magazine marginal un peu rock dont il allait faire la une. Il s'observait intensément sur ces images, à moitié nu : je suis encore gaulé quand même non ? Il me montrait les photos, il les faisait défiler : mais je serai encore mieux en juin si on doit faire un clip pour le single, le truc c'est qu'une semaine avant le tournage, faudra que je me mette en stress hydrique pour me vider de mon eau, puis après boum, recharge glucidique, je bouffe bien la veille, et bam, si je travaille bien mes pecs, ça va être énorme. Je suis content, avait-il enchaîné, de me maintenir comme ça. Quemener scrutait sur le cliché les muscles de son torse, ses obliques surtout, il aimait beaucoup ses obliques : il avait pour les besoins de la mise en scène mis son pouce dans son short, abaissé, afin qu'on les voie mieux. On y devinait la naissance de son sexe. Il s'est alors jeté un regard dans la glace derrière moi comme une fille vérifie son rouge puis a durci son corps entier avant de reprendre : tu sais Maude, s'il y a un truc dont je doute pas, c'est de ma virilité.

Maude écrit et elle se fatigue d'elle-même. Elle écrit et elle se navre.

Son acharnement la dégoûte : explorer jusqu'à la lie ce qui a été vécu, ce qui l'a mal été, traquer la musique, la voix, de ce qui a été éprouvé, traversé ou détruit, à la lumière de la fiction ou de la vie même. Parfois, il n'y a plus que ça à faire.

Ça faisait maintenant plusieurs semaines qu'ils bossaient sur l'album et Loïc s'était absenté quelques jours pour aller voir sa famille à Brest. Ils étaient convenus de se revoir le lundi suivant. Maude avait du coup décidé de s'installer pour la semaine au Dormy House d'Étretat. Barbara à laquelle Maude ne répondait toujours pas s'inquiétait et multipliait les messages *« Où as-tu disparu ? Don't be a stranger, donne des news ! »*

Dès qu'elle s'éloignait du corps de Loïc, des images de l'accident de moto lui remontaient : la chute, le sang, puis son corps blanc et un peu lourd dans l'eau du bain, le sang encore, ce bout de chair inepte et pourpre expulsé de la perspective même de la vie. Le circuit, les sons des machines, le roulis métallique, l'odeur du désinfectant, la couleur des plaies dans le silence de la salle des soins. Tout lui remontait avec violence. L'odeur du sang aussi. Les larmes lui venaient, ça la mettait en colère. Ses règles n'avaient jamais été si abondantes que depuis cette fausse couche.

Elle se déshabilla pour prendre encore un bain, se lava sommairement devant le lavabo, puis s'immergea dans l'eau brûlante. Elle ne supportait plus d'avoir ses règles. Et si j'avais envie de m'affranchir, se disait-elle, barbotant dans l'eau légèrement rosie par le sang. J'aime quand tu te mets en robe et en talons, lui avait dit Franck un jour – quand était-ce, l'été dernier ? Ils étaient en voiture en tout cas, fenêtres ouvertes, il faisait chaud, c'était un mois environ après l'exposition de Freshkills. Va moins vite disait Franck, passablement inquiet de la conduite de Maude qui s'éternisait sur la file de gauche, t'es au-dessus de la limite là non ? Elle lui avait rétorqué qu'elle ne se sentait jamais aussi masculine et en guerre qu'en robe et talons. Ils s'étaient alors à moitié disputés sans cesser de rire. La scène lui revenait avec force. Elle saisit le sel de bain, en versa tout autour d'elle dans la mousse. Qui tient à se voir réduit à son état de nature, franchement ? Son corps s'amollissait dans l'eau brûlante. Elle avait soudain envie de se laisser mourir, dans ce bain, accoucher d'elle-même morte et renaître de ça, de cette mort même.

Maude aimait être une femme et elle aimait jouir de son sexe. Et si j'avais envie de m'affranchir, se répétait-elle en faisant toujours clapoter l'eau, si j'avais envie de plus d'hybridité, de plus de vie ? Maude repensait, dans la baignoire et alors que la mousse débordait gentiment, à de nombreuses discussions qu'elle avait eues sur le sujet avec Franck. Elle se laissait traverser par ces voix, ces images, qui la fatiguaient – ou bien était-ce à cause de l'eau brûlante ? Elle se souvenait de ce qu'elle lui avait asséné, cet été-là, dans la voiture, tu crois que ça m'a parlé au début cette histoire de féminité ? Cette histoire de portes de restaurants qui s'ouvrent quand celles de postes de pouvoir un peu marrants se ferment ? Tu crois que ça m'a fait envie la perspective de saigner du sexe tous les mois ? Que j'ai pas vécu ça comme une malédiction ? Le genre, c'est compliqué, avoir un sexe, c'est compliqué, on se débrouille tous comme on peut avec ça. Moi comme les autres, je me débats. Mais ce conflit me porte. Je t'assure, il est moteur. C'est de ce conflit que je suis née. Je ne veux pas le nier, je veux pas le résoudre.

Elle pensait à Freshkills, des images étonnantes lui remontaient : des images de déchets, de mouettes dépeçant des ordures pour les embarquer dans le ciel bas et étoffer leurs nids.

Tout autour d'elle, des sacs de fringues ramenés de Paris où elle avait fait du shopping avant de partir. Elle ne revoyait Quemener que dans quatre jours, elle aurait le temps d'ici là, d'essayer ces sapes qui la déclinaient dans des registres différents : des jeans bruts, des escarpins rubis, des chemises en soie beige avec lavallière ou bien des robes fluides à pois ou à fleurs, ou encore des petits cuirs noir et bordeaux qui se portaient *avec tout*. Elle s'était musclée, affûtée, avait encore minci. Maude chérissait soudain la finitude de chaque chose, aimait sentir que tout la menaçait. Tout était fragile, tout était destructible. C'était bien ainsi. Elle a fermé les yeux deux minutes, la tête renversée et posée au bord de la baignoire – tout pouvait disparaître à commencer par elle. En sortant de la baignoire, elle s'est enveloppée dans l'immense peignoir de l'hôtel, épais, au point qu'on aurait dit une fourrure, elle se sentait à la fois à vif et protégée. Puis elle a relu ses notes et est tombée sur plusieurs phrases qu'elle a commentées dans un de ses carnets noirs : « Entropie : augmentation du désordre, théories du chaos, le monde est ce qui a lieu » – on ne peut pas séparer la vie de la mort, l'Histoire de ses meurtres, les hommes de leurs actes ou de leurs œuvres puis elle a recopié, plus loin : « Notre devoir est, partout et en tous lieux, de lutter contre l'entropie, contre la douleur et la mort en sachant bien que s'attacher à des structures existantes, à un ordre existant, c'est justement faire le jeu de la mort. » Et là-dessus, elle est partie se coucher.

Un épisode avec Loïc m'est resté avec une précision gênante : j'étais sur le lit où nous passions de plus en plus de temps à travailler, en train de nous passer une vidéo de concert pour lui faire écouter la version d'une chanson. J'étais assise au centre du lit, il est venu derrière moi. Je sentais son souffle et lui ne pouvait pas ne pas respirer ma nuque. Là, il a passé un bras puis l'autre le long de mes côtes pour m'attraper la paume, la déplacer lentement sur la droite afin d'avoir mieux accès au clavier et d'augmenter le volume tout en agrandissant la fenêtre YouTube du concert puis il a prononcé tout bas « bouge pas ». On baiserait. Un jour ou l'autre, on baiserait. Je lui ai souri. Quelque chose est passé cette fois-ci par la voix et la peau, oui, par sa voix, peut-être pourrait-on parler d'une contamination : j'ai senti son désir ou plutôt j'ai perçu violemment son désir d'être désiré, et puis la demande même m'aura attaquée « bouge pas », c'était perturbant de se l'entendre demander avec tant de douceur, tant de tact, à qui demande-t-on de ne pas bouger ? À quelqu'un qu'on est en train de soigner ou bien de mettre en garde, en joue : « Bouge pas ». Sa voix, sa sensualité me donnaient envie de me laisser faire au risque de ne plus en revenir, fusillée de douceur, bonnement égarée dans ces heures pénétrées de joies lentes et d'ivresses, il me venait des désirs de secondes suspendues puis à nouveau de plages de temps foulées d'attentions brusques, de tendresses et de langueurs, de sourires arrachés, de mains qui se serrent, ou de désirs de meurtres et d'abandon. Le drame est là : ressentir à nouveau, rien qu'à y songer, la peau de son bras contre le mien, la largeur de sa paume, oui, sa main recouvrant la mienne mais aussi l'étoffe épaisse du son de sa voix, son écho parfaitement timbré, à chaque fois, ce souvenir-là aura amorti le temps, accéléré le cœur – on est peu de chose parfois –, sa voix mouillant la dangereuse injonction me faisant bien l'effet d'un très tendre blizzard, elle m'enveloppait, infiltrait mes moelles, y agissait comme un alcool réchauffe et engourdit. Tout en moi se figeait, mutait et se condensait, tout dans ces secondes transies se révélait à la fois onctueux, vulnérable, tendu. Le désir faisait de moi une mutante. Il m'immergeait suavement dans l'horreur la plus pure. Je songeais, percevant Loïc derrière moi qui se penchait, m'accablait encore d'un surnom avant de se lever pour aller éteindre son téléphone, au film *Pontypool* : une émeute a lieu en Ontario, on y observe des gens s'entre-dévorer. Un médecin risque une approche diagnostique : il pense qu'un virus a infiltré le langage pour y infecter certains termes : les petits noms affectueux qu'on s'adresse sont atteints d'une charge virale et poussent ceux qui les prononcent, mais aussi ceux à qui ils se destinent, à des comportements suicidaires ou agressifs comme si ces mots pourtant si doux les saignaient soudain de l'intérieur, les acculaient au crime. Quand il est revenu, je me suis tournée vers lui : sa voix recélait un pouvoir, le sentait-il ? À quoi jouait-on ? Ou plutôt que se jouait-il ? On se tournait autour dans une valse étrange. On était tous les deux candides, on était tous les deux violents. Un jour c'est sûr me lâchera-t-il bientôt, un jour on sera ensemble – ah oui ? S'accorder prend du temps, s'accorder est un art. D'ici là, comme indiqué sur l'un des magnets décorant son frigo : « Keep calm and kill zombies ».

Les semaines défilaient, l'album avançait.

On continuait à passer nos journées à travailler, et le soir, sans qu'il le sache, j'allais rejoindre ma chambre d'hôtel.

Je me revois cette fois-là, au Pavillon Henri IV de Saint-Germain-en-Laye, me perdre longuement dans la contemplation de la forêt en face. Elle s'étendait, immense. La décoration de l'hôtel était d'une désuétude à la fois charmante et pénible. Dans ma Junior Suite, je laissais mes pensées vagabonder : Loïc semblait vivre sans femme, sans enfant, sans rien. Quand j'arrivais, tout était toujours impeccable, les chambres faites. Je partais tard le soir, revenais sonner quand il dormait encore. Je ne croisais jamais personne. Elles devaient être nombreuses pourtant, ses meufs, il devait configurer son emploi du temps de façon à tout cloisonner. Je ne l'imaginais pas sans sexualité. Je devinais qu'en ce moment même, il devait être avec une fille qui partirait demain de bonne heure avant que la femme de ménage n'arrive.

Je relisais les bribes d'une chanson possible pour l'album, composée le jour même : « *Aux origines / On était pas des zombies / Des figurines / De latex et de lubies / Aux origines / On était là de passage / Des perles fines / Un peu rares un peu sauvages / De l'aubépine / On faisait pas des couronnes / Aux origines / Les femmes étaient des Gorgones.* » Cette fois-là, j'avais trouvé ça pas mal, on faisait du bon boulot.

Je contemplais encore la forêt et décidais de ne pas séjourner ici plus de deux ou trois jours. La douceur des Yvelines m'apaisait mais finissait toujours par me menacer. J'avais grandi ici. Je m'attardais sur ce paysage que je connaissais si bien, cela m'attristait.

Je m'étais fait monter un plat de pâtes, j'avais par ailleurs épuisé les réserves de Badoit Rouge du minibar et considérais avec circonspection ces bouteilles en plastique sur le sol autour de moi. Elles semblaient gagner en volume, je ne voyais plus qu'elles, elles brillaient dans la torpeur de la nuit tombante.

C'était aussi dans les Yvelines que se nichait la décharge sauvage la plus importante de France. C'est ce que Franck m'avait dit. Il ambitionnait d'en faire un jour un laboratoire d'envergure. Je pensais à lui et me suis mise à écraser méthodiquement ces bouteilles de plastique pour qu'elles prennent le moins de place possible dans la poubelle. Le plastique était l'ennemi, Franck disait même que depuis qu'on avait remplacé les plombages de nos dents par des résidus en résine, quelque chose de l'humanité et de sa force s'était éteint. Le plastique nous ferait crever.

Je m'étais encore installée au bureau.

Après tout, il ne s'agissait pas seulement pour moi d'écrire sur Quemener, sur ma rencontre avec Quemener. Il s'agissait aussi d'écrire sur Franck. À travers ces hommes, tenter de saisir mes propres déchirements. Écrire était la seule façon que je connaissais de penser, de réfléchir en profondeur sur un sujet et pour la première fois, depuis que j'étais partie, mon ordinateur me manquait.

C'était un des outils de ma mémoire, de ma réflexion. Je saisissais mieux ce qui m'animait dans les caractères droits et réguliers du traitement de texte, ils apprivoisaient mes aspérités intimes – Georgia ou Garamond. J'aimais aligner et former des phrases sur le Mac, les faire entrer dans le monde de polices affranchies de ma graphie ulcérée – pleins et déliés tendus en diable – et soudainement grâce à la magie de Word, tangibles – clairs.

Pour l'heure, je devais me contenter de mon carnet noir et de mon crayon pour travailler dans cette chambre que la fenêtre exposée sud-sud-est rendait si lumineuse le matin. J'allais ensuite faire une longue marche en forêt et laissais cette fois les textes travailler en moi – des idées me venaient, des images – avant de poursuivre, au fil de matinées étirées – je me levais à cinq heures –, construire lentement les chaînes de pensées et laisser les mots me conduire dans les recoins profonds et honteux de mon histoire. Tout partait ce matin des bouteilles en plastique, des bouteilles de Badoit. Elles jonchaient le sol, je me perdais en elles. Elles m'intimaient de me laisser porter, de me laisser aller à penser et je pensais à Franck.

À partir de là, le parcours était toujours le même et toujours exigeant : trouver les endroits où je convergerais avec lui, reprendre ses livres, voir son visage et ses mains en parole, sortir de moi-même, me dédoubler. Je me suis mise à le relire.

D'après Franck, tout avait commencé avec le plastique – c'était dans ses ouvrages –, les énergies fossiles, l'arrivée de ces matières dans nos vies avait dès le départ signé le début d'un affadissement général, d'une perte, car le plastique se révélait une substance bête – contrairement au bois ou même au verre –, une matière bénigne, une matière morbide provenant du raffinage, des chutes, de l'exploitation de nos puits. Pour Franck, c'était bien simple, nous vivions *littéralement* dans les *excréments* du pétrole alors une civilisation comme ça, abrutie par le caoutchouc, et dont les sens avaient été usés, émoussés, par une passion de synthèse, régressive et *merdique*, en fait, ne pouvait renouer avec l'instinct primal que par le désir de domination.

En général, tout ce qui touchait aux cataclysmes ou à leur manifestation le passionnait et j'avais toujours eu l'intuition que cette entreprise à laquelle il avait consacré sa vie relevait autant d'un souci environnemental que d'une passion littéraire. Il s'intéressait à l'intoxication des eaux, à l'intoxication de l'air, à l'intoxication de l'information, à l'intoxication de la bouffe, à l'intoxication de la pensée. Duras a raison là-dessus, *moi qui la déteste*, disait volontiers Franck, nous croulons sous les informations : images, chiffres, graphiques, statistiques, seule une catastrophe peut nous arrêter, seule une catastrophe peut nous retenir, c'est pourquoi, confusément, on les désire, les cataclysmes. On se laisse aimanter par eux, on dépend de ça parce qu'aujourd'hui les décisions politiques, les changements que ces catastrophes engendrent, sont toujours historiques ou bien alors le signe, le symptôme, d'une rupture très profonde. Pendant longtemps, poursuivait-il toujours, un incendie de forêt, une inondation – à moins de se produire à nos portes – ça ne nous affectait pas, au sens psychique, c'était même placé inférieurement à n'importe quel spot publicitaire de dix secondes pour une bagnole ou un iPhone… la publicité activait en nous des ondes plus fortes, des zones neuronales plus souterraines. Aujourd'hui, non. Aujourd'hui, la possibilité d'un effondrement est devenue une donnée d'autant plus puissante que nous avons longtemps cherché à la nier, elle est devenue littéralement *notre hantise* : même si on le refuse, nous *savons* que le Permafrost va libérer d'autres virus bien plus dangereux que le Covid, nous *savons* que l'Histoire n'a pas de sens, nous *savons* que nous sommes entrés dans l'ère de la sixième extinction, c'est en nous inoculant un peu de saloperie dans les veines que nous résisterons au monde tel qu'il devient. Le seul « *care* » valable serait donc vaccinal, vampirique, probiotique. Franck croyait aux vertus du désordre et à l'avenir du déchet.

Il pouvait vous dire ça tandis qu'il revenait du pressing, débarrassait la table, mangeait sa salade de tomates : la métaphysique s'incrustait comme la vigne vierge dans le quotidien le plus prosaïque, pour lui, et s'y mêlait avec un naturel quasi sensuel. Je repensais à lui. Cette densité me ravissait. On aurait dit que Franck ne connaissait pas le désœuvrement intime, l'envie de choses nazes. Tout ce que ce mec faisait avait du sens, c'était épuisant à force mais noble : il ne parlait jamais pour ne rien dire et lisait tous les soirs, la plupart du temps en anglais, des livres sur l'écologie, les algorithmes, sur Baldwin ou Burroughs – qu'il connaissait par cœur. Il en parlait bien. Je rentrais parfois dans la danse et c'était réjouissant, il y avait, pour moi, là de quoi nourrir mes conflits internes les plus vifs, les plus voraces. J'adorais. Mais pour ma part, j'entretenais aussi un goût prononcé pour le small talk, la déconne, les ragots, la presse à scandales, la culture populaire ou de masse, les émissions télé pourries. Comment dire ? Longtemps, je le lui ai caché, par réflexe, parce qu'il m'impressionnait. Ça a fini par me gêner. Alors un jour, seule à nouveau chez lui – nous y vivions depuis plusieurs mois –, j'ai cessé de zapper, au son du tintement de ses clés, sur Arte ou une chaîne d'info. Témérairement, j'ai maintenu la fréquence. Il a bien vu que je regardais « 4 mariages pour une lune de miel ». Ce jeu où plusieurs couples sélectionnés assistent à leurs noces respectives pour s'évaluer et se noter ensuite. Franck a cru que je m'étais endormie devant mais j'ai tourné la tête. *Qu'est-ce que tu regardes ?*

Je songe souvent à son effarement ce soir-là. Oui, j'aimais passer du temps devant ces émissions lamentables et en la matière, j'étais sûre de mon mauvais goût – qu'est-ce qu'il croyait ? Je venais d'un milieu aisé mais qui faisait passer le travail avant toute autre chose, y compris la culture – une catégorie méprisée. Deleuze qui en était aussi les évoque avec force, ces nantis sans référence : les pauvres les voient comme des bourges et les bourges comme des cons. On regardait Patrick Sébastien le samedi soir à la maison, tu comprends ? Pasolini ou Dreyer ne m'ont pas été donnés, moi. Il a fait silence puis a considéré longuement l'une des joueuses critiquer la pièce montée de Deborah. J'ai eu beau lui expliquer avec enthousiasme que l'idée de génie des concepteurs du programme – selon moi d'abord débusquée par M6 avec « Un dîner presque parfait » – tenait dans le fait de mettre les candidats en situation d'être juges et parties, donc de favoriser l'hypocrisie, les règlements de comptes ou les coups de pute, ça ne lui a fait aucun effet. Il était consterné. Je le trouvais pisse-froid quand même, j'ai entrepris de lui montrer cinq minutes de la chose : Deborah estimait que Sabine était *mesquine* et l'avait saquée par jalousie *ni plus ni moins*. Elle répétait tout le temps *ni plus ni moins : elle a pas aimé mes choux nan mais c'est de la mauvaise foi hein, ni plus ni moins.* L'outrage fait à cette femme, dans le rejet de ses choux, avait été manifestement immense, aussi grand, aussi intense que celui que je faisais dans l'instant, à Franck, en matant TF1 : *je suis dégoûtée ma parole, moi j'ai été honnête hein ni plus ni moins, elle est trop dans la stratégie Sabine.* Je hochais la tête. Ça me semblait justement analysé. Mais Franck ne parvenait toujours pas à y être sensible. Je l'ai beaucoup déçu, je crois. Tant mieux. Était-ce bien la même femme qui avait regardé *One Day in September*, le documentaire sur les Jeux de Munich de 72, la veille, et en avait commenté le montage ? Oui. Je chante les textes de poètes anarchistes italiens de la région de Gênes et je suis prête à faire des kilomètres un dimanche soir pour trouver *The Rest Is Noise*, un livre de Melanie

Klein sur le complexe fraternel ou un bouquin d'Illich et le lire dans la nuit, mais je regarde « Chroniques criminelles » comme je peux danser sur Maître Gims, c'est un problème ? Il a fini ce soir-là par sourire, en levant les yeux au ciel, mais il a souri. Je l'en ai aimé davantage.

J'ai cru, en revanche, que nous romprions bel et bien le jour où nous avons visionné, à ma demande idiotement insistante, *Les Aventures de Rabbi Jacob*. Il s'est dit, cette fois-là, « atterré ». Aucun des gags phares du film ne l'a déridé. Pas un. J'en ai été, à mon tour, effrayée. Quelle étoffe, quel bois, constituait donc cet homme ? Ce qu'il a le moins supporté, en fait, c'est de m'entendre chanter sur le générique de fin. Alors de quoi procédait cette constance chez lui dans l'exigence, ce sens quasi monacal de la justesse ? Franck était fils de communistes engagés et détestait la manière dont ses parents s'étaient rendus dépendants de leurs échecs. Une part de lui se désolait d'avoir hérité de certaines valeurs de gauche : un sens aigu du devoir moral, de l'intégrité, de la solidarité, une empathie pour la faiblesse. Il avait du coup cultivé, en réaction, le goût des libertés individuelles, de la sédition et du pouvoir – même s'il s'en tenait éloigné –, de la trahison.

Les colères vertueuses des gens de gauche le révulsaient. Quiconque se réclamait de la vertu se révélait de son point de vue inconséquent, avec l'Histoire, avec lui-même. Partant de ce principe, la gauche était à ses yeux le lieu de la perversion du langage, le lieu du ressentiment, et surtout, le lieu où le désir de vertu politique neutralisait le nerf métaphysique et donc la possibilité de penser, et surtout, d'écrire. La gauche était perdue parce qu'elle mettait la notion de justice au-dessus de tout et qu'on ne pouvait le faire, selon lui, sans perdre la possibilité de comprendre l'Histoire, justement, son chaos. Il était consterné de voir son propre camp de plus en plus incapable de vivre positivement les conflits, de générer, à la place, des pratiques punitives de plus en plus immédiates, irrationnelles à force d'être logiques, des pratiques que Franck estimait régressives – contraires à l'esprit de Foucault, disait-il – et qui s'exerçaient au nom d'une revanche perverse faisant de la souffrance *systématiquement* une vertu, et de la force une saloperie.

Il croyait en l'avenir de son combat écologique sans agiter de vieux fétiches, sans croire religieusement au *progrès de l'Histoire*, sans faire du fait d'être de gauche un blason identitaire, une source de gratification narcissique, un moyen de gagner du pouvoir.

Franck doutait souvent de lui, mais son orgueil était total : pour rien au monde il n'aurait cédé la moindre parcelle de terrain sur les sujets qui lui semblaient cruciaux. L'écologie en était un. Les dissensions de son camp politique tantôt le navraient, tantôt l'amusaient. Il écrivait des tribunes offensives et se faisait des ennemis. Il consacrait une énergie folle à chercher, de plus en plus difficilement, des financements pour ses films, ses reportages, que Maude trouvait remarquables, uniques en leur genre et qui, selon elle, l'imposaient comme un tempérament intellectuel résolument à part. Franck, selon lui, n'arrivait à rien. À chaque nouveau projet, il passait de l'enthousiasme inconsidéré pour le film qui allait enfin faire prendre conscience aux gens de l'urgence écologique, à l'abattement le plus complet devant le résultat. La crise structurelle du journalisme et de la photo professionnelle depuis l'émergence des « nouvelles technologies » n'arrangeait rien. La plupart du temps, faire la différence entre ce que ses sautes d'humeur devaient aux difficultés à faire passer son message et ce qu'elles devaient à son inexplicable sentiment d'échec était impossible. Il y avait toujours un moment où Franck finissait par se voir lui-même comme l'un des rebuts qu'il photographiait. C'était parfois épuisant et Maude n'arrivait pas à comprendre, il était estimé, salué pour son travail – reconnu. Elle l'aimait. Rien n'y faisait.

Franck lui manquait, ce soir. Maude espérait en vivant, en écrivant, épuiser ses contradictions.

Un jour je me suis rapprochée du corps massif de Loïc Quemener. Ça l'a perturbé. *Arrête, je veux pas, je t'assure, je veux pas, laisse-moi aux manettes là, je veux pas.* Très bien, Loïc. J'observais sa peau, ses épaules, ses tempes quand lui me lançait des regards de biais en nous resservant de l'alcool : *arrête* répétait-il – je ne faisais rien –, *ça va déjanter là.* Le silence entre nous était brusquement devenu sensible, spongieux. Loïc s'attardait à son tour sur mes cuisses, mes trapèzes, mes lèvres, il a alors d'un coup fondu sur moi puis pris mes mains pour les croiser sur ma poitrine en les bloquant.

Je le revois me considérer dans un mélange de défi ironique, de tension. Ça m'a surprise, déplu aussi. Comment nous sommes-nous retrouvés sur le sol, puis comment en est-il venu à me tenir à nouveau les bras, à me foutre de gentilles petites claques – qui se voulaient gentilles –, à m'interroger du regard ? J'ai froncé les sourcils et l'ai fixé en l'arrêtant – très étonnée. Quemener m'a dans l'instant lâchée puis est parti dans la cuisine se prendre littéralement la tête entre les mains. Il semblait anéanti, dans un état de fébrilité à la fois intense et total, les larmes lui étaient montées : *pardon, Maude, j'ai honte, je suis désolé, j'ai honte* – arrête Loïc, calme-toi s'il te plaît. Il m'observait, décontenancé. Il n'arrêtait pas de dire je suis désolé, je voulais pas ça, je suis désolé. Mais c'est pas grave enfin Loïc, il s'est rien passé de grave. *Tu peux me donner du temps sans prendre de distance, Maude, s'il te plaît* a-t-il soudain demandé avec une ardeur impérieuse, *laisse-moi aux commandes, tu veux bien ?* Je n'étais pas sûre de tout comprendre mais j'ai voulu cette fois-là – comme font souvent par habitude, sans doute, les femmes auxquelles je pense ressembler si peu – le réconforter : bien sûr, t'en fais pas, on n'est pas obligé de faire l'amour de toute façon, t'en fais pas.

L'heure s'est prolongée.

Nous savions tous les deux une chose, une chose que nous ne pouvions que taire, une chose désespérante pour Loïc : il pourrait bien me tirer les cheveux, me sodomiser ou me tenir les mains, je pourrais jouer le jeu et même en jouir, mais en aucun cas je ne serais *dominée.* C'était ça le drame, pour lui. Alors cette fois j'ai été douce, émue par ses limites, mais combien de fois serais-je violente avec lui ? Dans d'autres circonstances, devant ses incohérences ou sa perversion, sa candeur dans la perversion, combien de fois perdrais-je mes nerfs à dire des trucs ignobles – que je pensais – à m'éreinter de chagrin mais cette fois-là, non, cette fois tout était humble, remuant, cette fois, je l'ai embrassé sur la joue et il m'a serrée contre lui.

La coke chez Loïc circulait comme l'eau courante. Nous en avons partagé. Peut-être est-ce parce que, pour l'heure, on ne baisait pas et que la façon qu'a cette substance de transir les heures est sensuelle. Peut-être est-ce aussi parce que je sentais que la coke et l'addiction déterminaient le rapport que Loïc avait aux autres et à la vie. Cette substance ne m'intéressait que dans le mesure où Loïc était là – présent. Un exercice d'empathie qui passait par le corps. Je sentais, à chaque rail, combien il se vengeait par la coke de la haine qu'il avait de lui-même. J'inspirais. Tout pouvait transir. Il y a une érotique de la molécule. Et lui comptait sur sa force physique pour annuler les effets néfastes de la chose. Il était vital. J'ai *tapé*, comme on dit, autant que lui. Oui, je me suis réglée sur lui. Il me trouvait *masculine* dans la façon que j'avais de me défoncer en *maîtrisant*. J'aimais la manière dont cette poudre blanche balafrait chez lui la surface des tables basses. Plaies radieuses. J'aimais la chaleur enveloppante, aiguë et ferreuse de la drogue. J'aimais la manière dont ça accélérait nos échanges, électrisait nos pensées, brûlait le temps. Tout devenait sensible. La poudre exaltait la vision que j'avais de Quemener, de ses impasses intimes, de ses doutes, je voyais en lui. L'album avançait. On travaillait, on composait, on cultivait ensemble la perspective de nuit, de flirt avec la crise, le rire, l'état limite. Ces limites ont longtemps semblé tracer une géographie sensible, et pour lui neuve, entre nous. À la frontière du sexe. Je rentrais à l'hôtel pour continuer d'écrire – mais autrement.

Pourquoi ne bandait-il pas ? Alors qu'elle le remuait, alors qu'ils riaient ensemble, s'engueulaient, alors qu'il la trouvait *sexy*, il le disait parfois à ses amis. Comment l'expliquer ? Maude ne correspondait pas au genre de celles qu'il mettait d'habitude dans son pieu. Quelque chose en elle l'inhibait, l'indisposait : sa gueule en premier lieu, trop dure, trop âpre quand lui craquait pour les minois ou la vulgarité. Mais Loïc l'admirait, se disait-il, se laissait finalement ravir par sa force guerrière et ses façons d'enfant, alors pourquoi diable ne bandait-il pas, dur, au moins une nuit, puisqu'ils partageaient par ailleurs une telle intimité ? Pourquoi était-il persuadé qu'avec cette femme rien au fond n'y ferait, que ça se passerait mal ? Ces questions épuisaient Quemener, il s'en débarrassait : elle n'était pas son genre, elle n'était pas son genre – point. On n'allait pas ratiociner dix plombes, les goûts et les couleurs ça ne se discutait pas.

Malgré tout, une part de ce garçon n'arrivait pas non plus à se satisfaire de cette conclusion grossière. Sans bien connaître ni la littérature ni la psychanalyse, Loïc devinait que le désir n'était pas une simple question de goût, justement, de couleur, qu'on ne rencontrait pas quelqu'un comme on choisissait ses rideaux, un parfum de glace. Non, il sentait en des strates profondes, clandestines de son être, des secrets plus tordus, plus rosses : le désir se révélait un monde en soi fait d'enthousiasmes, de freins, d'emballements déçus, de menace ou d'extinction alors l'ivresse mais l'étonnement encore, l'inquiétude, pouvaient bien signaler la soif, l'envie de l'autre. Avec Maude, le temps passé était de toute évidence *érotique*, ça Loïc le savait. Cette idée le crispait. Loïc s'enfonçait dans son dédale au point de ne plus arriver à voir clair. Ses émotions devenaient totalement opaques. Il s'était demandé, naturellement, et à plusieurs reprises, pourquoi ne pas tenter néanmoins une bonne fois l'aventure avec Maude : leur tandem consumait des heures inlassables, se découvrait avec volupté dans le travail alors pourquoi ne pas se lancer, franchir le pas un soir ? Loïc verrait bien. Mais s'il avait tourné autour de cette possibilité comme on rôde autour d'un point d'eau, un gouffre, Quemener l'avait tout de suite fui, projeté sans fond, toxique, pour mieux céder à sa honte, retrouver ses pièges favoris dont il aimait faire des refuges : des névroses mâles qui le protégeaient de la vie en fait, de la fornication telle qu'elle se pratique dans le dur du scandale et non dans la niche du fantasme ou de la chimère maniaque, de la négation de l'autre. Pourquoi Maude le maintenait-elle, sans le vouloir, à ce point à distance ?

Loïc avait beau traiter les femmes douées de solitude de *mal baisées*, la vérité première, fondamentale, c'est qu'il était, lui, Quemener et sans doute même avant toute chose, Loïc était, d'abord, un peine-à-jouir. Il suffisait de l'écouter : la plupart du temps, sauf à se branler, Loïc connaissait peu de satisfaction sensuelle à faire l'amour : il voyait plutôt là une activité physique à laquelle il s'adonnait avec fougue et à vide, comme d'aucuns fument des clopes, compulsivement, ou se resservent un verre mais le *plaisir* éprouvé dans la touffeur de ces heures sèches s'avérait chez lui volontiers cérébral, l'illusion de toute-puissance d'un homme qui se vengeait par la débauche de la chair et des corps du sentiment furieux qui le rongeait de n'être rien.

Alors Loïc triquait comme un taureau sans souvent même parvenir à éjaculer pour n'importe quelle meuf calibrée posant avec des oreilles de teckel sur les réseaux – toutes celles qui respectaient les codes d'un certain *type* féminin pouvaient l'exciter – et dans ces moments-là, disons-le carrément, il s'adorait si dur, vraiment, il adorait sa bite. Et il voulait à chaque fois célébrer l'événement de ces érections toujours un peu grandioses à ses yeux, oui, pendant ces heures de shoots sexuels, Quemener n'en revenait plus d'être un homme et remerciait secrètement ces femmes de provoquer ainsi en lui ce petit cirque ordinaire, cette joie tenant du miracle total de pouvoir se sentir d'un coup – de reins – réconcilié avec l'idée qu'il se faisait de sa dimension, de sa grandeur.

C'était *délicieux* – l'entendait-on dire – quand il tenait une gaule d'enfer pour ces minettes se pliant, sans toujours le savoir, à certains schémas établis. Loïc se sentait puissant et se voyait bien avant que ça n'advienne, en général, dès le dîner qui précédait somme toute, pour peu que ces filles aient eu le malheur de se lever chercher le sel ou de se pencher, les tenir par le cul, les prendre bien à fond, leur faire arrondir la bouche, fermer les yeux, oui, Loïc aimait se figurer ces meufs alors qu'elles riaient encore à table, limitées, un peu bêtes, comme il les chérissait, au pieu déjà prendre des poses, appuyer des regards torves, hébétés et béats qui n'étaient plus tout à fait les leurs d'ailleurs, tant le sexe parfois dépossède les femmes d'clles-mêmes, des regards empruntés, donc, le regard perdu de celles qui ne savent plus – tant les voilà d'un coup à la fois soumises et ivres d'elles-mêmes – si elles s'amusent ou bien implorent, des regards inhumains, fauchés à l'imaginaire tyrannique, douteux, des mecs trop faibles, pour enfin le sucer. C'était unique, atomique, jusqu'à ce que l'illusion s'étiole dans les branlettes auxquelles Loïc s'adonnait pour se finir, dans le soulagement qui précède la débandaison, alors que ces nanas devenaient après s'être fait appuyer sur la tête ou retourner sans être jamais vraiment regardées ni vues, des genres de petites proies ou de peluches.

Alors Maude, comment faire ? Le problème semblait insoluble : ce n'est pas que Maude n'était pas jolie, au fond, le problème, ce n'est pas non plus qu'elle voulait dominer d'ailleurs – pas du tout – mais Maude, déjà, n'était pas *toujours* jolie, loin de là, Maude recelait des courants, des énergies contraires qui dénudaient parfois, en elle, la vie comme une disgrâce. Elle pouvait devenir laide.

Quelque chose jusque dans sa tendresse défiait, quelque chose grimaçait, fronçait, et c'était pétrifiant pour un mec comme Quemener.

Puis parfois Maude paraissait belle ou bien lascive mais masculine, bref, tout se montrait si mouvant chez elle que le pauvre Loïc n'était plus persuadé de rien. Comme il n'était pas – contrairement à ce qu'il pensait – viril, Loïc ne pouvait pas faire de sa peur un alcool, alors il désarmait, redorait en loucedé son blason de garçon à la pensée qu'il la frustrait, et cette pensée le consolait, oui, cette pensée bassement le comblait ou du moins le rehaussait d'une drôle de gêne mesquine, enorgueillie.

Il n'était pas capable de me désirer vraiment, de sortir de ses schémas. Soit. Je voulais qu'il les *transgresse* pour moi.

Pourrait-il seulement trouver en lui ce désir-là : celui de baiser une femme avec qui il avait envie de passer du temps, et parfois tout son temps, qui lui plaisait et l'amplifiait comme il disait, qu'il aimait, mais qu'il ne trouvait pas *jolie* ou pas assez – qu'à cela ne tienne. Un défi lui était lancé.

ACHOPPER

- Scandale ordinaire -

> « We must accept our pain, change what we can and laugh at the rest. »
>
> Camille Paglia

Les choses graves arrivent bêtement – souvent.

On travaillait sur son ordinateur dont il m'avait transmis les codes et les mots de passe.

Un jour, je ne sais pas comment il s'est débrouillé, en configurant mal ses paramètres j'imagine, son iPhone s'est trouvé synchronisé avec son iMac. J'ai alors vu les messages de ces filles – qui avaient pour moi jusque-là peu de *réalité* – apparaître en haut à gauche de l'écran.

Je n'ai rien dit, je ne l'ai pas signalé. Ça ne me ressemblait pas – ça devenait intéressant. Au début, je lisais les premières lignes et puis les laissais s'effacer. En revanche, malgré moi, je retenais les noms et me jurai d'aller consulter plus tard leur profil sur les réseaux : j'étais curieuse de savoir à quoi elles ressemblaient. J'avais par ailleurs annoncé à Loïc que nous ne pourrions pas travailler le week-end suivant. C'est alors, si je me souviens bien, qu'il a répondu à une fille, une certaine Vanessa. Il était à côté de moi et prétendait nous servir du café mais en fait dans le même mouvement, il entretenait des conversations avec plusieurs interlocutrices et je voyais à présent l'amorce de leurs échanges s'afficher – *Tu viens t'occuper de moi ce soir beauté? Tu m'envoies une photo de ton corps?* Des trucs dans ce goût-là, le début d'un autre texto ensuite, adressé cette fois à une certaine Séverine alors que nous nous apprêtions à travailler et qu'il me resservait une tasse en abaissant les stores pour qu'on soit plus à l'aise: «Je te veux trois jours au loft, je crois que je suis…» Impossible de lire la suite sans cliquer, dévoiler leur l'échange, ce à quoi je me refusais encore mais cette amorce de texto fut aussi celle d'une balle dont je sens toujours le feu rien qu'à y songer – lame, boomerang qui se retourne et vient, provoque un heurt ou creuse. Je ne m'y attendais pas. Est-ce ainsi que j'ai commencé à devenir ridicule? C'est possible. Quoi qu'il en soit, comme lorsqu'un accident survient, je suis restée longtemps insensible, j'ai continué à boire chaud.

Il a cependant tout de suite perçu un truc: un trouble, une rupture. *Ça va pas?* Son timbre s'était fait doux, trop, sans doute: j'ai dû alors sourire pour contenir un chagrin incompréhensible, venu de je ne sais où, qui s'est échoué tièdement sur mes lèvres sans fard, alors il est venu près de moi et l'a immédiatement essuyé d'un revers de main d'homme – *qu'est-ce qui se passe mon bébé? Qu'est-ce qui t'arrive? Dis-moi et pleure surtout, laisse aller viens.* Fallait-il voir dans toute cette séquence, dans son attitude, un mélange d'honnêteté et de perversion ? Je décidais pour le moment d'arrêter de réfléchir, je n'ai rien dit du tout.

Pour ne pas céder sur mon désir, j'abdiquais. C'est ça que je faisais avec Loïc. Je cédais sur mes principes, et pour une part, sur ce que j'étais. Mon désir, cette fois-là, exigeait ce sacrifice. Moi, pourtant si peu encline à cette passion – du sacrifice –, y découvrais un repos neuf. À quarante ans passés, alors que cet homme, sans le vouloir, me rappelait à ma mort, il semblait aussi pouvoir m'en libérer d'une certaine manière comme moi je le libérais, me racontais-je, ou du moins le distrayais-je de ses dispositifs morbides.

J'aimais sa présence, son envergure, son sourire enfantin et fauve, j'aimais me sentir apaisée par cet homme menaçant. Avec lui tout pouvait advenir, rien ne pouvait m'arriver. Je percevais la possibilité, auprès de lui, de me voir offrir à nouveau la chance de me sentir près d'un homme à la fois plus vivante et plus protégée.

Ces noms de filles s'affichant lors de nos sessions de travail ont fini par me harponner. Il me suffisait d'un clic pour les lire alors la tentation se révélait, de séance en séance, plus forte. Elle me donnait l'impression d'être en présence d'un genre de Barbe Bleue : il m'avait filé les codes de sa machine comme l'homme du conte avait confié le trousseau, la clé du cabinet à sa compagne, mais pour autant, cette femme comme moi savions que nous ne devions pas céder à la tentation d'aller voir « … s'il vous arrive de l'ouvrir, il n'y a rien que vous ne deviez attendre… » écrit

Grimm. De la colère, du sang et des cadavres bien sûr, c'est tout ce qu'il y avait à gagner de cette intrusion qui m'était à la fois – comme il se doit – offerte et interdite. Si j'appuyais sur la souris, je serais responsable de ce que je découvrirais, faudra pas aller pleurnicher après, appeler Anne ma sœur Anne et le toutim. Oui, mais… Oui mais si tout ça ne révélait qu'une chose, la tension sexuelle entre nous, et au-delà d'elle, le désir de nous amplifier l'un l'autre, pensais-je, de nous extirper de nos pièges respectifs. Et si une part de Loïc *voulait* que je lise ses courriers ? Il me révélait ses mots de passe, alors pour quoi faire ? Pour qu'à la fois je le trahisse et qu'à son tour, il me déçoive, voilà, ainsi on se sera *réellement* rencontrés et on pourra poursuivre l'histoire sur des bases pourries mais réelles. Ne t'en fais pas, va, rien de ce qui t'humilie ne m'est étranger – c'est ça. C'est ce que je me suis dit – tu parles. J'ai fini par cliquer. Je ne me souviens plus trop des messages, je ne me souviens plus trop des photos, des vidéos obscènes.

Je me souviens juste du bruit de mon cœur, à la lecture, du sang battant bêtement mes tempes. Je me souviens aussi que le temps a semblé baver d'un coup comme une encre. Je me souviens de secondes dilatées et dingues passées sur ces textos déchiffrés comme un alphabet neuf et étranger, des images de cul, de seins, de chattes à la pelle.

J'ai senti un sourire affleurer à mes lèvres, un chagrin sec aussi. J'entends encore la phrase de la chanson qui passait alors et qu'on jouait, en boucle, pour travailler une valse : « *Pourquoi tu pleures, pour qui pleures-tu ? / Pour quel déshonneur, quel désolement, quel temps perdu ?* »

Les meufs que je tire, j'aimerais bien les aimer mais je les estime pas. Voilà ce que disait Loïc Quemener. Le pire c'est qu'elles acceptent, poursuivait-il, et puis après, je finis par les tenir à distance, d'une manière ou d'une autre, alors évidemment là c'est le drame. Parce que si elles acceptent de se soumettre, c'est pas pour que je les esquive après tu comprends. Ça les vexe, ça les froisse. Je ne sais pas avoir de rapports normaux avec elles, une part de moi a besoin de les mépriser. À croire que je les choisis pour pouvoir me haïr de les baiser. C'est tordu quand même non ? En même temps, je sais être câlin aussi, je les emmène au restau puis je suis très doux après l'amour, j'ai un côté gros chien, nounours, alors les meufs au bout d'un moment elles savent plus où elles habitent, elles deviennent dingues, mais pour moi c'est des anxio, en fait, c'est tout. Elles m'apportent ma dose, la substance dont j'ai besoin pour me soulager. Quand tu carbures à ça, ce que tu traques, c'est le principe actif que tu trouves dans le sexe, tu comprends ? C'est du manque de cul, du manque de tendresse, dont tu crèves. Le dealer, tu t'en branles.

Non, là je raconte tout dans le désordre, faut que je raconte ça mieux que ça, l'histoire du manque et du dealer, il me l'a dit à la fin d'un épisode précis, faut que je reprenne à partir de là sinon ça ne rime à rien : nous étions convenus de travailler les chansons en un mois. À partir de là, nous avions pris rendez-vous plusieurs jours par semaine et acté le fait que nous essaierions de bosser le plus souvent possible en immersion : je le rejoignais donc dès que je pouvais vers douze-treize heures, très souvent, notre tandem ne débandait plus jusqu'à cinq heures du mat. Bien sûr, la maquette s'en trouvait enrichie, une œuvre a toujours à tirer de ce genre d'apnée féconde, ici, c'était flagrant, les thèmes, les trames musicales gagnaient en densité, en justesse, parce que nous devenions aussi plus intimes : les harmoniques se faisaient sensibles, autrement affinées, et moi, de séance en séance, je me surprenais à vouloir *comprendre* toujours un peu mieux Quemener, alors cet iMac auquel il me laissait incompréhensiblement accès se révélerait bientôt une aubaine, car une fois le flippe passé, je ne trouverais plus une seconde indigne d'y circuler comme à la maison, dans mes propres fichiers. C'est fou, quand j'y pense, j'ai peut-être ouvert sa messagerie avec appréhension les deux-trois premières fois, et puis c'est devenu si vite naturel, quelque chose en lui semblait m'y autoriser voire me le demander et j'ai fini par développer une dextérité dingue dans l'amoralité la plus studieuse qui soit : je pouvais travailler les textes, répondre à ses questions, éclater de rire, choper des grilles d'accord, trouver l'esquisse de mélodies et en même temps puisqu'on partageait tout – des bobuns veggies aux traces de coke, des heures de déprime aux fous rires, aux crises –, je pouvais profaner ses textos, sa boîte mail, les piller un par un, oui, m'y intoxiquer gaiement – c'était après tout une substance comme une autre –, parcourir à la chaîne ses sorties sexuelles ou sentimentales, déflorer la façon dont il traitait les meufs en les brusquant, en les anesthésiant, en les cajolant, en leur parlant crûment, bref, en mélangeant le sucre en perfusion et le sel sur la plaie, le baume et la batte, la chaleur affectueuse puis l'agression.

Ces femmes en redemandaient. Toutes. Il savait les choisir : elles se comptaient par dizaines c'était surréaliste, minable, et lorsque nous cherchions à solidifier la structure d'un morceau en chiadant au piano une ligne de basse, je découvrais des choses étonnantes, quand Loïc me servait une décoction de thym parce que je lui avais dit m'être sentie un peu patraque *Montre-moi ton cul tout suite.* Il avait placé le mug, l'infusion sur la table puis il m'avait conseillé d'attendre pour ne pas m'y brûler. *Oublie mon numéro, beauté.* Je le revois ensuite poser certains lyrics sur une nouvelle base d'arpèges, transposer le pont du refrain puis acquiescer du chef en me regardant avec fierté et reconnaissance. *Renvoie une photo de tes seins.* Le piano sonnait faux, sans doute mal accordé. *Pourquoi crois-tu que j'envisage de me mettre en couple avec toi ?* Il s'était soudain piqué de nous commander du vin, un millésime. *Je te veux soumise, la chatte humide.* Je devais naturellement me concentrer pour ne pas trahir l'effroi émerveillé suscité par la mise à jour de cette correspondance, en surimpression, de nos sessions de compos. *T'es qu'une petite suceuse de queue.* Il paraissait si heureux de ce qu'on faisait – *Hâte de t'enculer* –, il paraissait si désireux de me faire plaisir. *Raconte-moi comment tu te masturbes, dis-moi comment tu procèdes.* Quemener disait que les grands vins blancs, à l'approche de l'été, mettaient tout le monde d'accord. *Je m'en branle, beauté, fallait jouer le jeu.* Il se tenait debout, je le revois, devant la fenêtre pour brusquement m'inviter d'un mouvement de tête à le rejoindre, me voilà donc encore, cet après-midi-là, marchant vers lui mais obsédée cette fois par la nullité de ces billets trash, Loïc m'avait attirée par l'épaule si je me souviens bien, fait pivoter les hanches puis doucement montré, d'un geste lent, le grand noyer de sa cour *Je veux que tu me pompes, jusqu'au bout, dans les chiottes.* Il s'était penché sur ma nuque, rapproché de l'étagère avant de s'y s'adosser – *T'es chaude, toi dis donc* –, me prier d'approcher encore, nous nous tenions alors collés l'un contre l'autre et Quemener cette fois désignait du doigt les fruits d'une des branches barrant le ciel en me demandant si je les voyais. *Ta bouche est un sexe, je vais la fourrer salement.* Il disait trouver dingue qu'avec la pollution, cet arbre daigne encore fleurir *Je te veux docile, obéissante.* Pour lui, être un couple, c'était ça, Loïc l'avait lâché dans un murmure *T'es une petite merdeuse!* Est-ce que je comprenais? Pour lui être un couple, c'était simple, c'était bosser comme on le faisait et partager des choses comme celles qu'on partageait maintenant.

Ça n'était pas les sms eux-mêmes, leur violence fade, le problème. C'était ses systématismes à lui – ses chaud-froid dégueulasses, sa perversion –, c'était le temps aberrant consacré à ce néant en barre. Oui il y avait bien, dans tout ça, une médiocrité qui *aurait dû* m'écœurer. Le livreur

Deliveroo a sonné je me souviens, à ce moment, déposant deux bouteilles que Loïc s'est empressé de mettre au frais pour attraper ensuite une assiette où disposer de fines tranches de saumon *Dis-le que t'es amoureuse.* Il a sorti du pain de la huche à côté du frigo – *non pas ce soir j'en vois une autre, je préfère sa petite chatte à la tienne, elle a une chatte splendide* – puis pensant tout haut, commentant notre dernier morceau, il m'a demandé si nous ne ferions pas mieux d'en changer le titre. Je continuais comme si de rien n'était à participer aux échanges mais me voyais parallèlement absorbée, perdue dans la lecture hachée, stroboscopique, de tous ces sextos ridicules *Princesse, rappelle.* Il a encore chanté au piano puis il a récupéré le chablis, du raisin blanc, disposé tout ça sur la table avec un sourire franc. Loïc a embrassé mon front – *si tu viens pas je fais venir Audrey, je la démonte toute la nuit* – puis il a commencé à compulser mes notes sur son cahier, il m'a dit que nous risquions de frapper fort avec ces titres – *J'éjaculerai dans ta petite gueule* – et il m'a dit, c'est grâce à toi.

J'ai marqué un temps, levant la tête, émergeant, comme je pouvais, effarée, par toute cette misère clandestine – effarée que ça m'arrive à moi –, par cette façon qu'avait Quemener comme beaucoup d'hommes qu'ordinairement je fuyais d'humilier le sexe par le kitsch et je me suis entendue répondre : bien sûr que non, c'est nous Loïc, c'est à nous deux, on l'aura fait ensemble.

Je n'arrêtais plus de consulter ses archives, au point que vers sept heures, dans le couchant livide, ma vigilance comme le soir est tombée : je m'attardais sur sa boîte, lui s'était à nouveau absenté du salon simplement, quand il est revenu cette fois, je ne l'ai pas entendu rentrer, revenir des toilettes ou de la chambre, il a donc, approchant dans mon dos, découvert, pris en flagrant délit mes intrusions perfides. Et moi j'ai réagi tard, trop tard, au son de sa voix : « C'est pas bien Maude, ce que tu fais. » J'étais mortifiée mais calme – comme souvent en cas de crise – et n'avais même pas honte, je m'attendais juste à me faire vider de chez lui et n'aurais rien trouvé à redire. Mais ce n'est pas ce qui s'est passé : Loïc s'est accroupi dans le fauteuil où je siégeais pour nous servir un armagnac – une grande rasade –, je n'ai pas résisté mais suis restée mutique, tremblante et brave.

Loïc, lui, ne s'est plus arrêté de parler : je t'en veux pas Maude, je t'en veux pas mais bon je t'en prie, ne tiens pas compte de tout ça. Tu te fais du mal et ça me fait mal, pour rien en plus. Regarde, j'envoie plusieurs messages en parallèle à ces meufs, regarde, je m'en fous tu comprends pas ? J'étais surprise de le voir ainsi se justifier alors que c'était moi la prise en faute, moi, la coupable.

— À quoi tu penses bébé, parle-moi je t'en supplie sinon c'est pire que tout. Comment tu peux croire que j'attache la moindre importance à ces filles ? Elles sont que dalle pour moi.

J'ai souri et je me suis sentie au-dessous de tout. Au moins autant que lui.

Pourquoi n'ai-je pas rationalisé les choses ce soir-là ? Pourquoi n'ai-je pas admis que c'était sans importance, en fait ? Pourquoi n'ai-je pas asséné en douceur que je n'avais rien à lui reprocher, pas à me plaindre non plus puis pas à la ramener, surtout, que mon attitude *à moi* semblait injustifiable. Et puis, pourquoi ne suis-je pas partie ? C'est ça que j'aurais dû faire : m'excuser poliment et le planter là comme j'aime planter les mecs trop faibles parce que je les sais morbides. La perspective de rompre me libère d'ordinaire. Je n'ai pas bougé. Mon silence a perduré comme un rêve où nous avons l'un et l'autre tranquillement glissé. Là-dessus il m'a prise dans ses bras et j'ai éprouvé combien je tenais bêtement à lui : sa tendresse, l'inquiétude dont il témoignait tandis que je venais de razzier sa messagerie en connasse abusive me touchaient, m'étreignaient tout entière, et son corps d'homme, à cette seconde, m'impressionnait autant que ses messages m'avaient atterrée. Il m'a mis la main sur la nuque et m'a embrassé le visage avec une retenue anormale.

J'aurais sans doute dû en rire, encore une fois prendre congé, mais Loïc touchait en moi une blessure innommée, et j'avais maintenant besoin qu'il m'en guérisse. Idiotement j'ai pensé à Franck.

Maude se souvenait soudain de leur dernier repas juste avant qu'elle ne prenne la voiture et ne parte avec ce bout le corps atrophié et mort de l'avorton sur elle : ils étaient allés dîner en bord de mer à deux heures de Paris. Saisis par cette perte, ils étaient tous les deux restés silencieux.

Pour une fois, Franck n'avait pour ainsi dire pas parlé de poubelles, ou très peu, pas évoqué la nécessité de repenser les décharges publiques ni fait allusion à aucun cataclysme. C'est à peine s'il avait esquissé une sortie sur l'importance des méduses dans l'écosystème marin, le plastique et ses particules fines ou la détresse alimentaire des orques et Maude, pour sa part, ne vitupéra pas non plus, ce soir-là, comme elle en avait pourtant l'habitude contre tous ceux qu'elle méprisait. Elle n'élabora de théories sur rien, n'inventa pas les passés, les fantasmes, les regrets, les catégories socio-professionnelles, la sexualité des couples ou des familles attablés autour d'eux – non, rien de tout ça. Cette fois, le couple a regardé l'horizon comme ils le faisaient toujours quand ils étaient en bord de mer, en fin d'après-midi, mais muets pour une heure, tandis que le soleil dans l'agonie du soir projetait en sombrant dans la mer ses reflets roses, ses ombres rouille, et semblait soudain les baigner ; pour ainsi dire les fondre, les noyer, dans la magie d'une fin de jour. Ce cuivre liquide se révélait d'un coup si frais, si remuant de clarté, qu'il conférait à leur dîner la couleur blessante et très tendre d'une aube.

Certains jours, sa queue le mobilisait entièrement. Loïc ne pouvait dans ces cas-là presque rien faire sinon se consacrer à elle et passait des heures, voire des après-midi, à marauder sur les réseaux à la recherche de *meufs inspirantes*: des brunes surtout, sans pour autant en faire une religion, des brunes aux allures un peu mièvres – façon girl next door –, il les affectionnait, ou au contraire des créatures, sortes de Barbie musclées et si possible aux seins refaits, Quemener le confiait à voix basse en accentuant le mot, les seins « refaits », voilà : leur tenue prothétique et *celluloïdée*. Ça produisait sur lui un effet dingue, lui collait une gaule malade – effarée.

Loïc, donc, ahuri et tendu, son téléphone en main, devenait parfois un genre de Cyborg embourbé dans son propre enfer, un enfer humble, un enfer ridicule et projetait l'intensité de sa crispation mâle sur l'écran du Samsung. Cet écran lumineux et froid faisait crépiter dans le néant de ses nuits des profils de nanas comme autant de promesses de victoires ou de soulagements. Le grand gaillard dodelinait donc devant les photos défilant sous son pouce, il dodelinait comme un pauvre pantin à l'arrière d'une voiture : celle-là oui pas mal, celle-là non, celle-là mouais, à voir, celle-là, faudra sans doute y aller à force d'égards mais pourquoi pas – ça l'excitait d'un coup. Et le voilà qui envoyait compulsivement messages sur messages à plusieurs filles en parallèle. Loïc savait s'y prendre, c'était facile et il se sentait fort, très fort de ça : *quand je vise une meuf, quand je la veux dans mon lit* disait-il, *je sais quoi dire, quoi faire puis quand t'as mon parcours, ma tchatche, mon physique* insistait-il encore, *ça va vite hein, très vite, en trois quatre échanges je la serre, c'est comme une musique, une partition, pour moi, je la connais par cœur* – bah tiens –, le petit air n'était pas compliqué mais pour autant marchait : « Je voudrais pas commettre d'impair Amandine... une question me brûle... je te trouve piquante, gracieuse et si charismatique, es-tu en couple ? » Quand ce cabot avait envie de baiser, il pouvait user de mille stratagèmes afin de parvenir à ses fins mais si *la target* résistait, il lâchait vite, la résistance lui parlait peu à moins qu'elle ne fût le signe même du désir – ce qui s'évaluait vite – sinon Quemener passait son chemin. De toute façon, il y avait beaucoup à gagner à malmener les femmes, arguait cet impétueux garçon et ce n'était hélas, en l'espèce, pas faux.

Pour retrouver la part toxique de sa douceur de mec à la fois romantique mais peu sentimental, ses interlocutrices rendaient volontiers les armes, s'avéraient vite acquises, soumises à sa loi mais surtout patientes, très patientes. Loïc adorait ça. Il jouissait de les voir manœuvrer – le cas échéant avec maladresse – pour avoir des nouvelles lorsqu'il disparaissait, salement, les tenait soudain à distance – car la prédation est une science consistant surtout à duper la proie –, alors Quemener se prenait des flashs déments au moment de les découvrir une nouvelle fois au seuil de son loft, oui, malgré ses silences ou sa violence injuste, venir à lui émues et fatalement, comme on se rend à l'échafaud – parce qu'il les convoquait.

Le sentiment qu'il avait de sa force, alors, décuplait. À tout ça il mêlait l'alcool, à tout ça il mêlait la coke et ainsi les journées passaient, de rails en éjaculations, de remarques charmantes en baises profondes, de séances de sport en paluchages moroses ou jus de curcuma, d'instants grisés de toute-puissance en moments de chagrins, d'ivresses engluées dans la fesse et le foutre dont l'odeur si tenace le berçait jusque dans le sommeil se révélant souvent léger – trop léger – en bouffées de malaises car il lui arrivait de se réveiller saisi d'angoisses, de haut-le-cœur, avalant soudain ses cachets constamment placés à portée pour reprendre son souffle – du Xanax, de l'Effexor –, il tremblait sans parvenir à s'apaiser, prenait une douche puis s'aspergeait d'eau de parfum. C'est dans cette odeur à la fois âcre et sucrée de vomi et d'essences précieuses, de pharmacopées, de chimies en tout genre – tous les pores de sa peau l'exhalaient – qu'il cherchait à se rendormir comme on cherche à se retrouver, Quemener était alors renvoyé à lui-même et encore à lui-même. Inexorablement. C'était à se tuer.

Mais plus ce mec se sentait écœuré ou crade, plus il se sentait vil, plus il se sentait veule plus son appartement devait être *nickel*. Loïc ne supportait plus les taches, le désordre, et la femme de ménage – un peu sa nounou à ses heures – devait dans ces cas-là redoubler d'attention.

Agnieszka, vous pouvez faire la chambre s'il vous plaît, c'est quoi ces marques, là, vous pouvez repasser la toile dans la cuisine ? C'est ça, plus la pulsion dominait le désir chez lui, plus il se sentait laid au fond, plus il se sentait veule, plus il fallait que son environnement soit propre. Puis une fois tout à nouveau net, puis une fois tout à nouveau neutre, sa vie pouvait reprendre son cours, Loïc recommencer les envois de message, le guet nonchalant des réponses, attendre aussi que le dégoût de soi remonte un peu à l'instar d'une nausée et puis suivant l'humeur ou les échanges du jour, y retourner, et se branler seul sous la couette ou dans le corps de femmes mais comme on peine, grimace, puis comme on se finit dans le secret des purgatoires.

Aujourd'hui, je repense à certains hommes qui ont traversé ma vie. Ils ont souvent été faibles. Je les ai vus conjurer leur faiblesse par la brusquerie, les humeurs, la tyrannie. Je les ai vus devenir bêtes, injustes ou fuyants, comme si j'étais trop *réelle* pour eux. J'ai alors rêvé de calme et de virilité.

Après cette séquence, j'ai emprunté la moto d'un ami de Barbara et suis retournée sur les lieux où j'avais abandonné le fœtus quelques semaines auparavant. La vitesse et le vent m'ont enivrée de calme. J'ai garé la bécane sur la béquille latérale un peu en amont du site en question et suis descendue. Une fois sur place, je n'ai pensé à rien. J'étais pleine d'un vide hanté et souriant. Je me suis à nouveau raconté cette histoire : des hommes entendent quelqu'un pleurer et gémir derrière la paroi d'une caverne et entreprennent de creuser la roche pour délivrer le prisonnier, la prisonnière, ou au moins pour comprendre ce que pouvait dissimuler ce mur.

Alors ils creusent, creusent, jusqu'à épuisement et meurent au pied des gravats impuissants. D'autres prennent la relève et meurent aussi. C'est alors que les fantômes de ces forcenés se dressent et piochent la pierre à toute force puis, les années passant, s'étiolent à leur tour et disparaissent. On croit que c'en est terminé mais les outils, comme par magie, s'élèvent eux aussi et reprennent le travail à eux seuls. Le mur de la caverne, enfin, s'effondre. Derrière, il n'y a rien.

Un rire retentit longtemps – finalement interrompu par une voix : « Pourquoi te moquer de ce vide qui, lui, ne se moque pas de toi ? »

Maude croit que l'énergie des disparus polarise l'énergie des vivants.

C'est à partir de là je crois que j'ai commis l'erreur de vouloir le comprendre. L'idée de ne plus voir Quemener, après la découverte de ces messages, ne m'a pas traversée – pas une seconde. Les messages, toutes ces meufs, c'était juste une donnée de plus. Comme le reste, ça me renseignait.

C'est là aussi que ma vie a commencé à devenir un enfer, mon quotidien, sans que je le décide, un champ d'investigation visant à me renseigner sur qui était Quemener et comment il vivait. Je me suis mise, petit à petit, à consulter à un rythme soutenu puis très vite, quotidiennement, les pages Instagram, Facebook ou Twitter de certaines femmes qu'il semblait fréquenter plus souvent que d'autres. J'y passais du temps, c'était un monde en soi. À partir de là, tout quand j'arrivais chez lui devenait susceptible d'être mis en rapport avec d'autres informations, ridicules et obscènes, qu'il ne pouvait imaginer en ma possession mais que je détenais néanmoins.

À force de mesurer en parallèle ses mensonges, leur fréquence, leur étendue, à force de rapprochements physiques, à force aussi de pillages de sa messagerie, j'avais fini par développer un rapport de plus en plus maniaque à la vérité – comme si cet homme n'était pas libre de me mentir après tout –, j'avais progressivement muté sans en avoir conscience mais avec sa complicité – car je me demande aujourd'hui jusqu'à quel point Loïc n'a pas *voulu* au fond faire de moi son surmoi – en genre de profileuse à qui le moindre objet de l'appartement avait des choses à révéler. La moindre soucoupe dans l'évier, le moindre paquet de clopes, la moindre revue incongrue traînant sur le bureau *témoignait* littéralement d'une vie dont je n'ignorais plus les coulisses – en tout cas plus assez – et entrait en connivence avec ma mémoire, ma propension à l'exégèse. Tout s'imprimait en moi, des détails rappelaient avec netteté tout ce que je savais déjà, tout ce que j'ignorais encore, se mettaient à crépiter dans de drôles de moments épiphaniques tissés de craintes, de trames ou d'hypothèses, d'indices incendiaires, de déductions, d'évidences révélées, de croyances folles, tout semblait d'un seul coup flamber en phosphorescences sourdes, entrer en relation, se répondre, murmurer des récits et je pénétrerais bientôt à chaque rendez-vous son loft un peu à la manière d'un médium ou d'un détective. L'album avançait mais dès que j'arrivais chez lui, j'investissais aussi, à chaque fois, une nouvelle scène de crime. Qui avait-il vu ? Avait-il baisé ? Et que me voulait-il au fond ? Une boîte d'allumettes de l'Hôtel Costes abandonnée sur la console ? C'était à mettre en regard avec les « Stories » de son harem de tourtes, bêtes et imbues, au point de valoriser la moindre salade Caesar ingurgitée, le moindre établissement de luxe visité, le moindre chat croisé dans un couloir d'appartement, le moindre chou à la crème pris au goûter etc. Tout était traçable, restituable, à l'instar des morceaux épars d'un dossier d'instruction que je pourvoyais avec rigueur comme on respire, en méditant – et qui finit de toute façon par produire des histoires. Tiens, tiens une note de pressing sur la commode, y donnerait-il des chemisiers, des robes ? Certaines nanas jouiraient-elles ici d'habitudes ? Et même quand je m'oubliais dans le boulot ou nos échanges rieurs, ces plis malades de femme en quête avaient tant et si bien pris, j'étais tellement possédée par le désir de savoir, que je ne pouvais plus empêcher les affaires de cette vie domestique d'homme seul de me parler, me parler encore à me rendre cinglée et bien sûr plus la masse d'informations augmentait, plus avec elle, l'incertitude enflait : je n'étais sûre de rien. Les détails les plus anodins entraient clandestinement en dialogue, en résonance, avec mes passions les plus paranoïaques, les plus morbides, c'était de moins en moins vivable car le pire, en effet, c'était que la plupart du temps, ces visions foutraques frappaient juste. Je me souviens, par exemple, un jour où j'ai ouvert le frigo, innocemment, on rigolait, je croyais que tout allait bien quand je suis tombée sur les vestiges d'une tarte aux pommes – *une tarte aux pommes ?* Ça m'a tout de suite allumée, glacée : ce n'était pas le genre de Loïc d'aller acheter de sa propre initiative ce genre de vanités sucrées, il fallait pas me la faire – *une tarte aux pommes ?*

J'avais beau passer mentalement en revue les comptes Insta de ses meufs pourtant déjà compulsés avec soin et méthode la veille, ça ne renvoyait à rien, aucune d'entre elles n'avait posté ledit dessert légendé d'un « moment sucré » smiley rougissant #douceur #followme #justchill #picoftheday… Bon. Peut-être me fallait-il relâcher la pression un peu, arrêter de surinterpréter, en damnée et à partir de rien en plus, tout et n'importe quoi, faire d'une pâtisserie un élément, un signe… Il avait pu passer à la boulangerie après tout, je devais arrêter ce cirque, c'était épuisant à la fin mais rien à faire, cette tarte gourmande ne me lâchait pas, elle se voyait au contraire chargée soudain d'une intensité folle, mordait, saignait en moi la part la plus fragile, la plus violente, de l'inquiétude : je *savais* qu'elle était suspecte comme certains inspecteurs connaissent d'emblée la vérité mais passent l'épisode entier à valider cette impression première, alors machinalement, j'ai tout de même visé l'étiquette collée sur le carton qui la contenait et regardé d'où elle venait – Boulangerie Hugues Gérard – Rueil-Malmaison –, *Rueil-Malmaison*, attends, *Rueil-Malmaison* ? Mais qui avait pu lui apporter un truc de *Rueil-Malmaison* ? Lui n'y avait pas foutu les pieds, en tout cas, c'était couru, qui avait pu ramener ça là ?

Tout en moi s'activait aussitôt et tendait à trouver. C'était humiliant de mobiliser ainsi tant de ressources, mettre finalement tant d'intelligence au service de soucis aussi minables, mais bon voilà, tout en moi malgré moi y participait, traquait éperdument une réponse possible alors *ah putain* d'un seul coup, ça loupait jamais, je voyais : la naturopathe de Chatou ! Ils avaient déjà échangé. C'était elle – sûr. Je m'empressais de vérifier sur l'iPhone la distance séparant les deux villes, huit minutes en voiture, six minutes en RER, c'était elle, aucun doute. Loïc avait à cet instant précis me semble-t-il brisé le silence : « Qu'est-ce que tu fous Maude, tu viens ? Je voudrais te faire écouter un truc… » Je n'en revenais pas : la naturopathe, celle qui vantait toutes les semaines les mérites du potage fait maison, la tronche filtrée avec des yeux de manga et une truffe de teckel.

Ça y est oui, je voyais et ça me fusillait : celle qui recommandait, sans faiblir, chaque semaine, de faire des masques à l'argile, d'utiliser des plats en bois. Elle recueille des chatons aussi, par ailleurs, dès que l'hiver arrive et préconise l'accouchement *en toute intimité* – bah oui chez soi, bien au chaud, sans péridurale –, la Jeannette niaise mais rude, celle qui vous veut du bien – *il suffit de savoir régler son souffle, de faire des exercices au son du chant du merle ou des dauphins, du bruit du vent, d'apprendre à écouter son corps, la nature* – et cette salope postule comme ça, l'air de pas y toucher, qu'une femme doit accoucher dans la douleur. Elle pouvait bien se ficher sur le crâne et à longueur de posts ses oreilles-de-souris ou des serre-tête bourgeois… J'étais mal. Loïc est apparu : « Mais qu'est-ce que tu fous, Maude ? Ça va pas ? » Je lui adressai un sourire crispé. « Si si, ça va » mais la tension m'ayant bien saisie était brusquement telle qu'il semblait manifeste que je mentais, tout mon corps hurlait le contraire.

Je sentis alors Loïc m'observer en silence, passablement troublé, et savais qu'à partir de là il me fallait agir, vite. Elle devait s'épancher cette tension, trouver son lieu de dissolution car rien ne l'annulerait sinon, le malaise sévirait, il envahirait tout – mais comment faire ? Demander comme ça, innocemment, *tiens, elle a l'air délicieuse, elle vient d'où dis-moi, cette tarte ?* ne m'avancerait à rien, il pourrait répondre ce qu'il voudrait, ça ne me servirait pas. Comment justifier la peur, ses serres, fichées en moi ? Comment inviter Loïc à évoquer cette fille pour que je sois fixée, sinon rassurée ? Qui était-elle pour lui ? Je ne pouvais décemment pas évoquer mes doutes en parlant de ce malheureux dessert aux fruits, c'était impossible, injouable, je trahirais ma misère, tout mon bordel intime. Jetant à cette minute les épluchures de nos concombres, carottes ou bien radis d'apéritif à la poubelle, je me suis surprise à lui demander, agie soudain par Dieu sait quoi, en pilotage automatique et *out of the blue* « tu tries tes déchets toi ? » Loïc me dévisageait, de plus en plus perplexe : non, pourquoi ?

C'est vrai ça, *pourquoi* lui poser une question pareille, dans le contexte, ça paraissait au mieux bizarre mais en fait je cherchais là un biais, un détour, un moyen de le confondre, l'obliger petit à petit à se déterminer au moins *politiquement* sur les positions de cette femme dont Loïc ne devait pas avoir conscience sinon il n'aurait pas été séduit, c'était certain. Alors sans me démonter, ni faillir, j'ai continué sur ma lancée et prétendu avoir mûri ce genre de réflexes avec Franck. Tu dois bien t'intéresser à l'écologie, tout le monde s'y intéresse aujourd'hui non ? J'avais l'air sûre de moi, il s'agissait de donner ne serait-ce qu'un semblant de cohérence à mes divagations. Quemener considérait donc désormais le problème en opinant dans le vague sans aucune conviction – je crois même me souvenir l'avoir entendu marmonner un « m'en branle moi de la planète... » – ce qui ne m'avait pas découragée, bien sûr, de poursuivre avec plus de vigueur encore, des radis plein la bouche « on pourrait faire une chanson sur le climat... ». Loïc avait ri. Je m'esclaffais avec lui, fort, trop fort, restant bien sûr fixée comme une tique sur la naturopathe : sa touche de bonne fille saine, lissée, sa fadeur sincère et enjouée, sa douceur pénétrée d'onction face aux gens « en situation de handicap », son avis sur l'euthanasie dont elle avait bien sûr fait un post sur Facebook pendant l'affaire Lambert : « Même dans le coma ou l'agonie, on peut découvrir la bonté. » Cette conne me faisait penser aux chérubins de je sais plus quelle nouvelle de Kundera : ils vous envoient au goulag en chantant avec bienveillance – salope – et Loïc l'avait likée, ça me revenait. Le manque de discernement de cet homme, certains soirs, m'accablait.

Je continuais à lui servir du vin, tout en réfléchissant, pour ne pas qu'il mesure la dinguerie de mes élucubrations : comment procéder pour l'amener à partager mon sentiment sans faire d'allusions trop directes ? Comment l'inviter à comprendre de quoi les croyances boy-scout de cette dinde étaient le marqueur ? Et surtout, comment continuer à travestir ma vocation révélée de terroriste qui m'avait, dans l'élan amoureux, à l'évidence touchée, oui, frappée comme une malédiction.

Ce n'était pas juste la mièvrerie de cette naturopathe qu'à toutes forces je rejetais. C'était la simple idée qu'il pouvait baiser avec elle, *fourrer sa chatte* comme disent certains mecs. Ce que je voulais asseoir, c'était quelque chose de mon tempérament tyrannique : une part de moi lui en voulait de la trouver désirable – alors qu'après tout, pourquoi pas ? Cette forme de bêtise infatuée pleine de bons sentiments, cette insignifiance louche et fondue d'envies

« d'authenticité », je ne voyais absolument pas comment le traduire ni même en parler à Loïc mais je mobilisais petit à petit un monde, mes lectures même les nulles, pour mieux l'appréhender et la seule chose qui m'apparaissait, pour l'instant, c'était un arc bizarre reliant Jean-Jacques Rousseau et Pierre Rabhi à cette pauvre jeune femme qui n'en demandait pas tant – de plus en plus impartageable –, je la trouvais arriérée mais très contemporaine en fait : ce catholicisme fermenté, ce mélange d'infantilisme, de barbarie naïve, de goût pour la pureté comme la vie saine un peu terreuse m'écœuraient mais d'ailleurs n'avait-elle pas publié, récemment, une photo de Pierre Rabhi sur sa page Instagram ? J'en étais brusquement certaine.

Alors je me suis obstinée longtemps, ce soir-là, à parler faune, flore, nature : ce combat était si mal mené en France. Je me revois encore chercher depuis la cuisine une réponse venant de Quemener qui aurait pu ressembler à une marque de soutien – tu crois pas Loïc ? – *Hein ? si si...* Difficile semblait-il d'en avoir moins à foutre, il relevait ça comme ça, distraitement en préparant la coke, il alignait des rails, mais peu importe, j'enchaînais sans faiblir : « et tu sais pourquoi ? »

Il avait encore levé les yeux sans avoir l'air du tout de suivre ni de comprendre, et pour cause, je ne me comprenais pas moi-même. Par contre, je savais où j'allais en furieuse enfiévrée qui ne s'arrêterait plus, je haussais même le ton au fur et à mesure que mon discours enfourché à la hâte comme un cheval malade progressait vers le vide : c'est une question pourrie l'environnement chez nous Loïc, complètement faisandée, parce que l'imaginaire écologique en France est corrompu par, par, par – j'achoppais – bah par Rousseau en fait et c'est de ça dont on crève ! tu comprends pas ?

Je le revois encore lever, à nouveau, un sourcil.

Idiotement, je m'étais sentie encouragée : un mec comme Pierre Rabhi, par exemple, qui adore les fleurs et les champs, il est dévoré de ça jusqu'au trognon Loïc et faut voir le nombre de nullards, hein, le nombre d'actrices, le nombre de toubibs *naturo à la con* il inspire… c'est désolant… Parallèlement, je menais sous ses yeux des recherches sur l'iPhone puis les faisant défiler, du bout du pouce, mon chablis à la main, je découvrais devant lui des citations malhonnêtement choisies du malheureux conférencier, je traquais la jugulaire : « tu savais qu'entre autres enfonçages de portes ouvertes – le partage c'est bien, la cupidité c'est mal –, il avait dit que la terre devait être notre épouse, la lune et les étoiles danser en son honneur », je m'insurgeais encore et répétais la phrase en exagérant l'accentuation de certaines syllabes « la luuune et les étoiles daaanseeer en son honneur » mais comment on peut prendre ce gars au sérieux… moi dès le début, l'histoire du paysan ravi… et aujourd'hui c'est bien simple dès que j'entends Pierre Rabhi prononcer le mot *valeur*, ça me donne envie de génocider un troupeau de vaches, il me DÉSESPÈRE avec son vieux fond rance agraire et proto-rousseauiste alors tous ces médecins de merde, ces usurpateurs qui ne se déclarent pas militants mais prônent l'accouchement naturel avec sages-femmes, c'est la même engeance Loïc, c'est PAREIL ! Tous ces minables n'ont pas digéré le XXe, franchement de toi à moi, tu trouves pas ça problématique ? » J'avais marqué un temps avant de lâcher pour finir, épuisée : Moi je trouve ça… *dégueulasse*…

Loïc ouvrait à présent de grands yeux candides sur ma colère de ménade empêtrée – il sentait bien que j'étais arrivée là au bout d'une démonstration – et ça le laissait sans voix, « Pierre Rabhi c'est une honte » répétais-je en boucle. Une honte.

Loïc débouchait une deuxième bouteille. « Mais, Maude, pourquoi tu me parles de Pierre Rabhi je sais à peine qui c'est. » Il était hilare soudain : « T'es bizarre toi des fois, je te jure, qu'est-ce que t'as ? » À ce moment, j'ai été découragée : tant de ruses acrobatiques pour une absence aussi patente, aussi absolue, de résultat, c'est à vous dégoûter d'essayer d'être retorse alors je me suis précipitée dans un relâchement bête, sans doute, à l'autre extrémité de ce que j'avais jusque-là tenté : après mes allusions pour le moins fastidieuses, excessivement élaborées, j'ai dit en quelques mots ce qui me souciait, oui comme ça, au lance-pierre – et encore au lance-pierre, même pas non –, je suis passée sans crier gare de la stratégie militaire mais confuse au galet aménagé : « Je sais que tu vois une naturopathe. »

Un silence a d'abord régné – *de quoi ?* Oui tu vois une naturopathe en ce moment. Quemener a cillé en répétant le mot comme s'il ne renvoyait à rien de réel, absolument à rien, comme s'il n'était pas français, il faisait traîner ses voyelles : *une naatuuroopaaâthe ?*

Oui arrête, on va pas y passer dix plombes, tu fais ce que tu veux mais je sais que tu vois une naturopathe, c'est tout – j'ai marqué là encore un temps avant de préciser en baissant d'un ton –, une naturopathe de banlieue – *de baaanlieeeue ?* « De banlieue oui, ça te dit rien ? Une fille qui croit dans les bienfaits des tampons réutilisables et de la danse prénatale alors écoute, on va arrêter de faire comme s'il y avait d'autres enjeux entre nous que le souci de faire une maquette pour la WM, ça changera pas grand-chose mais au moins ce sera clair. »

À ce moment, si ma mémoire ne m'abuse pas, Loïc a souri pour enfin se mettre à rire, longtemps, sans s'arrêter, puis il m'a répété avec douceur combien j'étais tarée d'une voix basse, malaisante, que la gêne semble-t-il aggravait encore ce soir-là. Et moi, dans mon souvenir, je me suis à ce moment précis sentie électrisée par quelque chose de familier, une clameur laide et bien connue, une espèce de colère, oui, de saloperie intime – éruptive, très suave que je connais par cœur. Quand il s'agit de ne pas céder sur mon désir, ma capacité à tromper, à mentir, à n'éprouver aucun remords redouble, ma capacité à ne croire à tort qu'en mes forces, à franchir les limites, oui, voilà, à me mettre hors d'elles comme je me mets hors de moi. Ma propension à laisser ma violence agir dans toute sa faiblesse laide et abusive, la laisser déborder, éclatante, minable, c'est ça, cette hargne par laquelle passe parfois la tentation de harceler le réel jusqu'à ce qu'il se trahisse ou nous libère de principes trop pauvres – comme tout principe –, trop sûrs, trop confortables, trop autoritaires. Avoir enfin accès à ce qui cogne, au réel, cette urgence me transformant bien en monstre – mi-mendiante, mi-tueuse. Cette foi puissante dont l'angoisse est le revers, il suffit de croire en son pouvoir.

Sans doute. Mais combien de fois me serais-je ainsi retrouvée démunie et hagarde à ne plus rien comprendre de ce que je vivais ?

Qu'imaginait-il, Quemener ? Je lui faisais face en souriant, forte soudain de mon ambiguïté, de mon hystérie, et ça le tétaniserait longtemps, je le savais, ça finirait même par le rendre – à force de manquer de répondant, de douceur – de plus en plus médiocre. Aurait-il seulement les couilles, le cœur, de transgresser ses propres lois, l'idée qu'il se faisait des rapports amoureux comme des rapports sexuels ? L'idée qu'il se faisait de sa liberté, de son autonomie ? Je paierai pour voir, ne t'en fais pas va. Pour le moment je tiens mes chiens, mais ne t'en fais pas. Nous étions proches l'un de l'autre, le temps s'était à nouveau épaissi. Il m'a prise par la taille puis nous avons dansé dans une langueur pataude, il me serrait, fort, en mettant sa main sur ma nuque, il voulait savoir si j'étais mal à l'aise. Il me disait que j'avais le droit d'être mal à l'aise. Il était lui dans une tension extrême. Loïc m'a demandé si j'accepterais qu'on parte ensemble quelque part « en retraite d'écriture » à la rentrée, qu'on loue un truc à la campagne ou à la mer, je n'ai pas réagi tout de suite et ce non-dit entre nous s'est étendu encore.

Cet homme m'a redit qu'il m'aimait, regard perdu, ailleurs, en contemplant le vide de ses grands yeux béants et hantés par la peur. Du coup, mon front a rejoint le sien, s'est posé contre son visage, nous nous regardions mais peinions à nous voir. Tout palpitait.

Il ne bougeait plus, alors pour le réanimer, je l'ai embrassé sur la tempe mais quand j'ai reculé en lui souriant pour scruter son visage, Loïc fixait toujours je ne sais quoi, le néant, quelque chose en lui-même ou au loin qu'il semblait seul à voir. Il m'a encore étreinte en murmurant « Tu crois qu'on peut y arriver ? ». À quoi, Loïc ? Mais sans attendre sa réponse j'ai répondu « Bien sûr que non ».

Quemener a baissé la tête. Il m'a bien semblé que nous arrivions au terme d'un premier mouvement, que nous étions là au point de rupture, au comble de quelque chose qui ne demandait effectivement qu'à rompre, ou à muter. Cet été-là, il se mettrait avec Morgane pour tenter de se libérer de lui-même. Il échouerait.

Morgane était belle. Morgane, deuxième prénom Gabrielle, comme elle le précisait sur les réseaux, habitait Saint-Jean-de-Luz où elle était secrétaire de direction. Le premier mot qui soit venu à l'esprit de Maude, quand elle l'a vue, était *pouffiasse*. Tout ce qu'elle avait de moins qu'elle lui paraissait enviable. Ce mélange de fadeur et de vulgarité la révulsait en la retenant.

Pouffiasse ? De quoi parle-t-on ? De femmes enlaidies par le désir trop manifeste d'être bandantes – *they try too hard* dirait l'autre. Les meufs de Loïc étaient toutes très différentes mais elles avaient ça en commun et ce désir finissait par les transformer en articles de sciences-fictions cosmétiques, par inviter chacun d'entre nous à œuvrer urgemment à la réhabilitation de la sueur, du ravage, de beautés telluriques plus âpres. Tout était chez elles si prémédité, calculé, manucuré, recouvert, lissé, arrangé, maquillé, que la moindre érection là-dedans devait faire l'effet d'une brique lancée dans un écran plasma. L'épilation des sourcils, l'extension de cils, les soins, les mises en plis d'une plombe devant ces glaces blêmies par les néons de salles d'eau leur donnaient sur les selfies un teint de flaque colorisé par les filtres d'iPhone et tout ça étouffait chez elles l'odeur la plus élémentaire : celle de la peau. La cire, les huiles et le déodorant éteignaient cliniquement le feu même de la vie, ses sortilèges, ceux qui exaltent, magnifient les muscles comme l'allure, les toisons ou les chairs, font vibrer les cambrures, les gestes, d'une grâce nerveuse et crue. Maude comprenait en considérant les poses calibrées de ces petites narcisses, toutes nourries à la graine de chia ou à la spiruline, qu'on puisse avoir envie de les retourner, de générer du désordre, de les voir gémir ou de déformer leurs traits, oui, affoler, rien qu'une heure, ces petits poneys de cirque.

Était-ce moi qui n'aimais pas les femmes ou elles qui ne s'aimaient pas assez ? C'est une question qui me revenait souvent, en boomerang, elle s'imposait à moi, me travaillait au corps, et à n'en plus finir, me repoussait dans les cordes. Impossible de répondre. J'étais si mordante ou acide, si injuste parfois avec les filles, toutes ces *poufs*, ces *bonnes femmes*, disais-je les rabaissant très vite à l'instar des machos, me hérissaient. Je me navrais moi-même. Pourquoi tant de hargne – voire de haine –, quel était mon problème ? Pourquoi avais-je si souvent *honte*, littéralement *honte*, de mon genre ? Pourquoi ne le trouvais-je, la plupart du temps, ni assez désinvolte ni assez conséquent ? Bref, pourquoi en voulais-je aux femmes ? Parce que je leur en voulais, c'était clair. J'étais pourtant heureuse de les voir enfin se décliner, se réinventer, prendre le pouvoir. Mais je leur en voulais de ne répondre aux hommes qu'en confondant leur force et leur pouvoir et de ne s'intéresser après eux, comme eux, qu'au pouvoir. Je leur en voulais de leur confusion assurée, je leur en voulais de leur phallocentrisme. Les femmes, souvent, me déprimaient. Alors, au fond, à cause de quoi ? *À cause de ta mère* répondait souvent Franck, non sans vigueur, quand il m'analysait à la hussarde accentuant le mot, alors, comme on scanderait un psaume – ta *mèèèèèère* Maude – bah tiens tu penses, il avait raison oui, tout ça à cause de ma mère, évidemment, de sa tristesse, de son sens maladif du retrait, de ses remarques toujours bienvenues – *t'as pas pris des cuisses ? Qu'est-ce que t'es maladroite, tu peux pas te coiffer Maude ? t'es pas coquette hein, t'as vu comment tu parles ?* Ma mère. Une de ces femmes tenaces et douces, exilée en elle-même, gentiment passive, qui vous aimait, la pauvre, en vous encourageant – comment dire ? En vous encourageant elle anéantissait vos forces – *oui, oh ça marchera pas ton histoire mais t'auras fait de ton mieux* – puis quand mon père m'aura cette fois dégagée de la maison, à dix-huit ans, pour (je cite) en avoir *soupé de mes conneries* et qu'avant de m'enorgueillir de vadrouiller – ou plutôt valdinguer – de squat en squat à Paris ou en Île-de-France comme à l'intérieur d'un flipper, j'avais tout de même accusé le coup et m'étais – juste une seconde – tournée vers elle, je la revois me répondre d'une voix prévisiblement brisée : « Tu veux que je t'accompagne à la gare ? » Un must. Bref, tout ça à cause, pèle mêle donc, de ma mère comme des mères ancestrales et l'origine du monde, son effacement, le refoulement des forces archaïques, tout le monde baigne dans la névrose : des récits d'imbéciles, voilà, *pleins de bruit et de fureur et qui ne signifient rien* –, personne ne sait de quoi ils parlent.

Moi de toute évidence, comprise. Lisant Bourdieu par exemple pour la première fois sur la question de l'érotisme, je me souviens être restée perplexe : un homme en érection serait selon lui un dominant, un monarque en puissance. Ah bon… Ne serait-il pas plutôt quelqu'un qui tremble, redoute de se perdre ou de faillir ? Je ne sais pas. On le voit il me semble, on le devine à le regarder : une ombre étrange à ce moment le damne – difficile à qualifier –, la peur de ne pas tenir, d'éjaculer trop vite, celle de ne pas être digne d'une masculinité qu'on détourne elle aussi et ce depuis des lustres, Sade l'affirmait déjà : tout homme qui bande désire être un despote – ah oui ? Très bien. Mais que trahit ce vœu ? Si l'on part du principe que les tyrans sont toujours des médiocres, des mecs se laissant dicter leur loi par la trouille, la faiblesse, une impuissance retournée en menace impériale – genre de fils humiliés se vengeant dès qu'ils peuvent de l'effroi qui les fonde, alors tout homme qui bande est un homme sous tension, inquiet et vulnérable mais qui peut devenir fort en renonçant, justement, à la tentation de se vivre en maître.

La virilité ne repose-t-elle pas, d'abord, sur ce refus ?

Avec celui ou celle qu'on aime, on peut tout faire, tout traverser – même les plans les plus trash –, tout peut se révéler solaire mais ça exige tant de calme, de feu, de la part du sujet viril, tant d'oubli de soi et de sens de l'autre. À côté de ça, les trips ou l'esthétique SM sont ridicules, tiennent du folklore gnangnan ou petitement morbide, car quel est le mouvement premier d'un homme qui trique face à quelqu'un qu'il voudrait pénétrer, quel est son réflexe immédiat et surtout s'il flippe ? Son premier mouvement est pervers, son premier réflexe face à l'étranger, c'est de le nier – *tu mets jamais de parfum, Maude ?* Voilà une question posée par Loïc quand nous avons commencé à nous chercher. Au début, j'ai trouvé ça joli :

— Tu sais pas te mettre en valeur, tu pourrais… avec ton charisme, tu devrais… enfin je sais pas porter du gris déjà, du gris souris ou bien du noir.

Loïc avait bu. Il voulait qu'on aille chez Zadig et Voltaire, on se tenait tout près l'un de l'autre, il projetait des choses précises : un pendentif, du bleu marine, du blanc, puis tu devrais moins la ramener, sérieux non mais t'as vu comment tu te tiens, t'en fais des tonnes Maude, il disait ça avec nerf, jusque dans la douceur : *t'es brutale, t'es masculine, c'est chiant bébé* – tu crois, Loïc ? Vraiment ? *C'est pour toi que je dis ça*, avait-il répondu, *ça te vexe ?* Je me souviens avoir dit non de la tête, mais pas du tout, passé le reste sous silence : pas du tout au contraire, vas-y, explique-moi s'il te plaît. Raconte-moi le leurre qu'on va tous les deux mettre en place, quelle fiction, qui me faudra-t-il devenir pour te voir baiser sans faillir quand j'aimerais jouir, moi, au contraire, de te sentir braver ta peur pour me regarder en face.

Mon sourire affleurait mais les larmes elles aussi, et avec lui, montaient. Il m'a regardée et m'a embrassée doucement près des lèvres. J'allais jouer le jeu – quelle importance ? J'allais jouer le jeu, bien sûr, infiltrer sa lubie, son fantasme un peu piètre, en devenir le virus afin que tout éclate dans le feu, et la magie d'une première nuit. Jouer le jeu a du sens, jouer le jeu a du chien. J'aime bien les filles qui jouent. J'ai juste le sentiment que le propre des femmes est devenu de s'abuser, d'en mourir comme un papillon s'épuise contre une vitre à ne pas comprendre l'énigme idiote de son reflet. Mais vas-y façonne-moi Loïc, dis-moi ce qu'il faut que je porte, comment il faut que je me tienne, fais-moi à ton image, rêve-toi en Dieu, vas-y, deviens le pygmalion d'une femme mûre – pourquoi pas après tout ? – mais n'oublie pas une chose : lorsque l'artiste d'Ovide sculpte la femme idéale, il le fait dans le rejet de ce qu'elle est, de son altérité, de sa liberté. Quand je suis sur Instagram le compte de Loïc, je mesure à quel point nous sommes entrés dans la hantise maniaque des hommes rêvant de pureté, dans le délire total d'une phallocratie qui érotise à n'en plus pouvoir le narcissisme des femmes. Une phallocratie parfaitement intégrée, intériorisée, paramétrée, et mise en algorithmes. Beaucoup de filles se prennent même, paraît-il, à envier leur double amélioré, rendu soudain inaccessible, et qui les noie comme la source du mythe les engloutit. Alors, quoi qu'il arrive, les femmes gagneront à ne plus être des chimères, à augmenter leur réalité, à se découvrir moins prévisibles, moins dociles, et surtout plus dangereuses.

PRENDRE SES DISTANCES

- Junk/Pharmakon -

« À partir d'un certain point, il n'y a pas de retour en arrière, c'est ce point-là qu'il faut atteindre. »

Franz Kafka

Maude, en apprenant la nouvelle pour Morgane, est partie seule, encore, cette fois au nord de la Corse. Maude s'est rendue malade. En découvrant les images de Morgane, elle s'est rendue malade.

Morgane était belle, techniquement : les joues gonflées, rehaussées et tendues au point que les pommettes étaient anormalement saillantes, le front tétanisé et morne, les lèvres bourrées de collagène, elle semblait en détresse, en panique, lisse, boursouflée au point que Maude eut soudain une forme d'empathie pour elle. Elle faisait des post sur la sagesse et l'amour, elle écrivait des phrases comme « Chaque fois que l'on pose un acte positif, on modifie un tout petit peu l'avenir de l'humanité dans le bon sens ». « Il n'y a pas de plus belles aventures au monde que de vivre vos rêves ». « La détermination d'aujourd'hui mène aux succès de demain». Elle disait Amen à des citations de Christophe André et de Paulo Coelho. Elle avait trente-cinq ans.

Quemener se sentait soudain dépérir, menacé d'extinction, tranquille. Être avec Morgane le rassurait, il déciderait de l'aimer – point. Il se sentait bien avec elle, choyé, cadré. Elle le *sauverait.* De toute façon, ce qu'il ferait ou obtiendrait ne suffirait jamais à faire de lui un homme aux yeux *du vieux* – c'est comme ça qu'il en parlait – et pour sa mère serait-il jamais autre chose que «son petit», «son tout petit»? Ainsi, tout se révélerait toujours, éternellement décevant. À commencer par lui-même. Maude en ferait très vite la bien pauvre expérience – que croyait-elle cette conne? Il lui avait dit qu'il l'aimait, soit, mais le pensait-il? Pour tout dire, lui-même l'ignorait. Quemener lançait ces mots au hasard lorsqu'il craignait de perdre l'attention privilégiée de quelqu'un: il lui disait qu'il l'aimait, c'est ça, lui jetait ça au visage comme des pétales de fleurs. En dehors de sa peur, ça ne signifiait rien. Si Maude avait eu la faiblesse d'y accorder le moindre crédit, elle le paierait, et il s'en désolait déjà. Quemener regardait sa gueule de vieux gamin dans le miroir et ne la retrouvait pas. Il en éprouvait un malaise sans nom, un étrange sentiment de dissociation, qui était cet homme au visage à la fois gonflé et tombant, ruiné par ses choix? Il en venait à douter de ce qui le rattachait à la vie. Il ne savait plus comment échapper au mépris fondamental qu'il avait de lui-même, alors il prenait soin de lui, comme on dit, se bourrait d'hormones de croissance, de protéines et d'huile de lin. Il n'aurait jamais suffisamment d'humilité pour aimer quiconque, ni d'orgueil pour se suicider.

Loïc sortait son flingue de son placard puis de son étui, il caressait l'idée d'un drame puis il pleurait comme un enfant. Peut-être était-ce le contraire ? Peut-être n'avait-il jamais été plus sincère que lorsqu'il avait dit à Maude qu'il l'aimait. Comment trancher ? Plus il avançait dans l'âge plus il avait besoin d'une manière ou d'une autre que celle qu'il présenterait comme sa femme fasse un peu l'effet de la Rolex du mec de cinquante ans : il la voulait carrossée et un peu vulgaire avec des lèvres en pneu, des lèvres en tétine, ça l'apaiserait de sucer ça ponctuellement, ça le ramènerait aux fondamentaux. Il avait besoin de se rassurer, il avait besoin de dominer.

Avec Maude, il finissait toujours par se sentir faible ou plutôt il n'arrivait pas à se sentir fort de ce qu'elle lui donnait. Ce qu'elle lui donnait le menaçait. Elle, qu'il trouvait *si brillante* – c'est le mot qu'il employait. Rien à faire, il ne se projetait pas avec elle. Elle n'était pas assez *belle*. C'est tout. Et puis avec le temps, il aurait besoin aussi d'une secrétaire à la maison, une femme qui puisse lui permettre de continuer à ne se soucier de rien sinon de lui et de son rayonnement.

D'ailleurs il allait d'ici peu dissiper tout malentendu possible et commettre un post comme il les aimait, qui aimanterait les likes : lui en smoking siglé disant qu'il était heureux, amoureux avec un #happiness, ça calmerait tout le monde. Alors, il se sentirait vivre. Il serait au plus mal.

Maude luttait pour ne pas sombrer. Elle devait entrer en guerre contre sa propre laideur. Pas sa laideur physique, sa laideur intime. Maude était un mélange un peu monstre de ressentiment latent et de générosité active. Elle recélait des ressources insoupçonnables de tendresses, de rancunes, de mépris. Très peu de gens trouvaient grâce à ses yeux. Tout était toujours susceptible de la décevoir, de la blesser, de l'attrister. À commencer par elle-même.

Avant de rejoindre la plage, Maude avait regagné la 412 pour enfiler un maillot de bain. Puis en passant devant l'armoire, elle s'était arrêtée, nue, et matée dans la glace.

On ne se voit plus chez soi. Les miroirs deviennent aussi familiers que des photos de famille. On ne fait plus attention. Même son propre visage finit par faire partie du paysage. Alors dans cette chambre impersonnelle, Maude se redécouvrait et se considérait d'un seul coup avec empathie et dureté. Avait-elle vieilli ? Elle s'entraînait si dur ces temps-ci, Maude ne voyait pas la différence avec l'allure, la densité dont son physique jouissait encore il y a cinq ou huit ans. Toute sa vie, elle avait si bien alterné les phases d'anarchie où elle cédait à peu près à tout, bâfrait n'importe quoi, et les phases maniaques où elle mutait en samouraï, cramant ses huit heures de sport par semaine, que son corps restait tonique mais en révélant toutefois par endroit et par exemple, des vergetures.

Sans parler de son visage – la dureté affaissée le creusant – qui quand elle le voyait, la cinglait de rage pour mieux lui permettre, la minute d'après, de s'en contrefoutre. Elle mûrirait, c'est tout. Sa peau comme ses tissus plutôt sains et nourris se relâcheraient, flétriraient, elle en voyait déjà les signes qui auguraient salement d'une jeunesse menacée. Sa peau qu'elle aimait exposer, immerger, sentir s'émouvoir ou frémir au contact de l'eau, du soleil ou bien d'une autre peau, se découvrait jour après jour un peu plus éprouvée par tout ce qui, justement, l'exaltait, c'est ça, encore. Tout ce qui la faisait se tendre, s'alanguir, basculer la tête en arrière puis se dresser, s'arquer ou se laisser aller à nager, par exemple…

Maude regardait ses cuisses dans le miroir fatal, elle pinçait fort ses muscles, pressait sa chair sous ses doigts fins aux ongles courts et là apparaissait la cellulite : une pellicule fine, une pellicule tenace. Il faudrait qu'elle mange plus de noix, qu'elle intensifie les séances d'exercices ciblés mais soudainement un doute, autant dire une banderille, tandis qu'elle se fixait, tête baissée, levant les yeux vers son double avec une hargne radicale, la lacérait : qu'elle ait quarante ans passés pouvait-il inhiber Loïc ? Ça ne l'avait jamais traversée. Jusque-là, elle n'avait jamais pensé à son âge. Loïc l'estimait-il secrètement trop âgée pour être désirée ? Ça paraissait navrant mais c'était bien connu, hélas, alors plus ça lui semblait bête, plus ça se révélait violent et plus ça lui semblait probable.

Maude observait à présent ses seins, leur ploiement ferme. Elle n'en avait pas honte. C'est là que lui est remontée une scène de film, une autre chambre d'hôtel – un hôtel fictif horrifique –, chambre 237, dont la configuration, les couleurs, rappelaient il faut dire presque en tout point celle où elle s'était levée, le matin même, douchée, dans la baignoire de la salle d'eau verte blêmie encore par les néons. Jack Nicholson avance. Et il devine au fond une femme dans son simple appareil, au port, à la poitrine orgueilleuse : elle se dresse de toute sa hauteur. Cette inconnue est froide. Froide et bandante. Alors les deux silhouettes s'approchent avant de s'enlacer.

Seulement très vite, cette scène est frappée d'un malaise dont le personnage comme le public ne saisit pas d'emblée l'enjeu – que se passe-t-il ? La muse paraît muter mais dans le feu du baiser, Jack Nicholson ne se rend pas compte, tout de suite, c'est quand il cherchera à surprendre le reflet de la nymphe au-dessus des deux vasques qu'il découvrira avec nous son beau corps – putréfié.

Quand on se laisse aller à faire parler les corps, on fraye toujours avec un cadavre possible, avec un cadavre à venir. Quel combat secret livre-t-on quand on baise ? Loïc n'avait-il pas senti, quand ils s'étaient simplement étreints, combien elle s'abandonnait à lui pour surtout ne pas se rendre au néant qui les guettait, de toute façon, l'un comme l'autre, et contre lequel parfois, à se serrer comme ça ils s'insurgeaient déjà ensemble ?

Les jeunes femmes, les jeunes mecs, ne savent pas pourquoi ils baisent. À quarante ans passés, à cinquante ans, c'est autre chose d'autrement poignant qui se joue. C'est bien connu, elle l'éprouvait : elle avait l'impression dès qu'elle vibrait, soupirait ou criait, de livrer un combat, d'embrasser la possibilité de la mort. Alors quoi de plus beau que la chair éprouvée de ceux qui luttent ? Et pourquoi Maude se rendait-elle capable de regarder, de s'émouvoir du cuir même endurci, tanné, ridé des hommes quand eux se damnaient pour sentir leur queue mâle pénétrer des « culs frais » – c'est bien comme ça qu'on dit ? Que fuyaient-ils ici, si ce n'est le sexe même ? Maude s'observait. Et son corps semblait à son tour la fixer, étrangement, la défier. Il lui paraissait digne, joyeux, prêt à partir en guerre. Alors elle allait nager, là, longuement, dans cette mer aux reflets translucides qui n'en est plus tout à fait une. Cette Méditerranée pour ainsi dire sans faune, sans flore. Cette mer au bleu profond gorgé de tous les déchets du monde, de la chair putréfiée des cadavres ou du noir des épaves, pourrie d'idéaux et de promesses déçues. Elle a laissé cette eau-là l'imprégner d'une sensualité fraîche – étrangement bénie.

Loïc n'appelait plus. Le silence, l'absence, faisait son œuvre. Le silence s'avérait devenir acide, actif. À vrai dire, ce silence était invasif, insupportable, les jours passant, pour Maude, il devenait odieux.

Un matin qu'elle avait mal dormi, accueilli le jour dans une torpeur navrée, une douleur se fit ressentir. Des taches honteuses et violacées zébraient ses côtes et la paralysaient.

Il paraît que chez certains malades, les tableaux cliniques les plus graves ne seraient pas liés au mal les ayant pourtant attaqués, atteints, mais à un emballement de leur système immunitaire. Ce système prétend les défendre mais d'un danger imaginaire. Ce dont ils souffrent et parfois meurent n'a dès lors plus rien à voir avec le mal : ce sont leurs défenses qui s'enflamment et s'infectent puis se mettent à sévir, à vide, dans d'étranges déchaînements. Maude sentait cette fois comme des zébrures électriques la lacérer, la brûler de l'intérieur, elle ne comprenait pas ce qui lui arrivait. Elle pensait que c'était à cause de la coke. La substance avait dû finir par abraser son organisme. Pour enrayer tout ça, elle ne buvait plus que du thé et se passait des compresses fraîches sur les flancs. Rien n'y faisait. Alors elle restait des heures sous la douche, puis pratiquait du sport comme on en fait en cellule pour ne plus rien sentir et se détoxifier. Mais la douleur ne passait pas. Elle avait la sensation d'une aberration complète de ses nerfs qui la cinglaient à calciner ses chairs. Tout se révélait en elle nécrosé et sensible, au bord de l'implosion.

Quand elle se couchait le soir, il lui semblait que ce ravage général gagnait ses poumons. Elle peinait à respirer. La douleur l'oppressait et cette douleur se voyait encore exaspérée par le fait qu'elle était seule. Elle en crèverait. Elle pensait à la coke, à cette poudre légère comme une sorcellerie. Un matin, une nouvelle tache violacée apparut sous son sein droit. Elle fut saisie cette fois de panique. Et elle se mit à lire toute une littérature scientifique sur les parasites cutanés et sous-cutanés. Elle devait développer une sorte de gale moderne... Un médecin finit par la rassurer : ce n'était rien, douloureux mais bénin. Un zona. Ça passerait.

Maude se rendait donc malade mais une chose demeurait certaine, une chose dont elle avait conscience : l'origine de sa peine jusque dans sa violence, oui, l'origine des ravages lorsqu'ils survenaient, lui passant les tripes au napalm à lui couper le souffle, l'obligeant, irradiée d'angoisses, à traquer l'accalmie n'importe où – n'importe où et nulle part – avait tout à voir avec ses réflexes à elle. Ils procédaient de sa peur. Alors, assurément, il résidait bien, dans la non-réponse de Loïc, *une agression* – mais peu importe au fond –, le problème n'était pas là. Non, cette propension qu'avaient sa tristesse, sa peur, à muer en lave ou en lame intime et à la terrasser résidait plutôt dans l'incapacité qui fondait Maude *à ne pas réagir.* Une incapacité, foncière, *à ne pas réagir.*

Plus aucune nouvelle.

Maude songeait à eux, à leurs soirs insulaires, leurs huis clos rieurs dans son appartement où son corps d'homme massif l'avait quelque fois surplombée pour l'embrasser doucement. C'était arrivé alors qu'elle ne s'y attendait pas et rien qu'à se rappeler ces séquences, rien qu'à les convoquer, rien que d'en être ainsi à nouveau traversée, sa mémoire s'activait au point de la dérouter car elle ne s'en souvenait pas, en fait, elle le revivait. Ce n'était pas une image un peu sépia qui lui remontait, mais le cœur même d'heures passées qui battait en elle soudain, à nouveau.

Ce trouble se révélait physique jusque dans sa langueur : elle éprouvait à nouveau le contact de sa peau, la densité de ses muscles, revoyait son visage d'enfant démoli par la vie, respirait son odeur et ça la remuait à la faire désirer plus que n'importe quoi la possibilité de le voir. Alors Maude rappelait, dans l'espoir au moins d'entendre sa voix, mais rien à faire, Loïc restait absent, et ça suscitait soudain chez elle une colère pure, car Maude devinait de la part de Quemener *une volonté* de la faire souffrir. Enfin la colère s'évaporait comme l'alcool sur la flamme pour laisser place à la détresse, à l'incompréhension.

Les larmes affleuraient, la révélaient dans ses fragilités les plus ignobles – elle appelait pour la quinzième fois, elle rappelait pour la vingtième fois, pour la vingt-huitième fois : *Loïc, j'ai peur.* Il fallait qu'elle contrôle, en elle, l'envie d'agir ou de blesser – de se blesser elle-même –, prendre la route, accélérer, casser une vitre, frapper du poing ou se frapper au visage, il lui fallait traquer, dans la vitesse ou la violence, des principes plus rudes, plus énergiques, que sa frayeur.

Maude à la fois ne s'appartenait plus et prenait toute la place, mais enfin qu'y avait-il à explorer dans une telle dépossession de soi ? Elle se recroquevillait sur sa peur, la choyait comme un chiot mais Maude, finalement, n'en voulait jamais qu'à elle seule car elle se découvrait le jouet de forces qu'elle nourrissait. Sans en identifier la source, Maude en devenait bien le pauvre affluent – elle le sentait – même si son cours était terrible, une part de son chagrin alimentait ce flux, augmentait son débit. Jusque dans la dissymétrie des puissances, un jeu pervers s'instaurait et Maude, dans ces moments-là, avait l'impression de vivre une agression, à laquelle elle participait pour ne plus avoir mal ou pour avoir moins peur et Maude trouvait des voies de résistance dans la reddition même. Car les saillies obscures de l'angoisse, ces assauts dégueulasses, finissaient par se fatiguer, toujours, s'épuiser puis s'éteindre. Elle était dépossédée d'elle-même et possédée, mais elle les maîtrisait, ces forces, petit à petit, oui dans ces moments-là, ces énergies – ces démons comme on dit – ou bien soi, c'est la même chose.

Elle reçut pendant ce séjour corse un appel de Franck qui voulait lui faire part d'un courrier de la WM arrivé en recommandé.

Elle devinait bien ce que ça pouvait être. Elle recevait depuis quelques semaines plusieurs messages d'Aymeric qui s'impatientait, s'étonnait, de n'avoir aucune nouvelle ni de Quemener ni d'elle.

Ils auraient dû délivrer déjà au moins une chanson et leur retard menaçait la possibilité de la sortie de l'album : ils n'avaient même pas de single à tester sur les réseaux. Maude n'avait pas ouvert les messages.

Parler à Franck ce jour-là lui fit du bien – ça faisait longtemps lui semblait-il – même si elle lui épargna toute confidence. Elle lui fit en revanche écouter deux morceaux – ceux qui lui semblaient les plus aboutis. Il s'était rengorgé puis avait dit c'est bien, franchement, c'est très bien. Il avait tu sa rupture définitive avec son ex – la communicante. Ils s'étaient quittés là-dessus – sur cette musique, sur ce silence.

Maude tournait en rond dans sa chambre d'hôtel. Le soleil de Corse l'agressait. Elle restait enfermée – toute la journée –, les volets clos laissant juste les fragrances du maquis et des pins, légèrement sucrées, pénétrer dans la chambre. Ça lui faisait du bien de respirer ça, cette paix qui venait du dehors l'attendrissait, si les larmes montaient, elle les laissait doucement aller. Mais si l'angoisse survenait, elle se frappait au visage au contraire. Violemment. Elle répétait cet acte jusqu'à ce que la douleur neutralise quelque chose d'un excès de vie en elle, d'un excès de soif, qu'elle ne maîtrisait plus. Elle se sentait seule et voulait le rester.

À défaut d'avoir des nouvelles de Quemener, elle alla faire un tour sur son compte Instagram et ne fut pas déçue. Il y posait avec Morgane, donc, qui ressemblait vaguement à Ayem Nour ou Nabilla en plus fade. Une fille de téléréalité qui tente d'user des codes du *glam* en les confondant avec ceux du *porn*. C'est de cette hybridation que naît le charme un peu épais de ces poupées qui se massacrent amoureusement. La fille portait une serviette sur ses épaules nues comme si elle sortait de la douche ou du lit. Loïc avait écrit en dessous : « Je suis enfin Heureux !!!!! Avec un grand H, un immense H ! » Maude a marqué rapidement sur l'une des pages de son carnet une phrase issue d'un film qu'elle n'avait pas aimé mais qui soudain lui remontait : « Surgery is the new sex » puis elle est restée longtemps à regarder cette photo dans un drôle d'étonnement. Son cœur a battu plus vite d'un coup, et puis la honte l'a envahie. La haine aussi – celle qui vous rend à la fois mesquin, étroit, vous fait étouffer en vous-même et ça faut-il aussi sans doute le décrire, à défaut de le raconter, car Maude s'est emparée de son téléphone pour envoyer plusieurs textos, pour l'appeler.

10h38
Qu'est-ce que tu branles avec cette truffe ?

10h53
Appels en absence : 16

11h18
Tu es lamentable. C'est une innommable conne.

11h43
Rappelle-moi

12h02
Appels en absence : 43

14h03
Ça va au-delà de ce que j'imaginais, tu es minable.

18h32

Cher Loïc,

Il faut paraît-il être dur, impitoyable, avec ses propres failles et doux aux manquements de l'autre pour avoir accès au meilleur du choc qu'est toujours une rencontre. Pour être franche, je n'y arrive pas. Je n'ai pas moins peur que toi, tu sais. Jusqu'à présent, j'ai été complaisante avec mes déviances, abusive avec toi. Je te demande pardon. On a chacun nos limites, nos chagrins fondateurs. Je me disais simplement qu'ensemble on pourrait, l'un par l'autre, tenter de les dépasser.

Je t'embrasse,

Maude

Il ne répondrait plus. À la place, il écrivait à ses potes, à ses anciens codétenus avec lesquels les liens n'avaient jamais faibli.

Salut bro,

Je sais plus quoi faire avec Maude. Je repense à plein de trucs. Elle souffre, je suis déchiré. Je veux pas la rendre malheureuse. Quand je réponds plus, elle peut rentrer dans des crises de panique et m'appeler cinquante fois de suite.

Je sais plus vivre bro, je dois tout réapprendre. Deux ans de taule et je dois tout ré apprendre parce qu'en 2 ans, suite à ce qu'on a vécu, je sais plus vivre et j'ai raté beaucoup. Je sais même plus qui je suis. Je repense vachement à Samy et aux autres, à ceux qui sont morts, à ceux qui sont en taule. Quand des affairistes de merde comme nous finissent par côtoyer des figures du grand banditisme et des criminels, ça signe leur perte bro. Crois-moi. Ma vie, elle a tellement été faite d'adrénaline, j'ai connu des extrêmes et ça m'a bousillé. Aujourd'hui je suis jaloux des gens qui vivent normalement.

Mais je sais, t'inquiète pas, je sais que c'est une chance pour moi d'être aimé d'elle. Je veux pas la rendre malheureuse. Mais j'arrive pas, on y arrivera pas. Mon rapport au sexe est flingué, complètement bousillé, tu le sais toi tu me connais. J'ai envie de trucs gore, de trucs sales avec les femmes, de souiller les meufs comme il faut mais je sais trop ce qui vient après, ce qui vient après c'est le dégoût et le dégoût tu t'en tires comment avec une fille comme Maude ? Comme je fais avec les autres ? En réservant une table au Costes pour qu'elles puissent s'enorgueillir d'être prises pour ce qu'elles sont pas, et laissées pour ce qu'elles sont ? (Je t'épate hein mais c'est pas de moi.) Non, je peux pas. C'est impossible avec cette meuf. Puis elle attend trop de moi, même quand elle ferme sa gueule, je le sens. Ça me fout une pression dingue.

Je te jure, des fois, j'ai envie de l'envoyer chier mais alors de l'envoyer mourir comme une connasse, de l'écœurer de moi, de la dissuader. Puis des fois, j'ai envie de tout le contraire : j'ai envie de l'avoir dans ma vie.

C'est super en plus ce qu'on fait ensemble niveau musique. Bon, c'est elle qui écrit les textes et elle compose aussi, beaucoup. Je le dis pas, je mens à tout le monde mais à toi je peux l'avouer sinon ça sert à quoi d'avoir des potes, j'aurais l'impression de devenir une merde, un imposteur. Cette maquette j'y participe bien sûr, je donne des idées, des directions, mais c'est Maude qu'a le drive – c'est clair. Ça me complexe. Alors je sais pas, si on baisait, j'aurais l'impression de devenir sa pute. Tu m'entends quand je dis ça ?

Si t'avais vu son visage quand j'ai commencé à la gifler, la dernière fois, en guise de préliminaires… J'ai eu honte. Je me suis senti dégradé. En plus, elle l'a pas mal pris.

Cette femme m'amplifie et moi quand elle m'excite, j'ai envie de la voir abdiquer, de la voir quitter son arrogance de merde, de la rendre à sa misère de nana qui roule sa caisse pour mieux cacher que comme les autres, c'est une mendiante : j'ai envie d'un truc un peu wild.

Elle est pas belle au sens où je l'entends d'habitude. Ça me perturbe. Mais j'ai appris à la regarder. J'attache trop d'importance à la beauté des meufs et depuis trop longtemps, est-ce que ça m'a rendu heureux ? Alors quoi, qu'est-ce que je fais ? J'arriverai pas. Face à elle, j'ai l'impression d'être un bipède coupé de ses forces primitives, malade d'humanité au fond. Et quand je les retrouve, ces forces, dans les bras de minettes plus connes et moins vitales, c'est pour devenir débile, retrouver ce goût taré pour la violence dont je voudrais me débarrasser.

Je me suis piégé dans une alternative de merde : ou bien je me sens minable – et dans ce cas je me défonce à la coke et au Xanax – ou fort et dans ce cas je bande comme un buffle pour des femmes qu'au fond je méprise et à qui je mens tout en me disant qu'à terme j'épouserai l'une d'entre elles. Putain, c'est ça ma vie ? Sérieux ? Avec Maude, je me mets à nu au moins et puis je me nourris d'elle, je le sens, et elle aussi se nourrit de moi mais on ne se laisse en partage de cette tendre histoire de vampires que la folie, cet amour épuisé… Il faudrait qu'on tente un truc. Mais je veux pas, je la ferais souffrir et elle finirait par me larguer toutes façons. Je le sens.

Je sens qu'elle aime avec la même radicalité que celle avec laquelle elle rompt. Si je la perdais aujourd'hui, j'aurais l'impression de plus rien valoir, d'être la merde que mon père a toujours voulu que je sois.

Puis je sens qu'elle est pas sûre d'elle en fait, elle aurait besoin que je la rassure, d'être aimée pour ce qu'elle est, simplement pour ce qu'elle est. Je vais vraiment pas fort.

Tiens, pourquoi tu viendrais pas dormir à la maison ce soir ? Morgane est chez sa mère et je bade au loft quand je suis seul. Allez viens, je nous prends un peu de C, du blanc et on se fait une soirée de mecs. Dis-moi !

Rep :

Gros pédé va, tu te prends trop la tête avec cette fille. Baise-la à mort – what else ?

Je serai là ce soir.

Je t'embrasse, R.

On sonne. Loïc, interloqué, regarde l'heure, Rémi est en avance ça ne lui ressemble pas. Il va ouvrir. C'est Franck. Loïc le découvre dans l'embrasure de la porte, l'identifie tout de suite : il l'a googlé comme il se doit. Loïc le racontera à Maude plus tard. Franck se présente et prévient, il ne restera pas longtemps. Franck connaît l'adresse de Loïc, oui, un contrat de la WM traîne sur la table basse chez lui, ses coordonnées y figurent.

Et puis il y a ce dernier courrier presque comminatoire, c'est pour ça qu'il est là – Loïc l'a-t-il reçu ? Quemener le regarde, d'abord sans rien dire. Franck n'a pas son numéro, c'est pour ça qu'il est venu. Son numéro ? Loïc se rengorge ah c'est possible, c'est à cause des dealers, il est tracé, il en change très souvent, bref, il ne s'étend pas. Quemener considère Franck et il est inquiet, fébrile, il dit comme par réflexe, *elle est tarée ta meuf hein, elle est folle.* Il considère Franck, grand, comme lui mais plus âgé, il le mesure et lui tourne autour. Il est impressionné par son calme distancié qu'il devine secrètement mordant. Il ne sait pas comment se régler face à lui, il cherche. Avant de l'inviter à s'asseoir, il l'approche et évalue sa propension à le soumettre ou à le découvrir sensible à son corps, il connaît son pouvoir sur les femmes, il connaît son pouvoir sur les hommes, il l'approche. Franck le fixe. Loïc s'assoit.

— Tu veux quelque chose ? Un whisky ?

Il ne veut rien, non. Juste parler. Il a eu Maude – qu'il ne voit plus. Elle s'est beaucoup investie, tu sais, dans cet album. Elle m'a fait écouter des morceaux, je trouve ça bien, je trouve ça fort, ce serait dommage que vous le gâchiez.

Loïc marque un temps. Il lève la tête en pointant le menton.

— Ta meuf est folle, tu veux que je te montre les sms qu'elle m'envoie, les crises qu'elle me fait ? Elle est tarée. Il ne s'est rien passé entre nous.

Franck ne dit rien.

— Ça doit pas être facile pour toi, reprend Loïc.

Franck le fixe, ses yeux s'agrandissent insensiblement. Son visage est fusillé de lumière.

Il sort de sa poche un courrier de la WM qui précise que s'ils ne respectent pas les nouveaux délais accordés, leur collaboration se révélera caduque. Franck dit juste à Loïc de répercuter ça à Maude qui ne semble plus rien entendre de ce qu'il lui dit et être devenue inatteignable. Il lâche en même temps qu'il jette doucement la missive sur la table :

— C'est dommage pour l'album.

Loïc a honte. Loïc lui tend la main, Franck la serre et s'en va – point. Loïc est intrigué par sa démarche, il essaie de le retenir.

— T'es sûr que tu veux pas prendre un verre ? J'attends un pote, je te le présente.

Franck décline, Franck s'en va. Personne ne sait ce qu'il pense, personne ne le saura. Personne ne décrypte ce mystère viril-là.

Pendant ce temps, pour Maude, le temps coulait lentement dans la rumination de prises de notes et de ses lectures. Elle oubliait complètement l'album. Son zona passait. Elle allait mieux. Et comme à chaque fois qu'elle se redécouvrait, seule, la vie de Maude se faisait à la fois plus rigoureuse et plus menacée. Elle ne parlait plus à personne et ses journées devenaient aussi réglées que du papier à musique : levée, sport pendant une heure et demie, baignade, lecture de deux heures au soleil, nouveaux bains, prise de notes, repas frugal, virée, enfermement dans la piaule, films, gossips, faites entrer l'accusé, presse, lectures encore, notes, masturbation, larmes et pas toujours dans cet ordre. Cette vie pouvait lui aller parfaitement. Elle voyait bien comment elle pourrait finir comme ça dans une maison en bord de mer, recevant de temps en temps des amis pour mieux retrouver sa solitude. Écrire, accompagner des gens qui comptent et en qui on croit, essayer d'arriver d'une manière ou d'une autre par l'exercice physique, les échanges avec des gens choisis comme par la lecture, l'écriture ou les échappées, au comble de soi-même, arriver à aimer. Ça devait bien suffire à combler une vie. Maude n'était pas malheureuse mais elle faisait des cauchemars – *vous rêvez ?* lui avait demandé un jour un psy. Des cauchemars, uniquement des cauchemars. *Vous travaillez trop* avait répondu le psy, *l'époque moderne nous oblige à mener des vies contre nature, la plupart des gens ont besoin de quatorze heures de sommeil comme n'importe quel mammifère.* Certes. À moins de tomber voluptueusement de fatigue, dans un abandon candide et total, l'idée de dormir énervait Maude, car Maude aimait la fatigue, elle aimait s'éprouver. Puis, elle sombrait, généralement devant un thriller. Elle connaissait l'angoisse mais pas le sentiment d'isolement. Sa solitude était même l'un des lieux les plus peuplés et les moins ennuyeux qu'il lui avait été donné de découvrir. Parfois elle se sentait si bien seule qu'elle devait s'obliger à sortir. *Vous prenez le métro ? Bien des maladies psychiques circulent dans les espaces confinés, votre esprit est trop poreux* affirmait souvent son psychiatre lors de leurs entrevues, *vous avez des hobbies ?* Des hobbies, non. La seule chose qui compte, ce sont certaines rencontres, certains livres, certains films mais ce ne sont pas des hobbies.

Maude avait repris contact avec Barbara qui était restée à Paris et ne le vivait pas bien. Viens en Corse si tu veux, ça me fera plaisir de te voir. Elle débarqua un de ces jours indifférents, en milieu de matinée. Au téléphone, Maude avait commis l'imprudence de lui reparler de Loïc et de Franck.

— Qu'est-ce que tu fous ?

Son amie n'était pas là depuis une heure que Maude pourtant ravie la veille encore à l'idée de la retrouver n'en pouvait déjà plus.

Les voilà maintenant en terrasse devant la mer et un Coca.

— Je sais pas Maude t'as toujours l'air de penser que t'as des problèmes mais c'est une blague. Je comprends pas. Tu peux faire ce que tu veux et tu te perds avec un con qui se muscle en attendant le mariage ou le déluge. C'est ridicule. C'est pas une meuf comme toi qu'il veut. T'as vu dans quoi tu sombres là ?

Pour Barbara, plus une société, plus une culture était patriarcale, polarisée en termes de genre, plus elle valorisait la romance, alors Maude devait tout simplement *arrêter son cirque*.

— Qu'est-ce que tu t'es imaginé ? Une « vraie femme » pour ces mecs-là, c'est un cimetière de désirs, de rêves manqués, d'illusions. C'est tout. Alors je t'en prie, recentre-toi sur ton travail. Arrête de t'obséder sur une possible « histoire d'amour » alors que t'as déjà un homme dans ta vie. C'est grotesque. Tu comprends pas que ce type ne cherche pas une femme ? Il cherche une candidate. T'es tellement aliénée ! Moi, je ne me suis jamais sentie aussi bien que depuis que je vis plus rien.

— T'en fais pas, c'est bien mort, se força à dire Maude en lui montrant son dernier post. Il est amoureux.

Barbara s'est tue un long moment s'abîmant, émerveillée, dans le déchiffrage de la page Instagram de Loïc, puis finit par lâcher un mais non il n'est pas amoureux, Maude, il est Amoureux, Amoureux avec un immense A c'est très différent, AAAAAmoureux voilà ce qu'il est.

— C'est pire, non ?

— Mais non, qui écrit comme ça à quarante-huit balais ? Le mec est Ridicule tu crois pas ? Ridicule avec un immense R. Maude, enfin… Quand t'aimes quelqu'un tu n'en fais pas la publicité sur les réseaux, tu l'attises en secret, tu le protèges, c'est toi qu'il aime. Le véritable amour c'est celui qu'on tait, le véritable amour c'est celui qu'on trahit, le véritable amour c'est celui qu'on détruit. Toujours. Là il s'est juste pris une petite montée d'ocytocine à force de jouer à se projeter avec elle dans une vie normale et à force de se la faire.

Alors que Maude venait, pendant plusieurs jours, de fournir des efforts intensifs pour n'avoir plus aucune acrimonie en elle, Barbara la réveillait en la faisant rire.

— T'exagères…

— Rien du tout. Qui a foutu dans le crâne des mecs que pour être un homme fallait s'enticher et se flanquer d'une poupée ? Et pourquoi les meufs sont-elles à ce point dupes du jeu qu'elles jouent ? Les hommes n'ont pas toujours eu besoin de dominer leurs femmes pour se raconter qu'ils en avaient de grosses, et ça va revenir, regarde un mec comme Jack Reed.

— Qui ça ?

— Un journaliste communiste, un grand, et bah tu crois que sa meuf était belle ? Louise Bryant ? macache walou, pas du tout ! Elle avait même plutôt une sale gueule. Et lui n'en avait rien à foutre !

— Merci, ça me remonte le moral.

— Ramène pas tout à toi. Jack London, sa femme Charmian London tu crois qu'elle était belle ? Non, pas plus. Mais elle avait du talent. Hemingway, tu crois qu'elle était belle Martha Gellhorn ? Et Colette, et George Sand ? Tu les trouves belles toi ? Pas plus que ne le sont plein de mecs qui ont pourtant du succès chez les hétéros. En revanche, elles étaient journalistes, femmes engagées, photographes, artistes, écrivains, *ces mecs bandaient pour ça*. Ils en étaient *capables*. Au fond, l'imaginaire masculin s'est fait castrer par l'industrie hollywoodienne et la publicité : des petites fiottes qui veulent des jolies meufs à dominer pour bander dur et à peu de frais. C'est minable. Mais ça bouge. Les nanas comme les mecs de demain vont rejeter ces modèles-là.

Maude faisait silence.

— Tire pas cette gueule, conclut Barbara ébouriffant les cheveux de Maude qui affichait un air anormalement concentré. Elle a quel âge ?

— Qui ?

— Sa pouf là, quel âge ?

— Je sais pas trente-trente-cinq.

— À la vue de ses posts, il va se faire chier en moins de deux avec cette truffe. Simplement, elle doit savoir le flatter. Il est faible, Maude. Tu mesures pas comme il est faible. Là, la jeunesse de sa femme lui permet grossièrement d'oublier qu'il va de toute façon crever.

Elle marqua un temps avant de poursuivre.

— Bien sûr, c'est plus facile de se raconter qu'on domine une fille plus jeune mais ça ne suffit pas à tout expliquer. Je ne sais pas si c'est la pénétration qui fait ça, mais les mecs sont persuadés que les corps qu'ils pénètrent les régénèrent, ils n'ont pas de rapport viril à la perspective de leur mort, la plupart du temps. Ils se réfugient dans le vagin de leur meuf comme d'autres dans les jupons de leurs mères et puis ils te disent, attends, c'est plus beau un corps de vingt-cinq ans non mais quelle mièvrerie. Les femmes les ont attendus elles pour se rendre capables de désirer leur corps un peu trop maigre ou flasque ? Leur bedaine à la con ? Leurs rides de quadra tapé et frappé de calvitie ? Non. On sait que la plasticité n'a rien à voir avec la sensualité. Et puis, on érotise leur puissance, d'une manière ou d'une autre, eux érotisent la faiblesse de leurs femmes. C'est même encore plus minable que ça chez eux : l'idée que les mecs se font de leur honneur, de leur virilité, ça passe toujours par le corps de leurs meufs. T'as vu les commentaires ? *Ta femme est belle, félicitations.* On dirait qu'il vient d'obtenir un diplôme. Quand on en vient à te féliciter pour la beauté de ta meuf, c'est vraiment que t'as plus rien.

— En tout cas, il dit post après post combien il est heureux. Il dit qu'il découvre le bonheur pour la première fois.

— C'est pas le sujet pour ce genre de mec, Maude. Le sujet c'est pas d'être heureux ou pas, le sujet c'est d'être au centre.

Barbara faisait défiler les commentaires sous les photos des deux amoureux et ne décolérait pas, il y en avait des dizaines et par moment Morgane répondait « tu es mon tout et mon amour tel un arbre n'en finit plus de pousser, je t'aimais, je t'aime, je t'aimerai ». Ladite Morgane enchaînait sur des considérations plus générales « merci à tous pour vos commentaires, j'essaie juste de faire de la simplicité un art de vivre... ». C'est sûr. Barbara ne s'en lassait pas : non mais elle est curée ou quoi, comment elle parle ? c'est grotesque.

Effectivement.

Ce constat avivait en Maude des questions désarmées, un lyrisme qui se nourrissait de l'incompréhension des choses.

L'accablement de Maude devenait sans fond tant il était stupide. Mais les raisons profondes qui l'avaient fait se mettre dans cette situation continuaient de lui échapper. Pourquoi ? Pourquoi s'être amourachée de ce mec qui par ailleurs la désolait ? Que voyait-elle dans ce corps d'homme qui la faisait fixer puis triper, chaque nuit, sur la perspective d'une étreinte, avec ou contre lui, la possibilité d'un abandon, cette perspective la bouleversant tant et si bien que souvent dans le secret de ces heures nues, les larmes la prenaient par surprise ?

Fallait-il reconnaître aux hommes, aux seuls hommes, la possibilité de devenir fous de désir pour une chimère au risque d'être frappés brusquement d'idiotie ? De quoi se rendait-elle dépendante en tombant amoureuse, en se laissant posséder non par Loïc, bien sûr, mais à travers lui par quelque chose, en elle, de sa propre nature ? C'était ça la question. Enfin, peut-être. Quemener n'en demandait pas tant. Mais dès qu'il l'approchait, dès qu'il posait sa main sur Maude, il la rendait à cette fille qu'elle était encore – en plus d'être une femme plutôt solide et fiable –, cette fille blessée, apeurée, et qui voulait qu'on la rassure et qu'on la serre, qu'on la prenne, l'accapare, qu'on la retienne et la malmène avec prévenance, qu'on la tienne, la provoque, qu'on lui sourie et l'ensorcelle, qu'on la fasse doucement céder, oui, l'espace d'un instant qu'on la soumette et ainsi la libère car sinon rien en elle n'abdique, jamais, et ça l'épuise, ça la menace, vous comprenez ? Quand elle pensait au tempérament, à l'énergie sexuelle des uns ou des autres, elle pensait souvent au mustang du film *The Misfits* : il est des choses qu'on ne *possède* pas même si on leur passe la main ou bien la corde sur le cou, même si on s'épuise à leur faire lâcher prise dans le tumulte, la joie, même si elles semblent d'un coup se rendre avec langueur dans la fougue ou la flemme, il est des choses qui toujours échapperont. Quand ce qui est sauvage se soumet ou succombe, ce sont toujours ceux qui dominent ou le croient qui se découvrent vaincus. Alors puisque dans l'intimité tout se révèle enfin si suave, si incertain, on peut d'un coup s'émouvoir. Au cœur des nuits sexuelles, blottir son front contre celui de l'amant et retenir les serments qu'on se formule tout bas dans le calme – après la belle débâcle –, je t'aime, c'est ça qu'on tait même quand on le dit, c'est toujours ça qu'on dit, même quand on le tait alors on peut ne plus avoir peur, toucher du doigt l'instant radieux qu'on traque de mille façons et appelle bêtement le bonheur mais qui se nomme en fait la paix.

Maude en avait marre d'attendre un signe de Quemener. Elle décida d'un coup d'éteindre son téléphone et de joindre ceux qu'elle voulait joindre par le fixe de l'hôtel. Son iPhone abandonné dans le tiroir de la table de chevet de sa chambre, Maude s'était sentie bien, forte de tout ce qu'elle avait dit à Quemener pendant tous les mois qui avaient précédé cette rupture et forte de tout ce qu'elle lui avait donné. Au bout du compte, il ne lui restait rien à faire – et ça, c'était reposant – sinon nager, penser à Franck, courir, lire et écrire, rire avec Barbara, aller se balader dans des églises, sur des rochers, des plages, et manger des salades ou encore du poisson. Elle ne se rendait ainsi pas compte combien Loïc – Morgane ou pas – était à nouveau égaré en lui-même et ne pensait à personne, sinon à lui. Il prenait de la coke ou bien n'en prenait plus. Il picolait ou bien ne picolait plus. Il pensait à sa vie. À Mimran et les autres. Il pensait à son père, à son frère.

Dans sa vie, en fait, il y avait très peu de femmes, il y avait essentiellement des hommes qu'il ne voulait pas décevoir. Quand elle ralluma son portable quelques semaines plus tard, ce fut pour y découvrir un nouveau message de la WM : *t'es injoignable Maude, rappelle-nous. C'est Loïc, il va mal.*

Il avait tenté de se tuer.

Nous étions en septembre.

LE RÉEL N'EST JAMAIS DÉCEVANT

- *En revenir* -

« Devenir un homme, devenir une femme est toujours un échec.

Et la manière dont vous échouez est plus intéressante que la manière dont vous réussissez. »

Judith Butler

C'était une salle grise, au carrelage froid, où une quinzaine de chaises rudimentaires et dépareillées formaient un cercle. Je n'imaginais pas une parole pouvoir se déployer là. Je ne voyais pas comment la laideur de cette salle ne finirait pas immanquablement par inhiber les patients arrivés jusqu'ici. Le fait de venir paraissait déjà si coûteux. Pour Loïc en tout cas, ça l'avait été. Ça avait été exorbitant. Il ne supportait pas l'hospitalisation et n'avait, selon lui, *plus rien à faire ici*. C'est à cette occasion que j'ai appris par la psychiatre qu'il en était à sa quatrième tentative de suicide en deux ans. Les raisons invoquées variaient, et d'après les médecins, importaient peu.

Quemener s'était empâté mais n'avait rien perdu de son énergie. Quand j'arrivai, il expliquait aux médecins comme aux soignants que sa place était *dehors*, car il devait *écrire son album* et, dès qu'il me vit, Loïc me dit qu'il voulait être avec moi et qu'on parte à Hendaye, qu'on passe du temps ensemble, qu'on travaille. Il exposait ça en faisant mon éloge, avec le sourire, à l'équipe médicale et s'était mis tout le monde dans la poche – des hommes de ménage au directeur de l'hôpital en passant par les soignants – mais ne pas se plier au protocole prévu par l'institution semblait inconcevable, personne ne pouvait esquiver l'exercice : sans ça, pas de sortie possible. Je m'en souviens. Je l'accompagnais, comme je pouvais : *C'est tout à fait normal* déclarait la représentante des Addicts Anonymes quand je l'interrogeais, par exemple, sur la neutralité épuisante, la misère de la pièce où chaque semaine ils se réunissaient, *le groupe de parole est d'abord un espace-temps, et c'est cet espace-temps justement qui doit devenir un lieu de travail psychique, c'est lui qui remplit le vide laissé par l'objet manquant vous comprenez ? Alors la salle où se déroulent ces séances joue naturellement un rôle.* C'était une bénévole, une ancienne alcoolique devenue pour ainsi dire professionnelle dans son approche des junks, très active de surcroît dans les milieux associatifs. Je l'aimais bien. Elle voulait qu'on l'appelle par son prénom, c'est ça, *tout simplement Chloé.* Et tout le monde l'écoutait. Elle était investie dans sa mission, admirable de tact, d'écoute et d'efficacité. *Le groupe exerce une influence positive sur l'individu* m'avait-elle expliqué aussi mais en aparté un peu plus tôt dans la matinée, *l'évolution identitaire permet au nouveau venu d'accepter un changement de normes vous comprenez, il passe d'un état où il considère qu'il se drogue mais sans plus, un peu comme tout le monde, à l'acceptation, puis, si tout va bien, à la revendication de son état de dépendance.* Chloé demandait aux personnes venues jusqu'ici assister leur proche non seulement de prendre part à la séance mais aussi de continuer avec eux *la session d'après*, car les convalescents y questionnaient la validité de leurs interventions ou évaluaient leur positionnement au sein du *collectif*, il valait mieux affirmait-elle prolonger le travail « après le groupe », la session *post groupe* serait de toute façon intégrée à la transcription des réunions. *Le sujet* doit se soigner *grâce aux échanges* disait-elle aux accompagnants. Ainsi, vous lui permettrez de mettre en place progressivement les conditions intérieures d'*un dialogue nouveau et intime avec soi.* Loïc m'avait demandé d'être présente et de venir le voir mais une fois passé cette crise, il a voulu surtout *sortir de là* et qu'on parte à la mer, il le répétait. J'étais d'accord. Mais Chloé et la psychiatre, les professionnelles, elles m'incitaient à les appuyer et à accompagner Loïc dans toutes les étapes nécessaires, selon elles, à sa guérison. Ça commençait par le « groupe de parole ». Être soutenu aiderait Loïc, c'était ça qui le *distinguerait petit à petit des autres patients.* Il fallait d'ailleurs *déjà* les rejoindre, j'ai donc pris place entre Loïc qui semblait soudain agité, et un certain Michel. Ça allait commencer.

— J'ai une vie bien réglée.

— C'est-à-dire Michel ? Racontez, partagez avec nous.

— J'amène mes gamins à l'école, je fais les courses, je pointe au taff… mais je suis pas là en fait, pas vraiment quoi… J'ai disparu, et personne ne s'en rend compte.

— C'est fort ce que vous nous dites Michel, avez-vous eu recours aux stratégies d'adaptation dont je vous ai parlé ?

— J'ai essayé. Je me dis que Dieu a un plan. Peut-être juste que j'ai pas encore compris le mien.

— Oui, l'addiction est toujours un facteur d'isolement…

— Dieu a un plan ?

J'étais stupéfaite. Quemener venait de rompre grossièrement le silence.

— Vous voulez partager vos réflexions avec nous Loïc ? Vous n'êtes pas censé interrompre Michel mais comme c'est votre première session, si Michel est d'accord, nous allons vous écouter, il faut laisser libre cours à ce qui nous traverse parfois…

— Je suis pas sûr…

Loïc avait marqué un temps avant de poursuivre, manifestement ravi de son effet.

— Je pense que l'humanité est une fine couche de bactéries sur une boule de glaise qui fonce dans le vide. Je pense que si Dieu existe quelque part, il nous a lâchés depuis longtemps et il a eu raison. Il nous a donné un paradis : on l'a torché. On en a exploité la moindre particule d'énergie puis on l'a brûlé. On est comme ça, l'homme est comme ça. On consomme, on ingurgite et on excrète, on utilise et on détruit. On est assis sur un monceau de cendres après avoir pillé tout ce qui avait de la valeur et on se demande pourquoi ça va pas. Moi je suis comme ça en tout cas, je consume, je crame, je prends de la coke mais je suis pas un toxico, je suis pas une victime, vous me fatiguez avec vos conneries. J'en ai marre de vous entendre chouiner.

— C'est de moi que tu parles ?

Michel s'était senti visé.

— Loïc, Michel a raison, l'énergie que vous envoyez devient négative, là…

— Je parle de toi oui, entre autres.

— Mais dis-moi, si t'es pas toxico, qu'est-ce que tu fous là alors avec ta dégaine de connard ?

— Là tu veux dire, *là*, avec vous ? J'ai rien à foutre ici. Et toi, tu veux savoir pourquoi tu existes ?

— Calmez-vous s'il vous plaît, c'est un espace d'échanges bienveillants ici…

— T'existes, comme nous, pour accélérer la mort programmée de cette planète. Tu me trouves pathétique avec mes muscles, mon désir d'en découdre ? Tu crois qu'il suffit d'être anémié ou doux pour être un mec bien ? Des mecs prétendument fragiles mais qui sont des salauds, j'en connais des dizaines. Je suis pas moins pathétique que toi mais réponds-moi plutôt, tu veux savoir pourquoi t'existes ?

— Arrêtez ça tout de suite !

J'avais fait un signe à Chloé se voulant dédramatisant, puis m'étais tournée vers Loïc pour tenter de le calmer – sans succès.

— T'es là, on est *tous* là, simplement, pour servir le chaos. Des asticots qui bâfrent sur le cadavre du monde qu'on aura tué, c'est tout ce qu'on est. Tous.

Je me souviens de Loïc et nous revois, quelques semaines après sa tentative de suicide – l'absorption d'une quantité importante de drogues en tout genre (légales et illégales, d'alcool) – et après son hospitalisation, évoluant avec lenteur sur une plage immense. Nous prenions l'air, le large, sur cette langue de lagune. Tout allait bien. Le traitement prescrit lui pesait et le faisait dormir anormalement mais il se retapait doucement. Il n'en subissait presque plus les effets.

Il ne lui avait pas fallu une heure, à Hendaye, pour se dégotter à nouveau de la coke qu'il mélangeait, en toute tranquillité, avec son traitement – *je connais ma chimie interne.* En vingt minutes il avait sympathisé avec le patron d'un bar dont un jeune lui avait donné le nom dans un des commerces du centre – Le Classic. Le patron et lui étaient devenus potes en deux-deux – un message WhatsApp, un clin d'œil et voilà qu'un autre type était arrivé en scooter avec de la C planquée dans une poupée russe, Loïc appréciait : *Je les trouve super aux A.A. mais je maîtrise mon corps, t'inquiète, et cette maîtrise elle passe par l'ascèse, le sport mais aussi par la défonce – jurisprudence Mick Jagger, jurisprudence*

Iggy Pop, je sais ce que je fais. Très bien. Je n'étais pas sa mère.

Nous marchions donc, à présent, côte à côte, sur le sable, comme ces deux rochers emblématiques du coin – les « deux jumeaux » –, nous marchions en silence quand Loïc s'est rapproché et m'a enlacée en souriant. Je l'avais veillé à l'hôpital, gavé de presse et de tartes au citron. On s'était mis à travailler des chansons dans le secret de la Salpêtrière.

Il avait hurlé mon prénom m'avaient rapporté les médecins, pendant une heure, dans la chambre où on l'avait isolé et attaché, avant que je ne sois jointe au téléphone.

— Il prend beaucoup de produits votre ami ?

— Oui, il carbure un peu à tout, pourquoi ?

— Parce qu'on lui a administré une dose de sédatif suffisante pour assommer un bœuf et qu'il soliloque dans le box.

En effet. Je l'avais constaté en arrivant sur place – Loïc s'époumonait : il m'adressait mille reproches dans le vide tout en me réclamant, à grands cris amortis par la chimie, le protocole médicamenteux. Aucune visite n'était autorisée, on l'avait mis à part dans une pièce exiguë. Mais devant l'état de Quemener, l'infirmière m'a dit que je pouvais aller le voir. Il s'est effondré dans mes bras tout en cherchant à toutes forces à défaire ses liens. Il fallait le voir, imbibé de substances médicales, ligoté à son lit, se dresser de toute sa hauteur et sa masse pour tenter de faire céder les crochets qui le rivaient au matelas. Je le dissuadais – arrête, Loïc, tu n'arriveras à rien, arrête ! Il était ulcéré par ma remarque, son regard révulsé vrillait vers la gauche *tss t'es négative, tout est de ta faute.* C'est ce que Loïc avait laissé échapper avant de serrer fort ma main, murmurer qu'il m'aimait et s'assoupir. Je m'étais laissé émouvoir.

Je voyais bien aussi la manipulation, l'abus, l'hystérie. C'était sa façon de tenir. Je le comprenais au point que ça me dégoûtait. Il me renvoyait à ce que je combattais en moi par égards pour ceux que j'aimais – sans toujours y arriver. Plus je prenais soin de lui, plus il m'apparaissait inconcevable de l'aimer. Je tentais donc l'inconcevable : accueillir ce que j'avais en moi de plus haïssable – par lui.

Ça faisait deux semaines maintenant que Quemener était sorti de l'hôpital. Plus je le considérais, moins je comprenais ce que je foutais là. Pourtant, je ne voulais être nulle part ailleurs, son corps, son énergie, sa tendresse me retenaient. J'aimais être avec lui.

Nous ne sortions quasiment pas du duplex que Loïc avait loué pour quinze jours sinon pour marcher sur la plage ou aller dans des restaurants le soir. Le matin je faisais les courses pendant qu'il dormait, lui nettoyait la maison au réveil. Je préparais à manger sauf quand il tenait à nous faire une de ses « spécialités » – des pommes de terre cuites dans le beurre à la poêle ou des « bowls ».

À partir de 15 heures jusqu'à 21 heures ou 22 heures, on composait l'album qui avançait. La WM, vu les circonstances, patientait. On avait fait de ce 200m^2 qui donnait sur la plage un genre de cellule vivante – effervescente. Quemener était heureux de nous offrir ça, je ne l'avais jamais vu autant sourire. C'était peut-être les médicaments. Quoi qu'il en soit, l'envie que j'avais de lui remontait comme la marée.

Il était devenu une énigme et je m'y consacrais. Je la ressassais. Les réponses que je tentais d'apporter à mes propres déchirements étaient pauvres au point de me reléguer en moi-même dans de drôles d'arcanes, faits de silences, de va-et-vient, de projections, de houle et de langueur : je m'en retournais à mon chagrin comme on revient à une enclave, au port, ou en surface de soi, à l'instar des larmes qui surgissent elles aussi de sources archaïques pour mieux s'alanguir sur la peau, voilà, fragiles, idiotes à faire sourire, elles échouent sur les lèvres, elles meurent. De quoi voulais-je exactement que cet homme me console ? De quoi voulais-je qu'il me guérisse ? Je voulais je crois que Loïc nous venge – en m'embrassant de son corps formidable – de tout ce dont l'un et l'autre avions manqué. Je deviendrais dans le sexe un frère, une madone, une implorante, mi-vampire, mi-enfant, et lui me bercerait de ses assauts de ravisseur me rendant à moi-même à risquer de m'y perdre. Je lui volerais ses forces, et de se découvrir ainsi, dépossédé, l'amplifierait. Il se verrait à son tour traversé, contaminé, par ma tendresse. Ça exalterait sa puissance incertaine.

C'est ça, protège-moi Loïc. Protège-moi de ce que je veux. Fais naître en moi la joie de ceux ou celles qui s'abandonnent, et, moi, je te consolerai comme je pourrai de l'embarras que c'est parfois de devoir être un homme. Protège-moi de ce que je veux, protège-moi du chaos. Si tu faillis, ça n'a pas d'importance. Dans l'érotisme, on part toujours en rêvant d'Hollywood mais on jouit aussi de moments troubles, plus humbles. Après l'orgasme ou la débâcle, on se blottira l'un contre l'autre, nous prendrons soin de nous puis tu me regarderas, me couvriras, puis on pourra dormir.

Nous serons des vaincus, nous serons des veilleurs. La nuit irradiera de la paix des batailles éteintes où palpite, bruisse, la débauche nue de ceux qui s'aiment.

Au début du séjour, mes journées brûlaient dans l'élaboration de plus en plus complice des textes et des musiques, on les passait à regarder des vidéos des Kills ou de Léo Ferré, à imaginer des arrangements, à digresser pour trouver de nouvelles idées. On y passait un temps jeté au feu de tout de ce qu'on alignait – strophes, arpèges, rails ou riffs.

Un temps dilaté et lent dans lequel on fonçait à tombeau ouvert ou au contraire des moments foudroyés dans lesquels on s'éternisait avec une certaine gravité. C'était fructueux. Bref, cette complicité amicale et sensuelle faisait qu'on ne se quittait plus.

Il s'est enfin un jour approché de moi. Vraiment.

Le sexe doit parler sinon c'est dégueulasse et tout finit par rompre. Il s'est approché de moi, brusque, sensible, implacable. Ça m'a étonnée. On s'est embrassés, en hésitant, soudain, comme si l'un ou l'autre risquait d'y rester, de ne pas en revenir. On s'est souri, et puis on a laissé aller. Ses baisers étaient passionnés, d'une langueur totale. Il aimait bien donner des ordres dans l'intimité, il aimait bien *avoir le lead* comme il disait. Ça ne me faisait pas peur.

Le premier soir où on a fait l'amour, j'ai pensé au fœtus perdu, à tout ce qu'on verse, à tout ce qu'on perd et j'ai poussé un cri comme si je respirais à nouveau, pour la première fois depuis des semaines.

Devant le corps nu de Maude, Quemener semblait saisi d'un désir de violence intense qu'il asservissait pour devenir doux.

À partir de là, ce serait, jour après jour, si cru, émouvant, si intense et si suave jusque dans la rudesse que Loïc et Maude s'observeraient toujours, après, dans l'intimité de leurs ébats ou le cœur pâle du jour, lui se découvrant face à elle et elle face à lui, ensemble, fracassés, comme s'ils venaient de naître. Loïc aimait empoigner, soulever, éprouver sa force et en même temps il n'en finissait plus de parler, dans la baise, de conforter l'autre dans son élan ou de le questionner en souriant. Il était fait de retenue, de prévenances brusques, d'écoute et d'attentions remuantes. Maude, sur, sous ou devant lui, quelles que soient leurs positions, se sentait voluptueuse, malléable et puissante, tendrement submergée. L'intensité du rythme sexuel tout en saccades fluides emportait tout. Maude aimait ses demandes, la douceur de son sexe, le prendre, le sentir en elle, aimait sa peau épaisse, parfumée, aimait ses larges mains veinées, ses muscles – leur masse étourdissante – et aimait l'odeur du ravage quand ils sombraient de concert, leurs corps vaincus par le sommeil mais sans se séparer, s'épousant au contraire dans la sueur, la mouille, semblaient d'un coup, au seuil d'un oubli formidable, se rendre encore, s'abandonner. La tête de Maude sur l'épaule de Loïc qui la serrait toujours, ses seins alanguis blottis près de sa côte, ils se retrouvaient jusque dans la flemme, la tiédeur bercée du repos.

Ils l'éprouveraient encore dans la tendresse ouatée, l'étonnement gentil du réveil et le moelleux des oreillers. Quemener en reviendrait chaque fois avec calme, un sourire séraphique aux lèvres. Il la considérerait longuement quand, descendue au rez-de-chaussée, ce premier matin-là, toute chaude encore des caresses de la nuit, de leur havre secret fait d'humeurs, de plumes ou de tapages en mezzanine, Maude leur préparerait des œufs brouillés, des pancakes en sifflotant alors que la coke de la veille traînait toujours, balafrait de blancheur la table du salon, elle irait acheter du pain, Loïc, lui, nettoierait la cafetière, débarrasserait la cuisine. Ensuite, ils composeraient l'après-midi entier au piano avant d'aller boire des coups en se racontant, comme des enfants, des histoires à dormir debout puis, à nouveau, l'un contre l'autre, ou se tenant comme des noyés, des histoires à n'en plus finir.

Il arrivait à Loïc, dans l'intimité de la chambre, d'esquisser des gestes qu'il retenait aussitôt. L'attention qu'il portait à l'autre dans le sexe était extrême. Il serrait soudain le cou, la nuque de Maude, imprimait ses doigts sur sa gorge, mimait un étranglement, il semblait retenir une brutalité profonde qui n'était peut-être pas tout à fait la sienne. À chaque fois qu'il le faisait et décelait dans le regard de Maude un début d'étonnement, de peur possible, un début de sursaut à la fois surpris et confiant – à travers lui, la candeur –, Loïc redoublait de tendresse, de passion, il redoublait de délicatesse. Tout en lui semblait renoncer à ravager pour ravir.

Maude encourageait Quemener à développer sa page Instagram dans l'esprit de certains ou certaines activistes, musiciens, de certains ou certaines artistes ou même de certains influenceurs qui tenaient des blogs culinaires et partageaient leurs recettes. Ils arrivaient, selon Maude, à en faire un espace curieusement actif. Rien à faire : plus Loïc investissait ce champ-là, plus sa page devenait désolante – ce qui ne l'empêchait pas d'avoir un nombre important de followers et donc de ne pas s'en rendre compte. Depuis sa sortie de l'hôpital et les Addicts Anonymes, il l'appelait « sa communauté ». Quemener esquissait le geste des guillemets dans l'air quand il l'évoquait – celui qui consiste à plier l'index et le majeur ensemble pour mimer la ponctuation : *il faut que je m'adresse régulièrement à ma « communauté »* disait-il les premiers jours du séjour en plaisantant à demi. La deuxième semaine, ce souci se fit plus sérieux, l'humour disparut. Il était à présent imparti d'*une mission* : je veux que personne ne sache pour mon suicide mais il y aura *un avant et un après*. Il semblait s'inspirer de ceux pour qui Insta devenait le lieu d'expression privilégiée d'un narcissisme de plus en plus autoritaire et d'une vanité morbide. *Mon album, j'aimerais qu'il serve des idées plus grandes, des idées plus dignes que moi. Je suis peut-être naïf* murmura-t-il encore, un soir, dans un sourire qui semblait cette fois avouer ce dont il désirait au fond se prévaloir, *mais j'aimerais emmener celles et ceux qui me suivent vers un monde positif et meilleur.* Son ton n'augurait rien de bon. Il se mit à réaliser de nouveaux enregistrements, assis, les cheveux au vent sur la plage pour dire qu'il n'aspirait plus *qu'à la paix, à une vie tranquille où se consacrer aux siens, à fonder une famille.* Il l'expliquait encore à Maude, un matin en mangeant ses blancs d'œuf: *Les gens ont besoin de référents Maude… Moi j'aimerais les voir se créer une vie à leur mesure, écrire leur propre légende, oser rêver. Je veux que mon album soit aussi un mouvement: «Become yourself».* Maude avait une vision beaucoup trop étriquée de la vie et de l'écriture, voilà ce qu'il précisa devant la mine déconcertée de Maude qui ne disait rien, la vie devait s'inscrire dans des logiques globales, politiques et vastes – sur ce point-là, ils étaient d'accord –, *personne ne prend conscience qu'on dépend tous les uns des autres mais l'interdépendance c'est la clef, Maude, sans l'interdépendance, la société elle s'effondre.* D'accord. D'ailleurs, s'était-elle bien gardée de répondre, ne l'avait-elle pas veillé à l'hôpital, ne lui avait-elle pas tenu la main pendant deux nuits, n'avait-elle pas été le visiter tous les jours? Et lui s'était-il une seule seconde demandé quelle saison d'été elle avait passée, en Corse, et si elle avait souffert? Rien à foutre. Mais il fallait – pour aller vite – concevoir, une fois pour toutes, que *nos interdépendances* étaient *des forces,* transformer le monde, et le transformer de manière *créative, solidaire. C'est exactement ce que je fais avec mes vidéos, mes chansons, c'est ça qui est important : c'est tout ce qui nous permet d'être ensemble.* Il fallait encore tout recentrer sous la préoccupation *primordiale* de « la mère », prendre soin les uns des autres. L'État providence, le monde providence, l'art providence, voilà l'essentiel. Maude écoutait avec émerveillement : Loïc Quemener, l'homme qui avait participé à l'une des escroqueries les plus marquantes de l'Histoire, volé un argent qui aurait pu servir à la construction d'hôpitaux et à renforcer les infrastructures ou les écoles, venait lui expliquer *la solidarité* ? Elle préféra ne pas investir ce terrain-là. Elle tolérait mal de voir un concept aussi délicat et complexe que le *care*, l'attention à l'autre, à son environnement, devenir un devoir civique piètre et simplifié. Tous ces chantres d'un développement personnel qui ne disait pas toujours son nom le rabaissaient. Maude avait l'impression que ce monde *positif* présenté comme *désirable* devenait paradoxalement néfaste, voire barbare, justement parce qu'il n'avait plus le droit d'être imparfait. Dans un monde de moins en moins déchiffrable et de plus en plus violent, nous deviendrions malades de positivité. Voilà le monde contemporain. Tout devait aller dans le sens de la construction fictive et dogmatique d'un univers rendu inhumain à force de vouloir être bon. Développer une éthique de soi, de l'autre, ou de son environnement, ce n'était pas, répétait Maude, devenir naïf et infantile. Elle haussait le ton. C'est ce moment que Loïc a choisi pour enflammer le débat en déclarant qu'il voulait faire leur album de manière *participative* – pardon ? Maude tiquait mais il était inutile de tergiverser. La veille, sans même la consulter, Loïc avait multiplié les déclarations sur les réseaux : « cet album, c'est aussi un peu le vôtre »… Il lui montra tout ça dans une drôle de fierté défiante. Maude a pris le temps de regarder attentivement chacune des vidéos avant de poser sa tasse de café sur la table et de lâcher : tu te fous de ma gueule ? Sur la page Instagram de Quemener, les commentaires proliféraient. Elle a quitté les lieux sans ajouter un mot.

J'ai marché pendant deux heures et puis je suis partie boire. Qu'est-ce que je foutais ? Comment ma vie aujourd'hui pouvait-elle me ressembler si peu ? Où était Franck ? Que faisait-il en ce moment même ? Son existence, sans moi, devait être plus conséquente, plus digne. Peut-être avait-il rencontré quelqu'un ? Peut-être me méprisait-il ? J'ai bu cinq vodkas. Les larmes ont coulé pendant une heure sans même que je m'en rende compte. C'est à l'attitude des gens, dans le café, que j'ai pris la mesure de mon désarroi, on m'a demandé trois fois si j'avais besoin d'aide. Il fallait que je rentre. J'ai fini par prendre la direction de la plage et de l'appartement qui donnait sur la mer, cet appartement loué par Quemener, pour nous. La porte était ouverte, j'avais dû mal la claquer en sortant. Je suis entrée pour découvrir un singulier spectacle : Loïc, qui n'était pas à une injonction contradictoire près, continuait à parler de *care* en arpentant la pièce à vivre, bourré de coke, son Glock brandi bien haut. Il s'enregistrait, parlait dans son portable, prenait des notes audio. C'est quelques jours plus tard que le coup est parti.

En rentrant et en considérant Loïc avec son Glock, Maude ne s'est sentie capable de rien, ni d'aller s'isoler dans la chambre, ni de parler, ni d'écrire, ni de lui proposer de faire l'amour, ni de rien. Elle est restée plantée dans le salon, les vodkas l'avaient rendue malade. Elle cherchait à s'asseoir, saisie de suées, son rythme cardiaque s'intensifiait. Elle était blême. Loïc s'en est vite rendu compte, il a posé son arme, son portable, et s'est approché d'elle – *qu'est-ce que t'as, t'es pas bien mon bébé ? Tu as bu ?*

Quemener lui tenait maintenant la main ne la lâchant que pour aller chercher des gants d'eau froide qu'il lui passait sur le front. Il était clair, lui, exalté par la coke mais sobre. Puis, voyant que rien ne s'arrangeait et que Maude cherchait sans succès une position pour aller mieux, subissait son corps dans un malaise toujours plus vif, Loïc l'a emmenée aux toilettes, aidée à s'agenouiller, puis d'une main, il lui a tenu les cheveux, de l'autre, penché sur elle, il a essuyé la sueur de ses joues puis lui a enfoncé doucement deux doigts dans la gorge jusqu'à ce qu'elle vomisse. Une fois la chose accomplie, il est parti se rincer les mains dans la salle de bain puis est revenu vers elle en souriant : *c'est fini, ça va aller.* Maude est restée un instant silencieuse, les yeux dans le vague avant d'aller se rincer au-dessus du lavabo. Elle est revenue, encore hagarde et pâle, son rythme cardiaque revenait à la normale. Loïc la suivait des yeux, c'est à ce moment qu'il a dit *tu es belle*. Elle a éclaté de rire. Tout son mal-être a fini de s'évanouir dans cette explosion-là, Loïc a souri à son tour et il l'a embrassée.

Quand on vit, quand on écrit, on ne sait jamais ce qu'on fait. On ne peut jamais savoir s'il s'agit d'une obligation, d'un loisir, d'une compulsion, d'une transaction de liberté ou de soumission. Parce que c'est souvent tout ça à la fois. Alors quand Quemener disait, deux jours après cette crise, vouloir par ses chansons *allumer, partout, des contre-pouvoirs citoyens*, Maude sentait sa tendresse virer à l'exaspération et devait faire de monstrueux efforts pour ne pas le laisser transparaître. Elle prêtait l'oreille, à demi absente, s'inoculant en douce ces doses massives d'antalgiques dont seule la complaisance affective a le secret et sentait sa colère s'apaiser d'un seul coup, idiotement « On est toujours possédé par ce qu'on possède. Tu vois, moi je veux rompre avec ça ». Il postait aussi maintenant, régulièrement, sur Instagram des vidéos en live « … je me dis, parfois, je me dis qui suis-je pour donner des conseils ? C'est vrai j'ai écrit quelques chansons qu'ont eu, bon, du succès… mais je suis personne, moi, j'ai pas de leçons à donner… Simplement – il marquait ici une pause en souriant –, à mon niveau, je vous le dis croyez en la vie, croyez en vous, putain, je sais de quoi je parle, j'ai traversé des tornades, des ravins de tristesse (oui il n'hésitait pas à user d'expressions comme celles-ci), je connais la peur, mais la vie, elle réserve des surprises, des grâces insoupçonnées, moi j'ai de la chance, je le sais, je vous envoie ma puissance et guettez mon prochain album… ». Il enchaînait le soir avec devant les huîtres « Les gens se mentent sur ce qu'ils sont Maude, moi j'essaie de me regarder en face parce que – tu connais la phrase de Malraux – la souffrance d'un homme se mesure toujours au poids de ses secrets ». Maude avait déjà entendu cette phrase et l'estimait fausse mais fallait-il vraiment qu'ils en discutent ? Et pouvait-on de toute façon par le seul biais de nos discours empêtrés, même brillants, approcher la moindre vérité de quoi que ce soit ? *Tu ne réponds pas, tu crois pas toi que ta souffrance se mesure au poids de tes secrets ?* Un temps a passé avant que Maude ne dise : je ne sais pas Loïc, mon audace se mesure au poids de mes secrets, ma colère se mesure au poids de mes secrets, mon incertitude se mesure au poids de mes secrets, ma peur se mesure au poids de mes secrets, mes choix amoureux se mesurent au poids de mes secrets, mes… *ça va, j'ai compris, arrête un peu.* Loïc avait changé de ton. *T'es arrogante, t'es odieuse, t'as aucune bienveillance.*

— De quoi ?

— De bienveillance, Maude, de bienveillance, ça te parle pas ?

Maude se sentait atteinte par cette remarque, elle se demandait si Loïc ne touchait pas juste. Maude était arrogante, pas de doutes là-dessus. Dans un premier temps, par réflexe, elle préféra persévérer à être ce que précisément il lui reprochait.

— Tu cèdes à tes pires tendances, mon pauvre Loïc.

— Comment ça ?

— Tu deviens débile.

Elle hésita à prononcer le nom de Morgane deuxième prénom Gabrielle « Mom of 2 » comme elle le précisait sur les réseaux. Elle préféra renoncer mais poursuivit :

— Tu passes trop de temps avec des connes. Il n'y a pas plus dangereux pour la pensée que cette disposition paresseusement positive, qu'on appelle « bienveillance ».

Maude ne comprenait rien. Elle n'avait pas mesuré à quel point ce qu'elle donnait à Loïc, en travaillant, en le faisant parler de lui, en s'investissant dans l'écriture comme elle ne l'avait jamais fait pour aucun autre artiste, relevait aussi de l'agression. Quemener n'en pouvait plus ce soir de considérer ce que lui « apportait » Maude, ça l'épuisait c'est tout.

Tout don demande du tact, elle en avait sans doute manqué. Soit. Mais une autre chose était sûre : Loïc se haïssait au point de trouver insoutenable d'être aimé – surtout par quelqu'un d'estimable – et là, Maude sentait qu'il lui en voulait.

Il lui en voulait de sa constance, il lui en voulait d'être hautaine, il lui en voulait d'être violente comme il lui en voulait d'être tendre. Elle devenait haïssable.

Le soir, dans le secret de la chambre, Maude s'est remise en question. Se pouvait-il qu'elle soit mauvaise ? Méprisante ? Après tout, peut-être gagnerait-elle à devenir plus *bienveillante* ? Et puis qu'est-ce que ça voulait dire, au fond, *bienveillant* ? Elle n'en avait soudain plus aucune idée. Il faisait chaud dans cette chambre, Quemener avait mis le chauffage ou quoi ? Elle alla vérifier, il dormait, sa respiration semblait anormalement lourde – sans doute à cause des médicaments. Le portable de Loïc s'illumina, Maude a levé un sourcil puis elle a détourné le regard. Comment expliquer à Loïc que pour elle la colère, l'arrogance, étaient des principes vertueux et ce par quoi elle se soignait ? Maude était généreuse avec Loïc, aimante, à défaut d'être « bienveillante » ? Personne ne pouvait témoigner la même qualité d'attention à tout le monde, ça relevait de la lubie suspecte et sale. Ne fallait-il pas voir dans cette ambition la pire des vanités ? Elle passa sa main dans les longs cheveux blonds de Quemener puis elle se rassit près de lui. N'arrivant toujours pas à dormir, elle s'empara de son ordinateur et tapa « bienveillance étymologie » dans la barre de recherche.

C'était un pli qu'elle avait pris quand elle doutait du sens des mots. Et voilà ! Maude s'est exaltée une demi-seconde devant l'écran : on l'a détourné de son sens originel pour en faire un synonyme de gentillesse en falsifiant son étymologie. C'était sûr, c'était couru et ça confirmait tout. On a prétendu que ça venait de *benevolentia*, alors que ça vient de *bona vigilentia*, la bonne vigilance, comme les « vigilentistes » : ces flics qui se prennent pour des justiciers. Voilà, la bienveillance, c'est un truc dé-gueu-lasse.

Cette idée l'a aidée à lâcher prise, elle a trouvé le sommeil.

Nos disputes devenaient trop fréquentes. Le lendemain, je fouillais son téléphone pour « comprendre ». Mon côté « bienveillant », sans doute. Si Loïc ne pouvait donc affronter la femme virile que je suis, parfois, sans devenir faible, je renouais quant à moi, aussi, par lui, avec ma part intime la plus crade, la plus minable, la plus rosse. Cette part en moi qu'à la fois je supporte le moins et que je considère le plus, parce qu'elle me rend dangereuse. Plus laide, plus libre.

Je recommençais donc dans une gentille furie froide, une absence de honte parfaitement obscène, à scruter son Samsung.

Je ne savais même pas ce que je cherchais, ni au nom de quoi je m'autorisais à le faire. Je le faisais parce que j'en étais capable. Je le faisais parce que dans certaines circonstances, la morale se révèle impuissante à m'opposer ses principes. Je le faisais parce que j'en avais les moyens matériels, les moyens énergiques aussi – bref, je le faisais parce que, pour une part, cette absence de scrupule me définit. Je le faisais, enfin, pour mettre la violence de mes intuitions à l'épreuve stricte et implacable des faits. Comme ces enquêteurs de la criminelle, qui flairent l'affaire bien sale derrière la comédie sociale, je perquisitionnais – mais de quel droit ? –, passais ses mails au crible comme on passe une scène de crime au Bluestar, je cherchais des traces de sang, des illusions à perdre, un meurtre voilà. C'est ça. Je cherchais un cadavre. Ce que j'ignorais encore, c'est que c'est le mien que je trouverais.

Le réel n'est jamais décevant. Pour rendre ma traque plus efficace j'avais eu l'idée de taper des mots-clefs dans le moteur de recherche de la messagerie : mon prénom, puis « WM ». Sont alors apparus l'ensemble des mails où il parlait de moi à des amis ou à ses meufs. Un festival de surprises vitrifiantes. Quel ne fut pas mon étonnement de réaliser, par exemple, qu'il envoyait mes textes de chansons en les faisant passer pour les siens affublés de messages comme « j'ai travaillé toute la journée », plus loin « l'écriture est au centre de ma vie, tu sais, c'est ma raison d'être », plus loin encore « Maude fait des trucs élaborés mais trop élaborés, dis-moi ce que tu penses de ce texte que j'ai écrit, à la WM ils sont contents ». Et comme ça, il y en avait des dizaines. Il niait mon travail.

Ensuite il y avait ceux où il parlait de moi – sa boîte n'en comptait pas tant que ça contrairement à ce que j'avais bêtement imaginé –, *non j'en ai marre de la violence de cette nana* plus loin *on est dans une relation malsaine avec Maude* plus loin *elle a du talent mais bon, c'est tout* plus loin *cette meuf est toxique moi je laisse planer AUCUNE ambiguïté.*

Les femmes à qui il écrivait pensaient que je voulais *une place*, elles étaient manifestement très contentes de leur analyse, elles la trouvaient profonde, *tu comprends pas* avait d'ailleurs écrit l'une d'elles en multipliant les points d'interrogation *elle veut une place*. Une place... Une place... mais tu projettes... C'est toi qui la veux la place, c'est toi qui veux vivre chez lui, toi qui veux porter son nom, avoir un môme, revendiquer un statut pour t'offrir des contours, une justification sociale. Moi ce qui me plaisait dans notre rencontre c'était sa capacité au contraire à faire de nous des êtres *déplacés*. C'est de ça, de cet égarement, que j'aurais aimé faire avec lui un lieu à part entière. Un lieu où nous retrouver.

Je ne pouvais pas trahir le fait que j'avais à nouveau fouillé son portable. Alors, j'ai pris sur moi. J'ai fait comme si de rien n'était et le simple fait de ne pas réagir m'est resté une journée entière sur le cœur et l'estomac.

Le lendemain, le coup est parti.

Nous nous étions une fois encore disputés, ce soir-là, sur la nature de ce que devait devenir l'album. J'étais d'autant plus irascible que je me retrouvais tenue de taire ce que j'avais pourtant découvert dans sa messagerie. Du coup, dès qu'il se mettait à regarder son téléphone, à pianoter, je devenais acide sans assumer le fond de l'affaire. Il ne comprenait pas et tentait de me calmer en accompagnant sa parole de gestes – était-ce si grave de chercher *à consulter son public*, *créer du lien* etc. Loïc me passait la main dans les cheveux, se révélait si convaincant dans sa façon d'être gentil que je n'arrivais plus à savoir à qui il mentait le plus. À ces filles, à moi ? Savait-il seulement ce qu'il ressentait ? Je restais fermée, mauvaise, insupportable. Je cherchais le conflit.

— Tu ne sais même pas qui tu es, tu cherches des validations débiles sur les réseaux. La WM veut que je te tire vers un truc plus exigeant ! Je croyais que ça venait de toi ou au moins que tu étais d'accord.

Loïc finit par en avoir marre, je ne comprenais rien – point –, il avait décrété qu'il avait besoin de calme pour concevoir ses nouveaux posts : *Become yourself* – titre de l'album, premier single écrit avec ses followers : *No matter what.* Il allait faire une story – que ça me plaise ou non –, appeler les gens à partager leurs idées, leurs desiderata, et nous partirions de là pour travailler le prochain morceau. Voilà. Il était l'artiste et avait décidé, tranché, ça ne serait plus négociable. Là-dessus, il est monté s'enfermer. Le bruit du loquet dans la serrure me déplut sans que je m'en rende tout de suite compte – pourquoi verrouiller la porte ?

Me voilà, du coup, fumant sur la terrasse du premier à me demander comment nous sortir de cette impasse inepte. Une fois revenue à l'intérieur, je remarquai un jeu de reflets entre une glace au-dessus de son lit, la baie vitrée qui tenait lieu de mur de la chambre donnant sur l'Atlantique, et un miroir dans l'escalier. C'est alors que je compris : loin de concevoir de « nouveaux posts », il regardait des vidéos porn sur Instagram. Des vidéos de filles avec qui il entrait manifestement en dialogue voire en relation. Même ici, apparemment, il ne pouvait s'en passer. J'ai gagné le rez-de-chaussée en silence, dans une colère anormalement tranquille. Je me revois allumer à nouveau une clope et à mesure qu'une fumée dont j'éprouve encore l'amertume, rien que d'y penser, emplissait ma bouche, ma trachée, ma cage thoracique, je me suis laissé moi aussi envahir, par bouffées, d'un calme impeccable. Un calme qui n'était cette fois rien d'autre qu'une rage au repos et celle-là – comment l'ignorer ? – précède l'action, toujours, elle me connaît par cœur.

J'ai consumé ma cigarette en contemplant la mer, songé à ces soirées qu'on passait depuis bientôt deux semaines avec Loïc dans cet appartement mais aussi dans les bars, les restaurants de Hendaye, à la manière dont, la veille encore, alors que je préparais un truc un peu élaboré pour le dîner, il était venu m'embrasser dans le cou, m'enlacer, coiffer mes cheveux. J'ai repensé, égarée, dans mes volutes, très lentes, à travers lesquelles je voyais en cette fin d'automne l'océan bouillonner, s'abattre, masser les flancs nus de la plage, noyer l'horizon gris dans des brumes aussi aveugles que celles qui me brouillaient le regard quand on baisait, oui, j'ai songé à nos balades nocturnes en ville, à ces minutes de joie pures où dans un élan – grisés que nous étions de vodka et de ginger beer –, Loïc me prenait la taille, m'attirait contre lui. Je me suis figuré la façon qu'il avait eue au lit, la dernière fois, de se réveiller à l'aube juste pour m'étreindre dans une torpeur heureuse puis se rendormir, c'est ça, mettre sa tête sur mon épaule. Puis j'ai repensé à ses textos, tous ses textos où il nous niait, où il mentait sur moi.

Je nous ai revus la veille rencontrer des gars du coin, dans la rue, des marins en terrasse de petits repaires planqués, des inconnus dans des troquets, improviser avec eux discussions et disputes puis nous sourire l'un l'autre, en marge de ces tablées bizarres comme se sourient, je crois, ceux qui découvrent combien ils peuvent être à leur place, tout simplement ensemble et je me suis dit, écrasant en deux temps bien tranquilles mon mégot épuisé, qu'aucun mot, aucun discours, n'aurait jamais raison de mécanismes aussi tordus, de mécanismes aussi rigides, que ceux de Quemener. Alors j'ai remonté l'escalier d'un pas sûr mais relâché, je me suis fichée devant sa porte, j'ai marqué un temps court puis je l'ai défoncée du pied, deux coups puissants, puis d'un coup d'épaule qui a heurté le bois, marqué ma peau d'un hématome – qu'importe, ce sera à peine si je le sentirai, ce sera à peine endolori.

J'étais dans la pièce, il se tenait devant moi, interdit.

— T'es tarée ! Tu vas sortir d'ici !

Là il a joint le geste à la parole et m'a dégagée, puis il s'est saisi du flingue qui traînait toujours sur la commode, m'a dit qu'il n'était pas *ma pute*, et m'a bousculée. J'ai voulu réagir sans comprendre, une bagarre confuse s'est amorcée et un coup est parti. Un coup est parti dans le mur. Nous avons échangé un regard effrayé, puis fait longtemps silence en se tenant la main. Il m'a demandé de sortir avec douceur.

Je suis partie à peu près dignement vaquer en bas et j'ai commencé à faire à tout hasard une salade à base d'aubergines grillées, de poivrons, d'oignon rouge. Je tremblais. Au bout d'un moment, Quemener est descendu. Il a sorti les poubelles puis m'a rejointe pour se laver les mains, a saisi en passant un peu des légumes découpés dans les ramequins en bois pour les avaler en jetant la tête en arrière puis il nous a servi un verre. Un grand verre de vin blanc. Quand il me l'a tendu, nos regards se sont recroisés pour la première fois depuis « la bagarre », ils étaient encore sombres, cinglés de tensions graves, chez lui vite amusées, toujours. Il n'a pas fallu quinze secondes alors qu'on se considérait avec hostilité, pour qu'on éclate de rire.

Quand est-ce que tout foire ? Quand est-ce qu'on perd quelqu'un ? Combien de gens se marient, s'allient, ou font un môme – voire deux – alors qu'ils sont morts ensemble ? Combien se quittent quand ils auraient encore à partager ? Je ne sais pas. Je ne sais pas non plus si j'ai compris *l'entropie*. Je sais encore moins si Loïc était au plus près de lui-même quand il racontait qu'il n'y avait rien entre nous et que j'étais toxique ou quand il me disait qu'il m'aimait. Peu importe. Au fond, peu importe.

J'étais, ce soir-là, le dernier du séjour, debout face à la mer et Loïc me tenait la taille. Le jour disparaissait, nous regardions la mer et les étoiles cribler la nuit tombante. Certaines d'entre elles étaient particulièrement brillantes, des « géantes rouges » sans doute – j'avais regardé un documentaire sur Arte à ce sujet dans une de mes chambres d'hôtel. Elles brillaient comme ça parce qu'elles arrivaient au stade tardif de leur évolution stellaire. Ce stade est proprement catastrophique, disait la voix off du documentaire, car c'est à ce moment-là qu'elles deviennent destructrices, c'est la vocation d'une étoile de le devenir – le soleil y viendra. Je les regardais briller dans le ciel pâle. Leur lumière réfractée par les eaux abrasait tendrement l'horizon qui se nimbait de rose, de pourpre. Le soleil aussi deviendrait une « géante rouge », il dévorerait tout. Tout alentour. De l'explosion d'une supernova est advenu le système solaire. J'ai regardé Loïc qui fixait l'horizon apparemment sans penser à rien. Tout était désastreux, tout était parfait.

Nous ne sortirons pas d'album, ça décevra beaucoup la WM. Nous sortirons un single. Ce sera un des titres de Quemener qui marcheront le moins. Il dira pourtant, plus tard, dans une interview donnée à Konbini : *c'est de loin ce que j'ai fait de mieux et c'est celle que j'aime le plus.*

Pourquoi rencontrer Loïc s'était-il avéré inévitable ? Pourquoi avoir fait tant d'efforts pour que cette rencontre qui m'affaiblissait devienne vitale ou prenne forme ?

Nous voulons tous offrir d'une manière ou d'une autre des contours à ce qui, à l'origine, n'en a pas comme pour nous venger de l'absurdité fondamentale des choses et je me demande si nos vies ne reviennent pas à ça, au fond, je veux dire, à lutter contre l'entropie.

Oui mais voilà, seulement voilà, en physique l'entropie augmente sans jamais diminuer, elle augmente, c'est inexorable, et atteint juste parfois des plateaux, des plages d'équilibre, pour subir à nouveau un choc et réaugmenter, encore, car dès qu'un système stagne, dès qu'il se dégrade, dès que son intensité se dissipe, il se met à détruire, à produire du chaos. Tout se passe comme si l'énergie ne supportait pas d'être perdue alors on peut bien faire ce qu'on veut : ériger des règles, des lois, des principes, penser, mettre en forme les choses et tenter d'aimer, et tenter d'écrire, les remugles reviennent et l'emportent.

Chaque fois que nous évoquions ma peur de vieillir ou bien la fin du monde, avec Franck, sujets que nous abordions, régulièrement, et toujours dans cet ordre, j'en venais à gloser sur Hedy Lamarr. Hedy Lamarr, lui disais-je, m'insurgeant, si je me souviens bien, la première fois où je prononçai son nom devant lui, Hedy Lamarr ! Cette actrice hollywoodienne des années 1940, tu ne peux pas ne pas la connaître : elle voulait lutter contre l'Allemagne nazie et a inventé toute une codification mathématique du langage. Hedy Lamarr avait mis au point un système de cryptage, quasi musical, qui permet encore aujourd'hui d'envoyer des messages, de communiquer clandestinement. *L'information c'est ce qui casse un continuum*, disait-elle, c'est un accident. Personne ne l'a prise au sérieux au début. C'est pendant la crise des missiles de Cuba que tout a changé : cette méthode d'alertes a alors été utilisée à des fins militaires et est devenue par extension l'ancêtre d'Internet.

Hedy Lamarr, donc, disait « Ce que vous construisez pendant des mois peut être détruit en une nuit, construisez-le quand même, vos amours sont déraisonnables, illogiques et égocentriques, vivez-les quand même ». Elle est morte défigurée par la chirurgie, seule, et ruinée. Les changements sont irréversibles, on ne revient pas en arrière mais on peut se sentir fort de ce qu'on perd. Essayer – en tout cas. Loïc et moi nous étions entraînés dans une intimité étrange, une relation inqualifiable – des images me remontent, ses tatouages, son sourire. Comment le temps partagé, l'attraction et ses jeux, la tension sexuelle et la coke, la circulation de flux, l'intensité entre nous, la tendresse mais aussi les heurts, les scissions, la porosité, les moments où son estime pour moi l'a conduit à mentir, à trahir, à falsifier, et ma peur, ma peur de la perte, à devenir hostile, vouloir tout contrôler ou au contraire à saper, comment tout ça aura-t-il façonné notre perte ? Les changements sont irréversibles, Loïc, mais les ruines, les ruines ont de l'avenir et l'énergie, l'énergie comme l'amour, ne sont jamais perdus.

Allez, sois sérieux Loïc notre histoire c'est quoi ? Un accident sur une courbe statistique, pas plus.

C'est magnifique un accident sur une courbe statistique, ça tient de l'anomalie comme du miracle, c'est bien qu'on l'ait vécu – comment ça Maude, qu'est-ce que tu veux dire ? Il a ri. Ce mec comptait pour moi mais je savais qu'on arrivait au terme du voyage. Toute mon ardeur, toute ma violence ou ma douceur, l'admiration qu'il me portait, la foi que j'avais en lui, notre entente, même l'attention aiguë avec laquelle je me souciais de ses ambitions ou de ses déboires ne changeraient rien : il ne saurait pas quoi faire de nous, même pour vivre un truc un peu à part – puis à part, pour quoi faire ? –, ce n'est pas *ça* qu'il cherchait.

Loïc voulait trouver une compagne intellectuellement faible, plus faible que lui en tout cas, verser dans une liaison insuffisante et sûre. Bref, comme la plupart des gens, surtout des hommes, il *exigeait* des normes, des hiérarchies, des codes agréés – il en avait besoin et trouverait sans doute son *équilibre* dans une vie faite de règles, d'horaires, d'empêchements, ça lui ferait *du bien*.

Moi sans le vouloir, j'avais juste troublé le jeu, brossé l'idée qu'on pouvait érotiser autre chose que le sentiment de domination – ah bon ? –, autre chose que la plasticité

– mais non ! –, autre chose que la jeunesse – arrête… – et c'était, là encore, trop de perspectives neuves.

Loïc érotisait les limites, pas les perspectives.

Il avait besoin d'une épouse à la fois plus solide et moins puissante que lui pour se sentir à l'aise, d'une femme très visiblement « belle » pour assurer sa prestance mâle d'homme incertain, bref, d'une esclave à mettre sur un trône et qui, comme le veut la loi du genre, prendrait le pouvoir sur lui. Ils commenceraient par poser en « photo de profil », tête contre tête, le tout rehaussé de slogans, avec ces grands sourires crispés d'instantanés *« We are one »*, *« #Loveisall »*. Voilà ce qu'il lui fallait.

Il se mettrait en couple avec l'une de ces filles non pour *elle* mais parce qu'un jour viendrait bien *le moment* où continuer sans ça ferait de lui – et d'abord à ses yeux – ce qu'on appelle un loser. Elle le *réparerait* – c'est ce qu'il dirait. À partir de là, cette compagne officielle assurerait à Loïc ce qu'on appelle aussi *un avenir présentable.* Puis pour finir, Quemener se marierait, sans doute, pour s'offrir l'illusion d'un événement ou d'une solennité dont sa vie aura pour finir très cruellement manqué. Il s'est blotti contre moi, j'ai souri. Nous savions que les raisons de l'impossibilité de notre histoire ne se dénichaient pas plus dans mon amour pour Franck que dans sa sexualité à lui, non, elles reposaient plutôt sur une incompatibilité foncière : j'étais sans doute vulnérable, j'étais sans doute agressive, mais j'étais sûre de mon désir quand lui révélait sa soif d'insatisfaction, il révélait son hystérie, et ce défaut de tenue, ce défaut de calme, ce défaut de cœur aussi, ferait qu'il ne pourrait supporter ni mes fêlures ni ma force, je le savais, car quand je me révélais dans l'horreur de mes excès, c'est toujours la virilité des hommes que je défiais. C'est ainsi que je les aimais. Si je pouvais donc devenir *aimante*, j'étais en revanche moins volontiers *aimable*, ça, j'avais bien compris : j'étais « trop ». Combien de fois l'aurai-je entendu ? Je connaissais la musique par cœur, Quemener l'entonnait à son tour : *trop* véhémente, *trop* cérébrale, *trop* masculine. Et par ailleurs, *trop* fébrile, *trop* bordélique, *trop* violente, *trop* tendre – je me l'étais là encore entendu dire – *mais t'es une chieuse putain, de Champions League !* –, trop féminine en fait, sur ce plan-là, intime, *trop* humorale, *trop* réactive – c'est ça – beaucoup *trop*. Jouir ou m'émouvoir me rendait à mon genre, et le plaisir de me sentir féminine se révélait alors unique. Il m'animait jusque dans la colère.

Peut-être me fallait-il admettre combien mon rapport au langage avait – le reste du temps, quand je cessais de lire ou d'aimer – fini par me mettre à distance de ce que j'avais peut-être de plus précieux et de plus incertain car j'attendais des images – des images ou des textes –, car j'attendais des hommes, qu'ils me rendent à une part intime dont je m'étais moi-même éloignée à m'aguerrir dans le conflit, la verbalisation, ou l'errance. C'est ça que j'avais fui.

Mes rencontres devenaient le lieu de retrouvailles dont aucun homme n'avait idée mais que chacun subodorait et ils découvraient dans cette gravité un chaos qui allait à l'encontre, je pense, de ce qu'ils attendaient d'une femme – j'étais décevante – car la plupart des hommes veulent leurs conquêtes valorisantes en dernière analyse. Certains hommes ont fait du genre féminin un folklore pour mieux nier sa menace, sa densité – une femme doit s'avérer légère même bien en chair, immatérielle, pour espérer devenir fatale, évidemment bandante, oui, certains hommes s'excitent mais à peu de frais – la femme ? On la veut étrangère à la métaphysique. Moi j'étais « trop » c'est entendu, ça se révélait lourd – comment ne pas l'entendre ? Ça l'était bien pour moi.

Il valait mieux que Loïc se rassure au bras de celle qui projetterait en lui l'homme qu'il avait échoué à devenir. Alors l'aveuglement – même prétendu – de sa compagne lui tiendrait lieu, très vite, d'abri définitif.

Je lui ai souri.

C'est quoi un vrai mec, m'a-t-il demandé, ce fameux soir – le lendemain où le coup de feu était parti –, et en fixant la mer sous les étoiles.

J'ai eu envie de répondre mais t'en fais pas va, ça n'existe pas *un vrai mec*, seul le désir d'en devenir un existe et ça peut rendre beau. Tout ce qui n'est pas vrai *est* la vraie vie alors le sens de nos existences ? Rien – que dalle. Nous ne faisons qu'être dans l'erreur mais il faut l'être avec courage, si on peut, et dans la joie, car tout n'est que faillite, fausseté, ignorance et falsification. Il ne reste qu'à tenter de traquer, malgré tout, la justesse. Là, ce qui était bon, ce qui était juste, c'était de retrouver Franck.

Loïc contemplait la mer, ce soir-là, en me tenant la taille mais paraissait soucieux : je l'amplifierais, avais-je cru, et il me protégerait, Loïc me guérirait. Moi aussi, je m'étais abusée : il en serait incapable, c'est tout. Et Quemener le tolérerait bientôt si peu qu'il aurait besoin de nous nier, il aurait besoin de nous salir, de rendre notre histoire médiocre. Il avait déjà commencé.

J'étais aussi coupable que lui. Alors le mieux serait je crois d'avoir le tact de nous détruire et de reconnaître mes fautes. Quelle autre alternative ? Je le ferais au nom de ce qui nous liait. Et dans cet espace-là, celui de notre repos retrouvé et de nos regrets, du manque aussi – qui sait ? – se déploierait quelque chose de juste, d'incertain, de plus libre. La paix est l'autre nom de l'amour. Et dans les remugles, la lutte, les morsures et le soufre, le vertige de la perte, dans ce qu'on tente ou bien gâche, dans ce qu'on écrit, c'est aussi ça qu'on traque.

Nous nous tenions, toujours, Loïc et moi, droits et debout, ce fameux soir face à la plage et j'avais du chagrin. Il ne s'en est pas aperçu car je me suis serrée contre lui, pour éprouver une dernière fois sa densité – toute la douceur qu'elle m'inspirait.

J'ai compris une chose sans équivoque, là, contre son épaule, je l'ai comprise avec foi : j'aurais tenté de l'aimer – point – de toutes mes lacunes et mes forces. Je lui aurais apporté ça : un amour hostile et entier. Alors même délétère, toxique – comme on dit –, pétrie de peurs, d'élans ou d'énergies contraires, cette chose que nous avions traversée sans l'explorer pleinement mais que nous aurions vécue malgré tout, à notre manière, et avec foi jusque dans l'égarement ou l'incompréhension, jusque dans le déchirement, s'appelait bien « une histoire ». Elle n'était pas terrible – qu'importe – je le serai pour elle.

En attendant de retrouver Franck – mais serait-il encore là ? –, je ferai feu de tout.

Et à présent, le vide.

SOURCES ET DOCUMENTATION

Mary Shelley, *Frankenstein ou Le Prométhée moderne*, traduit par Annie Morvan, Folio SF

Jerry Rubin, *Do it*, traduit par le gang yippie de Paris, Actuels

Eckhart Tolle, *Le Pouvoir du moment présent*, Ariane

bell hooks, *À propos d'amour*, éditions Divergences

Yves Delmas et Charles Gancel, *Protest Song. La chanson contestataire dans l'Amérique des Sixties*, Le mot et le reste

Arnaud Devillard et Olivier Bousquet, *Streets of London. L'histoire du rock dans les rues de Londres*, Le mot et le reste

Fabrice Arfi, *D'argent et de sang*, Points

Olivier Bouchara, *« Casse du siècle : l'incroyable histoire d'Arnaud Mimran et Marco Mouly »*, 3 novembre 2017, *Vanity Fair*

Guillaume Nicloux, *Les Rois de l'arnaque* – Documentaire Netflix

Lucie Taieb, *Freshkills, recycler la terre*, La contre-allée

Catherine de Silguy, *Histoire des hommes et de leurs ordures. Du Moyen Âge à nos jours*, Le cherche midi

Collectif, *Vies d'ordures*, Mucem, éditions Artlys

Don DeLillo, *Outremonde*, Actes Sud

p. 31 : « Quelque chose de nouveau (je veux) », Marie Möör, paroles de Marie Möör, 2002, Rose et noire, Discordian Records/EMI.

p. 66 : « Le Cœur volcan », Julien Clerc, texte de Roda-Gil et de Julien Clerc, Production Thierry Vincent, 1971, Sidonie Sa, Si on chantait.

p. 67-68 : « Disparue », Jean-Pierre Mader, paroles de Richard Seff, 1984, Richard Seff, Flarenasch Music.

p. 68 : « Hors Saison », Francis Cabrel, paroles de Francis Cabrel, Fabienne Jacquet, 1999, Columbia.

p. 68 : « Ballade de Jim », Alain Souchon, paroles d'Alain Souchon, Michel Cœuriot, 1986, Virgin France.

p. 68 : « Musique », France Gall, paroles de Michel Berger, Michel Berger, 1976, Atlantic.

p. 68 : « Comment te dire adieu », Françoise Hardy, paroles de Serge Gainsbourg, Production Asparagus, 1968, Disques Vogue.

p. 103 : « Brest », Miossec, texte de Christophe Miossec, Production Jon Kelly, 2010, Mercury France, Universal.

TABLE

RENCONTRE - *Crash* - 11

PENDRE SOIN - *Développement personnel ?* - 47

L'AUTRE - *Échappée* - 101

PRINCIPE D'ENTROPIE - *Errances* - 127

ACHOPPER - *Scandale ordinaire* - 175

PRENDRE SES DISTANCES - *Junk/Pharmakon* -. . . . 213

LE RÉEL N'EST JAMAIS DÉCEVANT - *En revenir* - . . 245

Sources et documentations 285

Cet ouvrage a été achevé d'imprimer sur Roto-Page
par l'Imprimerie Floch à Mayenne
pour le compte des Éditions Grasset
en décembre 2023

Composition Maury-Imprimeur

PAPIER CERTIFIÉ

N° d'édition : 23005 – N° d'impression : 103745
Dépôt légal : janvier 2024
Imprimé en France